DE STILL

DONNA LEON BIJ DE BEZIGE BIJ

Duister glas
Vriendendienst
Onrustig tij
Dood van een maestro
Bedrieglijke zaken
Kinderspel

DONNA LEON

DE STILLE ELITE

VERTALING
WILLEMIJN DE JONGE

CARGO

2007
DE BEZIGE BIJ
AMSTERDAM

Cargo is een imprint van uitgeverij De Bezige Bij, Amsterdam

Derde druk oktober 2007
Oorspronkelijke titel *Uniform Justice*
Omslagontwerp Studio Jan de Boer
Omslagillustratie Image Select / Alamy
Foto auteur Jerry Bauer
Vormgeving binnenwerk Perfect Service, Schoonhoven
Druk Hooiberg, Epe
ISBN 978 90 234 2733 9
NUR 305

www.uitgeverijcargo.nl

Voor Hedi en Agustí Janés

In uomini, in soldati
sperare fedeltà?

U verwacht loyaliteit
van mannen, van soldaten?

Così fan tutte

Mozart

1

Hij werd wakker van de dorst. Het was geen gezonde dorst zoals na drie sets tennis of een dag skiën, niet zo'n dorst die langzaam komt opzetten; het was de verpletterende, meedogenloze dorst die ontstaat als het lichaam wanhopig probeert het vocht aan te vullen dat is verdreven door alcohol. Hij lag in zijn bed, plotseling wakker, bedekt met een dun laagje zweet, zijn ondergoed klam en plakkerig.

Eerst dacht hij de dorst te slim af te zijn, hem te negeren om weer in de benevelde slaap te verzinken waaruit hij was wakker geschud. Hij draaide zich op zijn zij, mond open op het kussen, en trok de dekens over zijn schouders. Maar hoe zijn lichaam ook hunkerde naar meer rust, hij kon het niet dwingen de dorst of het weeë gevoel in zijn maag te negeren. Hij lag daar, levenloos en zonder een greintje wilskracht, en maande zichzelf weer tot slapen.

Daar slaagde hij een paar minuten in, maar toen bracht een kerkklok ergens richting het centrum hem weer bij bewustzijn. De gedachte aan vocht sijpelde zijn geest binnen: een glas sprankelend bronwater, de zijkanten nat van condens. Het fonteintje in de gang van zijn basisschool. Een kartonnen beker vol Coca-Cola. Hij had behoefte aan vocht, zoals hij van zijn leven nog niet naar iets verlangd had.

Opnieuw probeerde hij zichzelf tot slapen te dwingen, maar hij wist dat hij de strijd verloren had en dat hem geen andere optie restte dan opstaan. Hij vroeg zich af aan welke kant hij uit bed zou stappen en of de vloer van de gang koud zou zijn, maar veegde al deze overpeinzingen rigoureus aan de kant, sloeg zijn dekens met een ruk opzij en stond op. Zijn hoofd bonkte en zijn maag protesteerde tegen deze nieuwe positie ten opzichte van de vloer, maar zijn dorst negeerde beide.

Hij deed de deur van zijn kamer open en liep de lange gang in, die verlicht werd door het daglicht dat naar binnen filterde. Zoals hij al gevreesd had, voelden de linoleum tegels onaangenaam aan onder zijn blote voeten, maar de gedachte aan het water dat in het verschiet lag, gaf hem de kracht de kou te negeren.

Hij ging de badkamer in en liep uit pure noodzaak naar de eerste de beste witte wasbak aan de muur. Hij deed de koude kraan aan en liet hem even lopen: zelfs in zijn verdoofde staat herinnerde hij zich de smaak van het roestige, lauwe water dat er eerst altijd uitkwam. Toen het water dat over zijn hand liep koud was, maakte hij een kommetje met beide handen en boog zich voorover. Hij slurpte het water luidruchtig op als een hond, voelde hoe het naar binnen stroomde, hem verkoelde en redde. De ervaring had hem geleerd te stoppen na de eerste paar slokken, stoppen en afwachten hoe zijn gekwelde maag zou reageren op de verrassing van vocht zonder alcohol. Eerst werd het hem niet in dank afgenomen, maar jeugd en goede gezondheid compenseerden dat, en vervolgens accepteerde zijn maag het water gedwee, vroeg zelfs om meer.

Daar gaf hij graag gehoor aan. Hij boog zich weer voorover en nam acht of negen grote slokken, elke slok een weldaad voor zijn gepijnigde lichaam. De plotselinge stroom water deed iets met zijn maag en dat deed vervolgens iets met zijn hersenen; hij werd duizelig en moest steun zoeken, handen op de rand van de wasbak, tot de wereld weer tot stilstand kwam.

Hij hield zijn handen onder de nog stromende kraan en dronk weer. Op een bepaald moment waarschuwden ervaring en verstand hem dat meer gevaarlijk zou zijn, dus richtte hij zich op, ogen gesloten, en streek met zijn natte handen over zijn gezicht en de voorkant van zijn T-shirt. Hij bracht de zoom naar zijn lippen en veegde ze af. Toen, opgefrist en met een gevoel alsof hij het leven weer enigszins aankon, draaide hij zich om om terug te keren naar zijn kamer.

En zag de vleermuis, of wat zijn benevelde zintuigen daar in de verte in eerste instantie aanzagen voor een vleermuis. Het kon geen vleermuis zijn, want het ding was wel twee meter lang en zo breed als een mens. Maar het had de vorm van een vleermuis. Hij leek aan de muur te hangen, zijn kop boven twee zwarte vleugels die slap langs zijn zij hingen, geklauwde voeten die eronder uitstaken.

Hij wreef hard met zijn handen over zijn gezicht om het beeld te verdrijven, maar toen hij zijn ogen weer opendeed, was de zwarte vorm er nog steeds. Hij deed een paar stappen achteruit en, gedreven door angst voor wat er met hem zou gebeuren als hij zijn ogen van de vleermuis afwendde, schuifelde hij langzaam in de richting van de deur van de badkamer, waar hij wist dat hij de schakelaar zou vinden voor de lange tl-buizen. Verbijsterd door een mengeling van afschuw en ongeloof, hield hij zijn handen achter zich. Hij liet een vlakke hand langs de tegelmuur glijden, overtuigd dat contact met de muur zijn enige contact met de realiteit was.

Als een blinde volgde hij zijn ziende hand langs de muur tot hij de schakelaar vond en de lange, dubbele rij tl-buizen één voor één het licht doorgaven tot de ruimte schel verlicht werd.

Uit angst sloot hij zijn ogen toen het licht knipperend aanging, angst voor welke afgrijselijke beweging de vleermuisvorm zou maken als hij opgeschrikt werd uit de beschermende duisternis. Toen de lampen geen geluid meer maakten, deed de jongen zijn ogen open en dwong zichzelf te kijken.

Hoewel het meedogenloze licht de vorm transformeerde en prijsgaf, ging de gelijkenis met een vleermuis niet geheel verloren, en de dreiging die uitging van de slappe vleugels werd er ook niet minder om. Maar die vleugels openbaarden zich nu als de verhullende plooien van de zwarte mantel die het herkenbaarste onderdeel was van hun winteruniform. De kop van de vleermuis bleek in dit licht het hoofd te zijn van Ernesto Moro, Venetiaan en, net als de jongen die nu hevig brakend boven de dichtstbijzijnde wasbak hing, een student aan de San Martino Militaire Academie.

2

Het duurde lang voordat de autoriteiten actie ondernamen naar aanleiding van de dood van cadet Moro, hoewel het oponthoud nauwelijks te wijten was aan het gedrag van zijn klasgenoot Pietro Pellegrini. Toen de golven van misselijkheid waren weggetrokken, keerde de jongen terug naar zijn kamer, pakte zijn *telefonino* – gezien de frequentie van het gebruik bijna een natuurlijk verlengstuk van zijn lichaam – en belde zijn vader, die op zakenreis in Milaan was, om hem te vertellen wat er gebeurd was of wat hij net gezien had. Zijn vader, een advocaat, zei eerst dat híj de autoriteiten zou bellen, maar bedacht zich toen en gebood zijn zoon dat zelf te doen en wel onmiddellijk.

Het kwam geen moment bij Pellegrini's vader op dat zijn zoon op enigerlei wijze betrokken was bij de dood van de andere jongen, maar hij was een strafpleiter en bekend met het functioneren van het ambtelijk apparaat. Hij wist dat de verdenking altijd zou vallen op degene die pas na enig dralen een misdrijf gemeld had bij de politie, en hij wist ook hoe gebrand ze erop waren de voor de hand liggende oplossing te kiezen. Dus zei hij tegen de jongen – het had meer weg van een bevel – dat hij onmiddellijk de autoriteiten moest bellen. De jongen, gedrild in gehoorzaamheid door zijn vader en door twee jaar San Martino, nam aan dat de autoriteiten degenen waren die de school leidden en ging dus naar beneden om zijn commandant verslag te doen van zijn vondst van een dode jongen in de badkamer op de tweede verdieping.

De politieagent op de Questura die het telefoontje van de school aannam, vroeg de naam van degene die belde, noteerde die, vroeg vervolgens hoe hij wist dat er iemand dood was en schreef ook dat antwoord op. Nadat hij had opgehangen vroeg de agent aan zijn collega die naast hem aan het schakelbord zat of de melding niet moest worden doorgesluisd naar de carabinieri, aangezien de academie als militair instituut wellicht onder de jurisdictie viel van de carabinieri en niet van de burgerpolitie. Ze overlegden dit even, en de tweede belde naar de agentenkamer om te informeren of iemand daar het procedurele probleem kon oplossen. De agent die hun telefoontje aannam, stelde dat de academie een privéschool was zonder officiële banden met het leger – dat wist hij omdat de zoon van zijn tandarts er zat – en dat zijzelf dus de aangewezen partij waren om de zaak op te pakken. De mannen aan het schakelbord bespraken dit nog even, en waren het uiteindelijk met hun collega eens. Degene die de melding had geregistreerd, zag dat het na achten was en draaide het interne nummer van zijn superieur, commissario Guido Brunetti, wetend dat hij al op kantoor zou zijn.

Brunetti bevestigde dat het aan hen was om de zaak af te handelen en vroeg toen: 'Wanneer kwam de melding binnen?'

'Vier voor halfacht, meneer,' luidde het efficiënte, kordate antwoord van Alvise.

Een blik op zijn horloge leerde Brunetti dat het nu meer dan een halfuur later was, maar aangezien Alvise niet het grootste licht was onder zijn vaste medewerkers, besloot hij er geen punt van te maken en zei in plaats daarvan alleen: 'Regel een boot. Ik kom naar beneden.'

Toen Alvise ophing, wierp Brunetti een blik op het dienstrooster van de week; toen hij zag dat de naam van inspecteur Lorenzo Vianello er niet op stond voor die of de volgende dag, belde hij Vianello thuis en legde hem kort uit wat er gebeurd was. Voordat Brunetti de kans kreeg het te vragen, zei Vianello: 'Ik zie u daar.'

Alvise was er kennelijk in geslaagd commissario Brunetti's verzoek door te geven aan de schipper, wat zonder twijfel te maken had met het feit dat die aan het bureau tegenover hem zat. Toen Brunetti even later uit de Questura kwam, trof hij zowel Alvise als de schipper op het dek aan; de motor van de boot draaide stationair. Brunetti wachtte even voordat hij op de politieboot stapte en zei tegen Alvise: 'Ga terug naar boven en stuur Pucetti naar beneden.'

'Maar wilt u dan niet dat ik met u meega, meneer?' vroeg Alvise. Hij klonk zo teleurgesteld als een bruid van wie de bruidegom niet is komen opdagen in de kerk.

'Nee, dat is het niet,' zei Brunetti behoedzaam, 'maar als deze persoon nog een keer belt, wil ik dat jij er bent om de continuïteit van de afhandeling te waarborgen. Op die manier kunnen we meer informatie inwinnen.'

Hoewel dit klinkklare onzin was, leek Alvise het te accepteren. Brunetti bedacht – niet voor het eerst – dat Alvise alles misschien wel zo makkelijk aannam wegens gebrek aan gezond verstand. Hij ging zonder morren de Questura weer binnen. Een paar minuten later kwam Pucetti naar buiten en stapte aan boord van de politieboot. De schipper voer weg van de kade en zette koers naar het Bacino. De regen van die nacht had de vervuiling uit de lucht gespoeld en de stad beleefde een kristalheldere ochtend, maar de guurte van de late herfst hing in de lucht.

Brunetti had al minstens tien jaar geen reden gehad de academie te bezoeken, niet sinds het eindexamen van de zoon van een achterneef. Na door het leger te zijn benoemd tot luitenant, een eer die de meeste afgestudeerde cadetten aan San Martino – meestal zonen van militairen – ten deel viel, had de jongen verschillende rangen doorlopen. Hij was een grote bron van trots voor zijn vader en van evenzoveel verwarring voor de rest van de familie. Noch de Brunetti's noch de familie van zijn moeder kenden een militaire traditie, wat niet wil zeggen dat de familie nooit iets met het leger te maken had gehad. Dat hadden ze wel degelijk, en niet zonder kleerscheuren. Het was de generatie van Brunetti's ouders die niet alleen in de laatste oorlog had gevochten maar ook had meegemaakt hoe een groot deel daarvan rondom hen werd uitgevochten op hun eigen grondgebied.

Vandaar dat Brunetti sinds zijn kindertijd alleen over het leger en alle bijbehorende toeters en bellen had horen spreken met de smalende minachting die zijn ouders en hun vrienden normaliter reserveerden voor de regering en de kerk. De lage dunk die hij voor het leger had was nog verergerd in de loop van zijn getrouwde leven met Paola Falier, een vrouw van linkse, bijna anarchistische overtuiging. Paola's standpunt was dat de grootste verdienste van het Italiaanse leger de geschiedenis van lafheid en terugtrekking was, en de grootste fout dat de militaire en politieke leiders gedurende beide wereldoorlogen weigerden deze waarheid onder ogen te zien en de zinloze dood van honderdduizenden jongemannen op hun geweten hadden door het oeverloos najagen van zowel hun eigen waanideeën over glorie als de politieke doelen van andere naties.

Door wat Brunetti had meegemaakt tijdens zijn eigen niet noemenswaardige periode van militaire dienst of in de decennia daarna, had hij niet veel redenen om te twijfelen aan Paola's standpunt. Brunetti wist dat hij door zijn ervaringen maar moeilijk af te brengen was van het idee dat het leger, of het nu Italiaans of buitenlands was, niet veel verschilde van de maffia: gedomineerd door mannen en vijandig jegens vrouwen, niet in staat zich eervol of zelfs maar eerlijk te gedragen buiten de eigen gelederen, volledig gericht op het verwerven van macht, respectloos ten opzichte van de burgermaatschappij, gewelddadig en laf tegelijk. Nee, er was weinig wat de ene organisatie van de andere onderscheidde, behalve dat de ene koos voor makkelijk herkenbare uniformen en de andere eerder neigde naar Armani en Brioni.

De verhalen over de geschiedenis van de academie waren Brunetti bekend. Opgericht op Giudecca in 1852 door Alessandro Loredan – een van Garibaldi's vroegste volgelingen in de Veneto, en ten tijde van de onafhankelijkheid een van zijn generaals – werd de school in eerste instantie gehuisvest in een groot gebouw op het eiland. Loredan stierf kinderloos en zonder mannelijke erfgenamen, en liet zowel het gebouw als het *palazzo* van de familie en zijn fortuin na onder trust, onder de voorwaarde dat de opbrengst aangewend zou worden ten gunste van de militaire academie die hij de naam van zijn vaders beschermheilige had gegeven.

Hoewel de oligarchen van Venetië geen fervente aanhangers waren van het *risorgimento*, hadden ze niets dan lof voor een instituut dat er zo doeltreffend voor zorgde dat het Loredan-fortuin de stad niet verliet. Binnen een paar uur na zijn dood was de exacte waarde van zijn erfenis bekend, en binnen een paar dagen hadden de trustees die in het testament genoemd werden een gepensioneerde officier – toevallig de zwager van een van hen – benoemd tot hoofd van de academie. En zo was het tot op de dag van vandaag gegaan: een school die werd gerund volgens strikt militaire richtlijnen, waar de zonen van officieren en heren van gegoede stand de opleiding en het aanzien konden krijgen waarmee ze op hun beurt weer officier konden worden.

Brunetti's overpeinzingen werden afgekapt toen de boot net na de Sant' Eufemia-kerk een kanaal op draaide en naar een aanmeerplek voer. Pucetti pakte de meertros, sprong aan wal en haalde het touw door een ijzeren ring in de kade. Hij stak een hand uit naar Brunetti en ondersteunde hem toen hij van de boot stapte.

'Daar is het toch?' vroeg Brunetti, wijzend naar het einde van het eiland en de lagune die nog net in de verte te zien was.

'Ik weet het niet, meneer,' bekende Pucetti. 'Ik moet toegeven dat ik hier alleen kom voor het Redentore-feest. Ik weet eigenlijk helemaal niet waar het is.' Normaal gesproken kon Brunetti zich niet verbazen over de provinciaalse uitlatingen van zijn medeburgers, maar Pucetti leek zo slim en ruimdenkend.

Alsof hij de teleurstelling van zijn commandant aanvoelde, voegde Pucetti eraan toe: 'Het lijkt altijd net een ander land. Dat komt vast door mijn moeder. Ze praat er altijd over alsof het niet bij Venetië hoort. Als ze haar de sleutel van een huis op Giudecca gaven, weet ik zeker dat ze hem meteen zou teruggeven.'

Het leek Brunetti verstandiger om niet te zeggen dat zijn eigen moeder vaak exact hetzelfde gevoel had verwoord en dat hij het er ook nog eens roerend mee eens was, dus hij zei alleen: 'Het ligt verderop aan dit kanaal, aan het eind,' en begon die kant op te lopen.

Zelfs vanaf deze afstand kon hij al zien dat de grote *portone* die toegang gaf tot het plein voor de academie open stond: iedereen kon in en uit lopen. Hij keerde zich om naar Pucetti. 'Zoek uit wanneer de poort vanochtend is opengegaan en of er wordt bijgehouden wie het pand binnen komt of verlaat.' Voordat Pucetti iets kon zeggen, voegde Brunetti eraan toe: 'En ook voor gisteravond, ja, ook al weten we nog niet hoe lang hij al dood is. En wie de sleutels van de poort heeft en hoe laat die 's nachts dichtgaat.' Je hoefde Pucetti niet te vertellen wat hij moest vragen, een welkome verademing in een korps waar de kwaliteiten van de gemiddelde agent vergelijkbaar waren met die van Alvise.

Vianello stond al op hen te wachten net buiten de portone. Hij ontving zijn superieur met een kleine beweging van zijn kin en knikte naar Pucetti. Om ieder mogelijk voordeel te benutten van een onaangekondigd binnenvallen in burgerkleding, stuurde Brunetti Pucetti terug naar de boot met de mededeling dat hij pas tien minuten later weer terug mocht komen.

Binnen was het duidelijk dat het nieuws over het sterfgeval al de ronde had gedaan, hoewel Brunetti niet kon zeggen waaruit hij dat opmaakte. Misschien was het de aanblik van groepjes jongens en jongemannen die op het plein op gedempte toon met elkaar stonden te praten. Maar het kon net zo goed komen door het feit dat een van hen witte sokken in de schoenen van zijn uniform droeg, een duidelijk bewijs dat hij zich zo snel had aangekleed dat hij niet wist wat hij deed. Toen drong het tot hem door dat geen van hen een boek vasthield. Militair of niet, dit was een school, en leerlingen hadden boeken bij zich, tenzij er dringender zaken tussen hen en hun leerstof waren gekomen.

Een van de jongens bij de portone maakte zich los uit het groepje waarin hij stond te praten en benaderde Brunetti en Vianello. 'Wat kan ik voor u doen?' vroeg hij, maar de toon waarop hij het zei had meer weg van een bevel om hun aanwezigheid te verklaren. Hij had krachtige gelaatstrekken, was donker en knap en bijna zo lang als Vianello, hoewel hij de twintig nog niet gepasseerd kon zijn. De anderen volgden hem met hun ogen.

Geërgerd door de toon die de jongen aansloeg, zei Brunetti: 'Ik wil graag met degene spreken die hier de leiding heeft.'

'En wie bent u?' eiste de jongen.

Brunetti gaf geen antwoord maar zond de jongen een lange, strakke blik. De ogen van de jongeman knipperden niet, en hij deed ook geen pas achteruit toen Brunetti een stap zijn kant op deed. Hij droeg het officiële uniform – donkerblauwe broek en jasje, wit hemd, das – met twee gouden strepen op de manchetten van zijn jasje. Geconfronteerd met Brunetti's stilzwijgen, verplaatste de jongen zijn gewicht van het ene op het andere been en zette zijn handen in zijn zij. Hij keek Brunetti strak aan zonder zijn vraag te herhalen.

'Hoe heet degene die hier de leiding heeft?' vroeg Brunetti alsof de ander niets gezegd had. Hij voegde eraan toe: 'Ik bedoel niet zijn naam, ik bedoel zijn titel.'

'*Comandante*,' liet de jongen zich ontvallen.

'Ach, wat grootmoedig van je,' zei Brunetti. Hij wist niet of het gedrag van de jongen botste met zijn algemene overtuiging dat de jeugd eerbied moest tonen voor ouderen of dat het vooral de zelfvoldane strijdlust van de jongen was die hem irriteerde. Hij richtte zich tot Vianello met de woorden: 'Inspecteur, noteer de naam van deze jongen,' en liep richting de trap die naar het palazzo leidde.

Hij beklom de vijf treden en duwde de deur open. De vloer van de hal had een patroon van enorme diamanten met facetten van verschillende soorten hout. Gelaarsde voeten hadden een spoor uitgesleten naar een deur aan de andere kant. Brunetti liep de ruimte door, die opvallend leeg was, en opende de deur. Er liep een gang naar de achterkant van het gebouw: de muren waren behangen met vlaggen waarvan hij dacht dat het regimentsvaandels waren. Op sommige stond de leeuw van San Marco, maar er zaten ook andere dieren tussen, alle even agressief: tanden ontbloot, klauwen in de aanslag, nekharen overeind.

Boven de eerste deur aan zijn rechterhand stond alleen maar een nummer, boven de tweede en derde ook. Toen hij de laatste passeerde, liep er een jonge jongen, zeker niet ouder dan vijftien, de gang in. Hij was verbaasd om Brunetti te zien, die rustig knikte en vroeg: 'Waar is de kamer van de comandante?'

Zijn toon of zijn manier van doen veroorzaakte een pavlovreactie bij de jongen, die in de houding sprong en kordaat salueerde. 'Eén trap omhoog, meneer. Derde deur links.'

Brunetti bedwong de neiging 'op de plaats rust' te zeggen. Met een neutraal 'dankjewel' liep hij terug naar de trap.

Bovengekomen volgde hij de aanwijzingen van de jongen en hield stil bij de derde deur links. COMANDANTE GIULIO BEMBO stond er op het bordje naast de deur.

Brunetti klopte, wachtte even op een reactie, en klopte nog eens. De afwezigheid van de comandante leek hem een mooie gelegenheid om een kijkje in diens kantoor te nemen, dus duwde hij de klink omlaag en ging naar binnen. Het was niet duidelijk wie harder schrok, Brunetti of de man die voor een van de ramen stond met een stapel papieren in zijn hand.

'O, neem me niet kwalijk,' zei Brunetti. 'Een leerling heeft me hiernaartoe gewezen en zei dat ik op u kon wachten in uw kantoor. Ik had geen idee dat u hier was.' Hij keerde zich om naar de deur en toen weer terug, alsof hij niet kon besluiten te blijven of weg te gaan.

De man voor het raam keek naar Brunetti, en het licht dat achter hem naar binnen viel, maakte het Brunetti bijna onmogelijk om iets van hem te onderscheiden. Hij kon wel zien dat hij een ander uniform droeg dan de jongens, lichter en zonder streep aan de zijkant van de broekspijpen. Zijn borst was rijkelijk behangen met medailles.

De man legde de papieren op zijn bureau en maakte geen aanstalten om naar Brunetti toe te lopen. 'En u bent?' vroeg hij, waarbij hij het voor elkaar kreeg verveeld te klinken.

'Commissario Guido Brunetti,' zei hij. 'Ik ben gestuurd om

de aangifte van een sterfgeval te onderzoeken.' Dit was niet helemaal waar, want Brunetti had zichzelf gestuurd om het te onderzoeken, maar hij zag geen reden waarom de comandante dit zou moeten weten. Hij deed een stap naar voren en stak zijn hand vrij vanzelfsprekend uit, alsof hij niet ontvankelijk was voor de kilte die de ander uitstraalde.

Na een pauze die lang genoeg was om duidelijk te maken wie hier de baas was, stapte Bembo naar voren en reikte hem de hand. Zijn greep was stevig en alles wees erop dat de comandante zich moest inhouden om niet te veel kracht te zetten uit consideratie voor Brunetti's hand.

'Och ja,' zei Bembo, 'een commissario'. Hij liet een stilte vallen om zijn woorden kracht bij te zetten en ging daarna verder: 'Het verbaast me dat mijn vriend *vice-questore* Patta er niet aan gedacht heeft me te bellen om uw komst aan te kondigen.'

Brunetti vroeg zich af of de verwijzing naar zijn superieur – die naar alle waarschijnlijkheid op zijn vroegst pas over een uur op kantoor zou verschijnen – bedoeld was om hem nederig aan een haarlok te laten frunniken, terwijl hij Bembo verzekerde dat hij alles in het werk zou stellen om hem niet te storen met zijn onderzoek. 'Ik denk dat hij dat zeker zal doen zodra ik mijn voorlopige rapport bij hem indien, comandante,' zei Brunetti.

'Natuurlijk,' zei Bembo en liep om zijn bureau heen om op zijn stoel te gaan zitten. Hij maakte een handgebaar naar Brunetti, wat ongetwijfeld minzaam bedoeld was, en Brunetti ging ook zitten. Brunetti wilde weten hoe gebrand Bembo erop was om het onderzoek van start te laten gaan. Afgaand op de manier waarop de comandante kleine voorwerpen op zijn bureaublad rangschikte, een stapel papieren bij elkaar schoof en recht klopte, leek hij geen buitengewone haast te hebben. Brunetti hield zijn mond.

'Het is allemaal erg ongelukkig,' zei Bembo uiteindelijk.

Het leek Brunetti het beste om te knikken.

'Het is de eerste keer dat we te maken hebben met een zelfmoord op de academie,' vervolgde Bembo.

'Ja, dat moet een schok zijn. Hoe oud was de jongen?' vroeg Brunetti. Hij trok een notitieboekje uit zijn jaszak en vouwde het omslag naar achteren toen hij een lege pagina vond. Hij klopte op zijn zakken, boog zich vervolgens met een verontschuldigend lachje naar voren en pakte een potlood dat op het bureau van de comandante lag. 'Als ik zo vrij mag zijn,' zei hij.

Bembo deed geen moeite om op het verzoek te reageren. 'Zeventien, dacht ik,' zei hij.

'En zijn naam?' vroeg Brunetti.

'Ernesto Moro,' antwoordde Bembo.

Brunetti's schok van verbazing bij het horen van een van de bekendste namen van de stad was geen opzet.

'Ja,' zei Bembo, 'Fernando's zoon.'

Voordat hij zich terugtrok uit de politiek, had *dottor* Fernando Moro een aantal jaar in het parlement gezeten, een van de weinigen in die positie die zijn taken naar eer en geweten had vervuld. Het gekonkel van Venetië had ervoor gezorgd dat Moro uit verschillende commissies ontslagen was omdat zijn collega's niet zaten te wachten op zijn eerlijkheid. Zodra duidelijk werd dat hij immuun was voor de verleiding van geld en macht, vonden zijn ongelovige medeparlementariërs altijd wel een reden om hem over te plaatsen. Zijn carrière werd vaak aangehaald als voorbeeld van blijven hopen tegen beter weten in, want iedere voorzitter die Moro toegewezen kreeg in zijn commissie was ervan overtuigd dat hij dit keer wel zou zijn over te halen om het beleid te steunen dat de zakken van weinigen vulde ten koste van velen.

Maar kennelijk was geen van hen er in drie jaar tijd in geslaagd om Moro te corrumperen. Twee jaar geleden had hij onverwacht en zonder nadere uitleg afstand gedaan van zijn parlementaire zetel om zich weer volledig aan zijn geneeskundige praktijk te wijden.

'Is hij op de hoogte gesteld?' vroeg Brunetti.

'Wie?' vroeg Bembo, duidelijk in verwarring gebracht door Brunetti's vraag.

'Zijn vader.'

Bembo schudde zijn hoofd. 'Ik weet het niet. Is dat niet de taak van de politie?'

Brunetti, die zijn uiterste best moest doen om zich in te houden, keek op zijn horloge en vroeg: 'Hoe lang geleden is het lichaam gevonden?' Hoewel hij neutraal probeerde te klinken, klonk er toch verwijt in zijn stem door.

Bembo werd nijdig. 'Ergens vanochtend.'

'Hoe laat?'

'Dat weet ik niet. Vlak voordat de politie is gebeld.'

'Hoe vlak daarvoor?'

'Ik heb geen idee. Ik werd thuis gebeld.'

'Hoe laat?' vroeg Brunetti, zijn potlood in de aanslag boven het papier.

Bembo's mond verstrakte in slecht onderdrukte ergernis. 'Ik weet het niet precies. Rond een uur of zeven denk ik.'

'Was u al wakker?'

'Natuurlijk.'

'Was u degene die de politie heeft gebeld?'

'Nee, dat was al gedaan door iemand hier.'

Brunetti haalde zijn benen weer van elkaar en leunde voorover.

'Comandante, de melding is genoteerd om vier voor halfacht. Dat is ongeveer een halfuur nadat u gebeld werd en hoorde dat de jongen dood was.' Hij liet een stilte vallen om de man de kans te geven het uit te leggen, maar toen Bembo geen aanstalten maakte om dat te doen, ging Brunetti verder: 'Heeft u daar een verklaring voor?'

'Waarvoor?'

'Voor de vertraging van een halfuur bij het informeren van de autoriteiten over een verdacht sterfgeval op het instituut dat u leidt.'

'Verdacht?' vroeg Bembo.

'Tot de lijkschouwer de doodsoorzaak heeft vastgesteld, is elk sterfgeval verdacht.'

'De jongen heeft zelfmoord gepleegd. Dat zie je toch zo?'

'Heeft u hem gezien?'

De comandante gaf niet onmiddellijk antwoord. Hij leunde achterover in zijn stoel en probeerde de man tegenover hem te peilen. Uiteindelijk antwoordde hij: 'Ja. Ik ben hiernaartoe gekomen toen ze me belden en ben gaan kijken. Hij heeft zichzelf opgehangen.'

'En het oponthoud?' vroeg Brunetti.

Bembo wuifde de vraag weg. 'Ik heb geen idee. Ze zullen wel gedacht hebben dat ik de politie zou bellen, terwijl ik ervan uitging dat zij dat hadden gedaan.'

Brunetti liet het gaan en vroeg: 'Heeft u enig idee wie er gebeld heeft?'

'Ik vertel u net dat ik dat niet weet,' zei Bembo. 'Hij zal zijn naam toch vast wel genoemd hebben.'

'Vast,' antwoordde Brunetti en kwam terug op het onderwerp. 'Maar niemand heeft contact opgenomen met dottor Moro?'

Bembo schudde zijn hoofd.

Brunetti stond op. 'Dan zal ik ervoor zorgen dat iemand dat doet.'

Bembo nam niet de moeite overeind te komen. Brunetti bleef even staan, benieuwd of de comandante zijn verheven positie kracht zou bijzetten door zijn blik op iets op zijn bureau te richten in afwachting van Brunetti's vertrek. Maar dat deed hij niet. Met zijn lege handen voor zich op het bureau en zijn ogen op Brunetti, zat Bembo te wachten.

Brunetti stopte het notitieboekje in zijn jaszak, legde het potlood zorgvuldig op het bureau voor Bembo neer en verliet het kantoor van de comandante.

3

Toen hij Bembo's kantoor uit kwam, liep Brunetti een eindje bij de deur vandaan en trok zijn telefonino te voorschijn. Hij toetste 12 in en vroeg net om Moro's nummer toen hij werd afgeleid door harde mannenstemmen die de trap op kwamen.

'Waar is mijn zoon?' vroeg een harde stem. Een zachtere stem gaf antwoord, maar de andere stem drong aan: 'Waar is hij?' Zonder iets te zeggen, verbrak Brunetti de verbinding en liet de telefoon weer in zijn zak glijden.

Toen hij de trap naderde, werden de stemmen nog harder. 'Ik wil weten waar hij is,' schreeuwde de eerste stem, niet van plan zich te laten paaien door wat er tegen hem gezegd werd.

Toen Brunetti boven aan de trap stond, zag hij onderaan een man van ongeveer zijn eigen leeftijd en postuur en herkende hem onmiddellijk, zowel van zijn foto in de krant als van de keren dat hij hem de hand had geschud bij officiële gelegenheden. Moro's trekken waren scherp afgetekend, zijn jukbeenderen hoog en Slavisch aandoend. Zijn ogen en huidskleur waren donker en in scherp contrast met zijn haar, dat wit en dik was. Hij stond tegenover een jongere man, die hetzelfde donkerblauwe uniform aanhad als de jongens op het plein.

'Dottor Moro,' zei Brunetti, en liep de trap af naar hen toe.

De dokter draaide zich om en keek omhoog naar Brunetti, maar gaf geen teken van herkenning. Zijn mond hing open en hij leek moeite te hebben met ademhalen. Brunetti herkende de symptomen van een shock en van steeds grotere woede over de weerstand die de jongeman bood.

'Ik ben Brunetti. Politie,' zei hij. Toen Moro niet reageerde, richtte Brunetti zich tot de andere man en vroeg: 'Waar is de jongen?'

Deze bekrachtiging van het verzoek deed de jongeman overstag gaan. 'In de badkamer. Boven,' zei hij, weliswaar met tegenzin, alsof niemand het recht had hem ook maar iets te vragen.

'Waar?' vroeg Brunetti.

Vianello riep hen vanaf de trap boven hen, wenkte ze naar waar hij net vandaan kwam. 'Hij is hier.'

Brunetti keek naar Moro, die nu zijn aandacht op Vianello richtte. Hij stond als aan de grond genageld, zijn mond nog altijd wijd open en zijn ademhaling nog steeds hoorbaar.

Hij deed een stap naar voren en nam de arm van de dokter in de zijne. Zonder iets te zeggen, leidde Brunetti hem de trap op, achter de rug van de langzaam lopende Vianello aan. Op de tweede verdieping pauzeerde Vianello even om te controleren of ze hem nog steeds volgden en liep toen een gang in waar veel deuren op uitkwamen. Aan het einde sloeg hij rechts af en vervolgde zijn weg door een vergelijkbare gang. Vianello duwde een deur met een rond glazen raampje open. Zijn blik kruiste die van Brunetti en hij gaf een klein knikje. Toen Moro dat zag, verkrampte zijn arm onder Brunetti's hand, maar zijn tred bleef gelijkmatig.

De dokter liep voor Vianello langs alsof de inspecteur onzichtbaar was. Vanuit de deuropening kon Brunetti alleen zijn rug zien toen hij naar de andere kant van de badkamer liep, waar iets op de vloer lag.

'Ik heb hem losgesneden,' zei Vianello terwijl hij een hand op de arm van zijn superieur legde. 'Ik weet dat we niets mogen aanraken, maar de gedachte dat degene die hem kwam identificeren hem zo zou zien, ging me te ver.'

Brunetti pakte Vianello bij de arm en had alleen de tijd om 'goed zo' te zeggen, toen achter in de ruimte een laag dierlijk geluid klonk. Half liggend, half knielend, hield Moro het lichaam in zijn armen. Het geluid kwam uit hem, zonder woorden of inhoud. Ze zagen hoe Moro de dode jongen dichter tegen zich aan trok, het slaphangende hoofd voorzichtig verschoof tot het in de holte tussen zijn eigen nek en schouder rustte. Het geluid ging over in spraak, maar Vianello noch Brunetti konden verstaan wat de man zei.

Ze liepen samen naar hem toe. Brunetti zag hoe de man, die qua leeftijd en uiterlijk niet veel van hem verschilde, het lichaam van zijn enige zoon in zijn armen hield, een jongen van ongeveer dezelfde leeftijd als Brunetti's eigen zoon. Vol afgrijzen sloot hij zijn ogen. Toen hij die weer opendeed, zag hij dat Vianello achter de dokter geknield was, zijn arm om diens schouders, de dode jongen net niet rakend. 'Laat hem maar, dottore,' zei Vianello zacht, terwijl hij de druk op de rug van de dokter opvoerde. 'Laat hem maar,' herhaalde hij en verplaatste zich langzaam om het gewicht van de jongen vanaf de andere kant te ondersteunen. Moro leek het eerst niet te verstaan, maar toen drong de mengeling van dwang en vriendelijkheid in Vianello's stem door tot zijn verdoofde brein. Met hulp van Vianello legde hij het bovenlichaam van zijn zoon weer op de vloer, knielde naast hem en staarde naar het opgezwollen gezicht.

Vianello boog zich over het lichaam, pakte de onderkant van de militaire cape en trok die over het gezicht. Daarna pas bukte Brunetti zich, legde een ondersteunende hand onder Moro's arm en hielp de wankelende man overeind.

Vianello ging aan de andere kant van hem staan en gezamenlijk verlieten ze de badkamer, liepen de lange gang door, de trap af en het plein op. Toen ze buitenkwamen, stonden daar nog steeds groepjes geüniformeerde jongens. Ze keken allemaal om toen de drie mannen uit het gebouw kwamen en keken vervolgens even snel weer weg.

Moro sleepte met zijn voeten alsof hij geketend was en alleen in staat tot piepkleine stapjes. Eén keer stopte hij, schudde zijn hoofd alsof hij een vraag beantwoordde die geen van de anderen kon horen, en liet zichzelf daarna weer verder leiden.

Brunetti zag Pucetti uit een gang aan de andere kant van het plein komen en stak zijn vrije hand omhoog om hem te wenken. Zodra de agent in uniform hen bereikt had, stapte Brunetti opzij en liet Pucetti zijn arm onder die van Moro glijden, die de verandering niet leek op te merken. 'Breng hem terug naar de boot,' zei Brunetti tegen hen, en vervolgens tegen Vianello: 'Ga met hem mee naar huis.'

Pucetti keek Brunetti vragend aan.

'Help Vianello de dokter naar de boot te brengen en kom daarna weer terug,' zei Brunetti, in de veronderstelling dat Pucetti's intelligentie en aangeboren nieuwsgierigheid, opgeteld bij het feit dat hij de cadetten in leeftijd niet veel ontliep, van pas zouden komen bij de ondervraging. De twee politiemannen vertrokken, Moro schokkerig tussen hen in, alsof hij zich niet bewust was van hun aanwezigheid.

Brunetti keek hoe ze het plein verlieten. De jongens keken af en toe even zijn kant op, maar zodra ze zijn blik kruisten keken ze onmiddellijk weg of deden alsof ze de muur achter hem aan het bestuderen waren en hem daar eigenlijk niet zagen staan.

Toen Pucetti een paar minuten later terugkwam, vroeg Brunetti hem om uit te zoeken of er gisteravond iets ongewoons was gebeurd en om zich een beeld te vormen van wat voor iemand de jonge Moro was geweest en hoe zijn klasgenoten over hem dachten. Brunetti wist dat deze vragen nu moesten worden beantwoord, voordat hun herinneringen aan de vorige avond elkaar zouden beïnvloeden en voordat de dood van de jongen goed tot ze zou doordringen; dan zou alles wat de cadetten over hem te zeggen hadden, verworden tot de mierzoete flauwekul waarmee legendes over heiligen en martelaren doorgaans gepaard gaan.

Bij het horen van het tweetonige geloei van een naderende sirene ging Brunetti naar buiten om op de *riva* te wachten op het technisch onderzoeksteam. De witte politieboot naderde de oever van het kanaal. Vier politiemannen in uniform stapten aan wal en keerden zich om om de kisten en tassen met hun materiaal van boord te tillen.

Er stapten nog twee mannen van de boot. Brunetti zwaaide naar hen, waarop ze hun uitrusting pakten en zijn kant op liepen. Toen ze bij hem waren aangekomen, vroeg Brunetti aan Santini, de leider van het team: 'Wie komt er?'

Alle mannen in het onderzoeksteam deelden Brunetti's voorkeur voor dottor Rizzardi, vandaar dat Santini op een bepaalde toon zei: 'Venturi,' de titel van de man opzettelijk achterwege latend.

'Aha,' antwoordde Brunetti, waarna hij zich omdraaide en de mannen naar het plein voor de academie bracht. Daar aangekomen vertelde hij hen dat het lichaam boven was en ging hen voor naar de tweede verdieping en via de gang naar de open deur van de badkamer.

Brunetti besloot om niet nog eens met ze naar binnen te gaan, maar dat was niet uit professionele voorzorg om de plaats van overlijden intact te laten. Hij liet ze hun gang gaan en liep terug naar het plein.

Daar was geen spoor van Pucetti, en alle cadetten waren verdwenen. Ze waren of allemaal naar de les verordend of ze hadden zich teruggetrokken in hun kamer; hoe dan ook, ze bevonden zich niet meer in de buurt van de politie.

Hij ging terug naar Bembo's kantoor en klopte op de deur. Toen hij geen reactie kreeg, klopte hij nogmaals en voelde aan de klink. De deur zat op slot. Hij klopte nog eens, maar niemand gaf antwoord.

Brunetti liep terug naar het centrale trappenhuis en hield bij elke deur in de gang even stil om hem open te doen. Erachter bevonden zich klaslokalen: eentje met kaarten en plattegronden aan de muren, een andere met wiskundige formules op de twee schoolborden, de derde met een reusachtig schoolbord met daarop een ingewikkeld diagram vol pijlen en strepen – zo'n schema uit een geschiedenisboek dat de manoeuvres van troepen tijdens een veldslag weergeeft.

Onder normale omstandigheden zou Brunetti de tijd hebben genomen om dit te bestuderen, zoals hij in de loop der jaren de uitslagen had doorgenomen van misschien wel honderden veldslagen, maar vandaag kon het diagram en wat het verbeeldde hem niet interesseren, en hij sloot de deur. Hij liep omhoog naar de tweede verdieping, waar tientallen jaren geleden de bedienden gewoond hadden, en daar vond hij wat hij zocht: de slaapzalen. Althans, dat was wat hij dacht dat het waren: de deuren niet al te dicht naast elkaar, een gedrukt kaartje met twee achternamen in een keurig plastic houdertje links naast elke deurpost.

Hij klopte op de eerste. Geen reactie. Hetzelfde bij de tweede. Bij de derde dacht hij binnen een vaag geluid te horen, en zonder de namen op het kaartje te lezen duwde hij de deur open. Voor het enige raam zat een jongeman aan een bureau, zijn rug naar Brunetti. Hij bewoog heftig op zijn stoel heen en weer alsof hij die van zich af probeerde te schudden; misschien had hij wel een of andere toeval. Brunetti stapte aarzelend de kamer binnen. Hij wilde de jongen niet laten schrikken en het daarmee nog erger maken, maar maakte zich ook zorgen over zijn ongecontroleerde bewegingen.

Ineens boog de jongen zijn hoofd naar het bureau, haalde uit met zijn arm en sloeg drie keer met zijn handpalm op het bureaublad, onderwijl zingend: 'Yaah, yaah, yaah.' De laatste noot rekte hij uit tot – wat Brunetti zelfs aan de andere kant van de kamer nog kon horen – de drummer aan zijn lange slotpartij begon, die de jongen met zijn vingers op de rand van zijn bureau mee roffelde.

In de pauze tussen de nummers blafte Brunetti opzettelijk hard: 'Cadet!'

Het woord snerpte door het lage suizen van de koptelefoon heen en de jongen sprong overeind. Hij draaide zich naar de stem toe, zijn rechterhand schoot naar zijn voorhoofd voor een saluut maar bleef haken achter het snoer van de koptelefoon en de discman viel met een klap op de grond, de koptelefoon in zijn val meesleurend.

De klap leek de cd niet te hebben ontzet, want Brunetti kon de bas nog steeds horen, die zelfs halverwege de kamer nog luid en duidelijk doorkwam. 'Heeft niemand je ooit verteld hoe slecht dat is voor je gehoor?' vroeg Brunetti vriendelijk. Normaal gesproken, als hij zijn eigen kinderen dezelfde vraag stelde, zei hij dat net niet fluisterend. De eerste paar keer waren ze erin getrapt en hadden ze gevraagd of hij het nog een keer kon zeggen. Inmiddels wijzer geworden, negeerden ze hem nu.

De jongen liet langzaam zijn hand van zijn voorhoofd zakken, een verbijsterde blik in zijn ogen. 'Wat zei u?' vroeg hij, en voegde er toen uit de macht der gewoonte 'meneer' aan toe. Hij was lang en erg dun en had een smalle kaak, waarvan de ene kant geschoren leek te zijn met een bot scheermes en de andere tekenen vertoonde van hardnekkige acné. Zijn ogen waren amandelvormig en mooi als die van een meisje.

Brunetti was in twee stappen aan de andere kant van de kamer en zag hoe de jongen verstijfde. Maar het enige wat

Brunetti deed, was bukken om de discman en de koptelefoon op te rapen. Hij legde ze voorzichtig op het bureau van de jongen, zich ondertussen verwonderend over de eenvoud van de kamer. Het leek eerder de kamer van een robot in plaats van die van een jongeman – of sterker nog: twee jongemannen, als hij moest afgaan op het bewijs van het stapelbed.

'Ik zei dat harde muziek je gehoor kan beschadigen. Dat is wat ik steeds tegen mijn kinderen zeg, maar ze luisteren niet naar me.'

Dit bracht de jongen nog meer in verwarring, alsof het lang geleden was dat een volwassene iets tegen hem gezegd had wat zowel normaal als begrijpelijk was. 'Ja, dat zegt mijn tante ook altijd.'

'Maar luister je daar niet naar?' vroeg Brunetti. 'Of geloof je haar gewoon niet?' Hij was oprecht benieuwd.

'O, ik geloof haar wel,' zei de jongen, die zich nu voldoende ontspande om een arm uit te strekken en op het OFF-knopje te drukken.

'Maar?' hield Brunetti aan.

'Wat maakt het uit?' zei de jongen schouderophalend.

'Nee, vertel maar,' zei Brunetti. 'Ik wil het echt graag weten.'

'Het maakt niet uit wat er met mijn gehoor gebeurt,' lichtte de jongen toe.

'Maakt niet uit?' vroeg Brunetti, totaal niet volgend wat hij bedoelde. 'Dat je doof wordt?'

'Nee, dat niet,' antwoordde hij. Hij richtte nu zijn volle aandacht op Brunetti en leek het hem echt te willen uitleggen. 'Het duurt heel lang voordat zoiets gebeurt. Daarom doet het er niet toe. Net zoiets als al dat gedoe over *global warming*. Alles wat lang duurt, doet er niet toe.'

Het was Brunetti duidelijk dat de jongen het meende. Hij zei: 'Maar je zit op school, werkt aan een toekomstige carrière

– ik neem aan in het leger. Dat duurt ook nog wel een aantal jaar; doet dat er ook niet toe?'

De jongen antwoordde na een moment van overpeinzing: 'Dat is wat anders.'

'Hoezo, anders?' vroeg een volhardende Brunetti.

De jongen was nu meer op zijn gemak door hun ongedwongen conversatie en het feit dat Brunetti zijn antwoorden zo serieus nam. Hij leunde naar achteren tegen zijn bureau, pakte een pakje sigaretten en hield het Brunetti voor. Toen die bedankte, nam de jongen er een uit en tastte het bureaublad af tot hij onder een notitieblok een plastic aansteker vond.

Hij stak de sigaret aan en gooide de aansteker terug op het bureau. Hij nam een lange trek van de sigaret. Het viel Brunetti op hoe hard hij zijn best deed om ouder en gedistingeerder over te komen dan hij was. Toen keek de jongen Brunetti aan en zei: 'Omdat ik een keus heb wat betreft muziek, maar niet wat betreft school.'

Dit maakte kennelijk veel verschil voor hem, maar Brunetti wilde er niet langer op doorgaan en vroeg: 'Hoe heet je?' waarbij hij het informele *tu* gebruikte, zoals hij zou doen bij de kinderen van zijn vrienden.

'Giuliano Ruffo,' antwoordde de jongen.

Brunetti stelde zichzelf voor, met zijn naam, niet met zijn titel, deed een stap naar voren en stak zijn hand uit. Ruffo gleed van het bureau en schudde Brunetti's hand.

'Kende je hem, de jongen die is overleden?'

'Ruffo's gezicht bevroor, alle ontspanning verdween uit zijn lichaam, en hij schudde zijn hoofd in automatische ontkenning. Terwijl Brunetti zich afvroeg hoe het kon dat hij een medestudent op zo'n kleine school niet kende, zei de jongen: 'Nou ja, ik kende hem niet goed. Ik zat maar bij één vak bij hem in de klas.' De ontspanning was nu ook uit zijn stem verdwenen; hij sprak gehaast, alsof hij zich zo snel mogelijk wilde distantiëren van de betekenis van zijn woorden.

'Welk vak?'

'Natuurkunde.'

'Welke andere vakken volg je?' vroeg Brunetti. 'Waar zit je, in het tweede jaar?'

'Ja, meneer. Dan zijn Latijn, Grieks, wiskunde, Engels en geschiedenis verplicht, en daarnaast kunnen we twee keuzevakken kiezen.

'En natuurkunde is daar één van?'

'Ja, meneer.'

'En het andere?'

Het antwoord liet lang op zich wachten. Brunetti dacht dat de jongen erachter probeerde te komen wat het achterliggende motief van deze man was om al die vragen te stellen. Als Brunetti al een motief had, dan wist hij zelf ook niet wat het was; het enige wat hij op dit moment kon doen, was zich een beeld vormen van wat er op de school speelde, van de sfeer die er hing. Alle informatie die hij vergaarde, had min of meer dezelfde amorfe waarde, en de betekenis ervan zou pas later duidelijk worden, als ieder stukje kon worden gezien als deel van een groter geheel.

De jongen drukte zijn sigaret uit, keek naar het pakje, maar stak er niet nog een op. Brunetti herhaalde: 'Wat is je tweede vak?'

Met tegenzin, alsof hij een bekentenis deed over iets wat hij wellicht als zwakte beschouwde, antwoordde de jongen uiteindelijk: 'Muziek.'

'Goed zo,' reageerde Brunetti meteen.

'Hoe bedoelt u dat, meneer?' vroeg de jongen opvallend geïnteresseerd. Het kon ook puur de opluchting zijn dat ze op een neutraal onderwerp overgingen.

Brunetti's antwoord was instinctief geweest, dus hij moest even nadenken over wat hij zou zeggen. 'Ik lees veel over de geschiedenis,' begon hij, 'en veel geschiedenis is oorlogsgeschiedenis.' De jongen knikte, hem aansporend met zijn nieuwsgierigheid. 'En historici zeggen vaak dat soldaten maar één ding kunnen.' De jongen knikte weer. 'Maar hoe goed ze dat ene ding – oorlog voeren – ook beheersen, het is niet genoeg. Ze moeten ook andere dingen kunnen.' Hij glimlachte naar de jongen, die terug glimlachte. 'Dat is hun grote zwakte, dat ze maar één ding kunnen.'

'Ik wou dat u dat aan mijn grootvader vertelde, meneer,' zei hij.

'Gelooft die het niet?'

'O, die kan het woord "muziek" niet eens horen, in ieder geval niet van mij.'

'Wat zou hij liever horen – dat je een duel had gevoerd?' vroeg Brunetti, die zich in het geheel niet bezwaard voelde bij het ondermijnen van de grootvaderlijke autoriteit.

'O, dat zou hij fantastisch vinden, en dan bij voorkeur een sabelgevecht.'

'En dat je dan thuiskwam met een litteken over je wang?' suggereerde Brunetti.

Ze lachten om de absurditeit daarvan, en zo was het, ontspannen en verbroederd in milde spot over militaire tradities, dat comandante Bembo hen aantrof.

4

'Ruffo!' blafte een stem achter Brunetti.

De glimlach van de jongen verdween en hij schoot in de houding, stijf als een paal in de *laguna*; zijn hielen klakten samen op hetzelfde moment dat zijn stijve vingers naar zijn voorhoofd vlogen in een saluut.

'Wat doe jij hier?' vroeg Bembo.

'Ik heb dit uur geen les, comandante,' antwoordde Ruffo, zijn blik strak vooruit.

'En wat was je aan het doen?'

'Ik was met deze meneer aan het praten, meneer,' zei hij, zijn ogen nog steeds op de verste muur gericht.

'Wie heeft je toestemming gegeven om met hem te praten?'

Ruffo's gezicht was een masker. Hij maakte geen aanstalten de vraag te beantwoorden.

'Nou?' vroeg Bembo, zijn toon steeds snerpender.

Brunetti draaide zich om om de comandante aan te kijken en begroette zijn komst met een kalm knikje. Hij hield zijn toon vriendelijk en vroeg: 'Heeft hij toestemming nodig om met de politie te praten?'

'Hij is minderjarig,' zei Bembo.

'Ik begrijp het geloof ik niet helemaal,' zei Brunetti, met een zorgvuldige glimlach ter demonstratie van zijn verwarring. Hij had het kunnen begrijpen als Bembo iets had gezegd over militaire rang of over het feit dat orders alleen mochten worden aangenomen van een directe meerdere, maar om de jeugdige leeftijd van de jongen aan te dragen als reden om niet met de politie te praten, getuigde volgens Brunetti van overdreven aandacht voor juridische details. 'Ik snap niet wat de leeftijd van cadet Ruffo ermee te maken heeft.'

'Het betekent dat zijn ouders aanwezig moeten zijn als u met hem praat.'

'Maar waarom dan?' vroeg Brunetti, benieuwd naar Bembo's verklaring.

Het kostte Bembo even om die te vinden. Uiteindelijk zei hij: 'Om er zeker van te zijn dat hij de vragen die u stelt, begrijpt.'

Zijn twijfels over de capaciteit van de jongen om simpele vragen te beantwoorden, beloofde niet veel goeds over de kwaliteit van het onderwijs op de school. Brunetti draaide zich terug naar de cadet, die stokstijf stond, zijn armen kaarsrecht langs zijn lichaam, zijn kin hoog boven zijn boordje. 'Je begreep toch wat ik je vroeg, cadet?'

'Ik weet het niet, meneer,' antwoordde de jongen, zijn ogen nog steeds op de muur gericht.

'We hadden het over zijn vakken,' zei Brunetti, 'en cadet Ruffo vertelde me hoe leuk hij natuurkunde vond.'

'Is dat waar, Ruffo?' vroeg de comandante, zonder enige gêne over het feit dat hij Brunetti's geloofwaardigheid openlijk in twijfel trok.

'Ja, meneer,' antwoordde de jongen. 'Ik vertelde deze meneer dat ik twee keuzevakken volg en hoe leuk ik die vind.'

'Vind je de verplichte vakken niet leuk?' vroeg Bembo. En toen tegen Brunetti: 'Was hij daarover aan het klagen?'

'Nee,' antwoordde Brunetti kalm. 'Daar hebben we het niet over gehad.' Hij vroeg zich onder het praten af waarom Bembo zich zo druk maakte over de mogelijkheid dat een leerling iets negatiefs had gezegd over zijn lespakket. Welk commentaar kon je anders van een leerling verwachten?

Bembo zei abrupt: 'Je kunt gaan, Ruffo.' De jongen salueerde en liep zonder naar Brunetti te kijken de kamer uit. Hij sloot de deur niet achter zich.

'Ik zou het fijn vinden als u me in het vervolg inlicht voordat u een van mijn cadetten ondervraagt,' zei Bembo op onvriendelijke toon.

Brunetti vond het de moeite niet waard om er een punt van te maken, dus bevestigde hij dat hij dat zou doen. De comandante keerde zich om naar de deur, aarzelde even alsof hij zich weer wilde omdraaien om nog iets tegen Brunetti te zeggen, maar bedacht zich toen en vertrok.

Brunetti bleef alleen achter in Ruffo's kamer. Hij voelde zich in zekere zin een genode gast en zodoende gebonden aan de regels der gastvrijheid, die onder meer inhouden dat men het vertrouwen van de gastheer niet mag schenden door inbreuk te maken op diens privacy. Het eerste wat Brunetti deed, was de middelste lade van het bureau openen en de papieren eruit halen die hij daar vond. Het waren vooral aantekeningen, zo te zien ruwe versies van essays die de jongen aan het schrijven was; er zaten ook een paar brieven tussen.

'Beste Giuliano,' las Brunetti, zonder enige schaamte of scrupule. 'Je tante kwam vorige week langs en vertelde dat je het goed doet op school.' De kalligrafie had de keurige ronde lussen van de generatie voor hem, hoewel de regels op en neer gingen in navolging van een onzichtbaar pad dat alleen de schrijver kende. De brief was ondertekend met 'Nonna'. Brunetti bladerde door de andere papieren, vond niets bijzonders en stopte ze allemaal terug in de la.

Hij opende de deuren van de kast naast Ruffo's bureau en ging door de zakken van de jasjes die daar hingen. Hij vond alleen maar kleingeld en afgestempelde *vaporetto*-kaartjes. Er lag een laptop op het bureau, maar hij nam niet de moeite die aan te zetten, wetend dat hij geen flauw benul zou hebben wat hij daarmee moest doen. Onder het bed, naar achteren geschoven tegen de muur, vond hij iets wat op een vioolkist leek. De boeken lagen in de lijn der verwachting: leerboeken, een theorieboek rijexamen, de geschiedenis van AC Milan en nog meer boeken over voetbal. Op de onderste plank stonden partituren: Mozarts vioolsonates en de partij voor de eerste viool van een van Beethovens strijkkwartetten. Brunetti schudde zijn hoofd, verwonderd over het verschil tussen de muziek in de discman en de muziek op de plank. Hij opende de deur van de kast die van Ruffo's kamergenoot moest zijn en liet zijn blik over het blad van het tweede bureau gaan maar zag niets bijzonders.

Getroffen door de netheid van de kamer, de bijna chirurgische precisie waarmee de bedden waren opgemaakt, speelde Brunetti een moment met het idee zijn zoon Raffi te drogeren en hem hiernaartoe te laten brengen voor inschrijving. Maar toen herinnerde hij zich wat hem naar deze kamer gebracht had en zijn luchthartigheid verdween als sneeuw voor de zon.

De andere kamers waren leeg, althans niemand reageerde op zijn kloppen, dus hij ging terug naar de badkamer waar de jongen gevonden was. Het onderzoeksteam was aan het werk, en het lichaam lag daar nog steeds, nu volledig bedekt met de donkere wollen mantel.

'Wie heeft hem naar beneden gehaald?' vroeg Santini toen hij Brunetti zag.

'Vianello.'

'Dat had hij niet moeten doen,' riep een van de andere specialisten vanaf de andere kant van de ruimte.

'Dat zei hij zelf ook al,' antwoordde Brunetti.

Santini haalde zijn schouders op. 'Ik had het ook gedaan.' Er kwam een bevestigend gebrom van twee anderen.

Brunetti wilde net vragen wat het team dacht dat er gebeurd was, toen hij voetstappen hoorde. Hij keek opzij en zag dottor Venturi, een van Rizzardi's assistenten. Beide mannen knikten naar elkaar, niet bereid tot meer dan dat.

Ongevoelig voor de meeste menselijke emoties die niet direct betrekking hadden op hemzelf, ging Venturi vlak bij het lichaam staan en zette zijn dokterstas naast het hoofd neer. Hij ging op één knie zitten en trok de onderkant van de mantel van het gezicht van de jongen.

Brunetti wendde zijn blik af naar de douches, waar Pedone, Santini's assistent, net een plastic spuitbus op de bovenkant van de rechtermuur richtte. Brunetti zag hoe hij wolkje voor wolkje een donkergrijs poeder op de muren spoot, behoedzaam van links naar rechts werkend en dan weer terug naar het beginpunt om het proces ongeveer twintig centimeter lager te hervatten.

Tegen de tijd dat alle muren behandeld waren, stond Venturi weer rechtop. Brunetti zag dat hij het gezicht van de jongen onbedekt had gelaten.

'Wie heeft hem naar beneden gehaald?' was het eerste wat de arts vroeg.

'Een van mijn mannen. Op mijn verzoek,' zei Brunetti en hij boog zich voorover om de onderkant van de cape weer over het gezicht van de jongen te trekken. Hij richtte zich weer op en keek naar Venturi zonder iets te zeggen.

'Waarom deed u dat?'

Brunetti vond de vraag zo walgelijk dat hij hem negeerde, geïrriteerd dat hij met een man moest praten die zo'n vraag kon stellen. Hij vroeg: 'Ziet het eruit als zelfmoord?'

Venturi's lange pauze duidde erop dat hij hoegenaamd geen zin had beleefdheden uit te wisselen met Brunetti, maar toen Santini zich tot hem richtte met 'nou?' antwoordde de arts: 'Daar kan ik helemaal niets over zeggen tot ik hem inwendig onderzocht heb.' En toen, rechtstreeks tot Santini:

'Was er een stoel, iets waarop hij kon staan?'

Een van de andere technisch rechercheurs riep: 'Een stoel. Die stond in de douche.'

'Je hebt hem toch niet verplaatst, hè?' vroeg Venturi dwingend.

'Ik heb hem gefotografeerd,' antwoordde de man ijzig. 'Acht keer, dacht ik. En toen heeft Pedone hem gepoederd op afdrukken. En daarna heb ik hem verplaatst zodat hij niet in de weg zou staan toen hij de douchecel poederde.' Hij wees met zijn kin naar een houten stoel die voor een van de wasbakken stond en voegde eraan toe: 'Daar staat hij.'

De arts negeerde de stoel. 'Ik laat mijn rapport naar u opsturen zodra ik klaar ben,' zei hij tegen Brunetti, waarna hij zijn tas oppakte en vertrok.

Toen Venturi's voetstappen waren weggestorven, vroeg Brunetti aan Santini: 'Wat maak jij ervan?'

'Hij zóu het zelf gedaan kunnen hebben,' antwoordde de technisch rechercheur. Hij wees naar een aantal vegen die zich aftekenden tegen de donkergrijze laag op de muur van de douche. 'Daar lopen twee lange vegen over de muur, ongeveer op schouderhoogte. Het kan zijn dat hij die gemaakt heeft.'

'Is dat waarschijnlijk?'

'Het kan. Dat is instinct: ze kunnen nog zo graag dood willen, het lichaam wil dat niet.'

Pedone, die openlijk had staan meeluisteren, voegde eraan toe: 'Verder geen sporen, meneer. Er is daar niet gevochten, als u zich dat soms afvroeg.'

Toen zijn partner geen aanstalten maakte er verder over uit te weiden, vervolgde Santini: 'Dat doen ze, meneer, als ze zichzelf ophangen. Geloof me. Als er een muur in de buurt is, proberen ze houvast te krijgen, dat gaat vanzelf.'

'Het is de manier waarop jongens het doen, toch, zichzelf

ophangen?' vroeg Brunetti zonder omlaag te kijken naar Moro.

'Vaker dan meisjes, ja,' bevestigde Santini. Zijn stem vertoonde een zweem van woede. Hij vroeg: 'Wat was hij – zeventien, achttien? Hoe kon hij zoiets doen?'

'God mag het weten,' zei Brunetti.

'God heeft hier niets mee te maken,' zei Santini boos, hoewel het onduidelijk was of zijn opmerking de goedheid Gods of diens hele bestaan in twijfel trok. Santini liep de hal in, waar twee ziekenbroeders in witte jassen stonden te wachten. Tussen hen in stond een opgerolde draagbaar tegen de muur. 'Jullie kunnen hem nu meenemen,' zei hij. Hij bleef buiten toen zij naar binnen gingen, de jongen op de draagbaar legden en hem de badkamer uit droegen. Toen ze ter hoogte van Santini waren, stak hij een waarschuwende hand omhoog. Ze stopten, en hij bukte om de zoom van de donkerblauwe militaire mantel op te pakken die over de grond achter de draagbaar aan sleepte. Hij stopte hem onder het been van de jongen en zei tegen de broeders dat ze hem naar de boot konden brengen.

5

Omdat hij het als morele lafheid zag, gaf Brunetti niet toe aan de verleiding om met de anderen mee te gaan op de politieboot naar het ziekenhuis en van daaruit naar de Questura. Misschien was het de siddering van afschuw toen hij het lichaam van de jongen de eerste keer zag, of misschien was het Brunetti's bewondering voor de onfortuinlijke eerlijkheid van de oudere Moro, maar er was in ieder geval iets wat Brunetti dreef om een completer plaatje te krijgen van de dood van de jongen. Zelfmoord kwam steeds vaker voor onder jonge jongens: Brunetti had ergens gelezen dat de gevallen bijna evenredig toenamen in periodes van economische welvaart en afnamen als het slechter ging. Ten tijde van oorlog kwam het zelfs nauwelijks voor. Hij nam aan dat zijn eigen zoon net zo bevattelijk was voor de grillen van adolescentie als iedere andere jongen: heen en weer geslingerd op de golven van zijn hormonen, zijn populariteit, of zijn succes op school. Het idee dat Raffi ooit zelfmoord zou plegen was onvoorstelbaar, maar waarschijnlijk dacht elke ouder dat.

Tot er bewijs was dat veronderstelde dat de dood van de jongen geen zelfmoord was geweest, had Brunetti geen mandaat om wie dan ook te ondervragen over alternatieve scenario's: zijn klasgenoten niet, en zijn ouders nog minder. Dat zou de ergste vorm van sensatiebeluste nieuwsgierigheid zijn en bovendien een schandelijk misbruik van zijn macht. Zich dit allemaal realiserend, liep hij het plein van de academie op en gebruikte de telefonino die hij bij zich had om *signorina*

Elettra te bellen op haar rechtstreekse lijn op de Questura.

Toen zij opnam, vertelde hij haar waar hij was en vroeg of ze Moro's adres kon opzoeken in het telefoonboek; hij dacht dat het ergens in Dorsoduro moest zijn, hoewel hij zich niet kon herinneren waarom hij de man met dat *sestiere* associeerde.

Zij stelde geen vragen, vroeg hem om een moment geduld, en zei toen dat het een geheim nummer was. Er gingen nog een of twee minuten voorbij en toen gaf ze hem het adres in Dorsoduro. Ze vroeg hem nog even te wachten en vertelde hem vervolgens dat het huis aan het kanaal lag waar ook de Madonna della Salute-kerk stond. 'Het moet het huis zijn naast dat lage bakstenen huis met al die bloemen op het terras,' zei ze.

Hij bedankte haar, ging weer naar binnen en de trap op naar de slaapkamers op de bovenste verdieping en liep de nog altijd uitgestorven gang door om de namen naast de deuren te bekijken. Hij vond hem aan het einde: MORO/CAVANI. Zonder te kloppen ging Brunetti de kamer binnen. De kamer was net zo schoon als die van Ruffo, bijna klinisch: een stapelbed en daartegenover twee kleine bureaus, met daarop hoegenaamd niets dat tot wanorde zou kunnen leiden. Hij pakte een pen uit de binnenzak van zijn jas en gebruikte die om de la van het dichtstbijzijnde bureau open te maken. Met behulp van de pen sloeg hij het schrift open dat erin lag. Ernesto's naam stond op de binnenkant van het omslag en het schrift stond vol wiskundige formules, uitgeschreven in een keurig, strak handschrift. Hij schoof het schrift dieper de la in en opende het schrift eronder, met vrijwel hetzelfde resultaat, alleen dit keer met Engelse taaloefeningen.

Hij duwde de la dicht en richtte zijn aandacht op de kast tussen de twee bureaus. Op een van de deuren stond Moro's naam. Brunetti trok hem aan de onderkant open met zijn voet. Binnenin hingen twee uniformen in stomerijzakken, een spijkerjack en een bruine tweedjas. Het enige wat hij in de zakken vond, was wat kleingeld en een vuile zakdoek.

Een boekenkast bevatte niets anders dan leerboeken. Hij had geen zin om ze er stuk voor stuk uit te pakken en te onderzoeken. Hij keek nog één keer de kamer rond en vertrok, waarbij hij zijn pen met zorg achter de klink haakte om de deur dicht te trekken.

Hij kwam Santini tegen op de trap, vroeg hem Moro's kamer te doorzoeken, en verliet daarna de school. Hij ging naar de oever van het Canale della Giudecca, sloeg rechts af en liep langs de riva om daar een vaporetto te kunnen pakken. Onder het lopen hield hij zijn blik op de gebouwen aan de andere kant van het kanaal: Nico's bar en daarboven een appartement waar hij veel tijd had doorgebracht voor hij Paola had ontmoet; de kerk van de Gesuati, waar ooit een respectabel man pastoor was geweest; het oude Zwitserse consulaat, nu zonder vlag. Hebben zelfs de Zwitsers ons verlaten? vroeg hij zich af. Verderop lag de Bucintoro. De lange smalle boten waren allang verdwenen, verdreven door de geur van Guggenheim-geld; de Venetiaanse gondeliers hadden plaatsgemaakt voor nog meer toeristenwinkels. Hij zag een boot vanaf de Redentore komen en haastte zich naar de *imbarcadero* Palanca om weer over te steken naar Zattere. Toen hij van boord ging, keek hij op zijn horloge en realiseerde zich dat de tocht vanuit Giudecca in feite nog geen vijf minuten duurde. En toch leek het andere eiland nog altijd even ver weg te zijn als de Galapagoseilanden.

In minder dan vijf minuten zigzagde hij terug naar het brede *campo* voor La Madonna della Salute, en daar vond hij het huis. Opnieuw weerstand biedend aan zijn impuls om het uit te stellen, drukte hij op de bel en vermeldde zijn titel en zijn naam.

'Wat wilt u?' vroeg een vrouwenstem.

'Ik wil graag met dottor Moro spreken,' zei hij, daarmee in ieder geval zijn meest prangende wens kenbaar makend.

'Hij kan niemand ontvangen,' zei ze kortaf.

'Ik heb hem al eerder gesproken,' zei Brunetti en in de hoop dat het zijn verzoek kracht bij zou zetten, voegde hij eraan toe: 'Op de school.' Hij wachtte om te zien of dit enig effect op de vrouw had, en vervolgde toen: 'Ik moet hem dringend spreken.'

Ze maakte een geluid, maar dat werd overstemd door het elektrisch gezoem van de deuropener, waardoor Brunetti niet kon horen wat het was. Hij duwde de deur open, liep snel de hal door en stopte onder aan de trap. Bovenaan ging er een deur open en verscheen een lange vrouw op de overloop. 'Naar boven,' zei ze.

Toen hij boven aan de trap was, draaide ze zich om en liep voor hem uit het appartement in, sloot de deur achter hen en keerde zich toen weer naar hem toe. Wat hem het eerste opviel was dat ze, hoewel ze lang niet zo oud was als hij, wit haar had, vrij kort geknipt tot net boven haar schouders. Het stak scherp af tegen haar huid, die zo donker was als die van een Arabier, en tegen haar ogen, die dichter bij zwart kwamen dan alle ogen die hij ooit gezien had.

Ze stak haar hand uit. 'Ik ben Luisa, de nicht van Fernando.'

Brunetti schudde haar hand en zei zijn naam en functie. 'Ik realiseer me dat dit een afschuwelijke tijd is,' begon hij, zoekend naar de toon die hij het beste tegen haar kon aanslaan. Haar houding was stijf, haar rug recht, alsof ze tegen de muur moest staan. Ze keek hem recht in de ogen tijdens het gesprek.

Toen Brunetti niets toevoegde aan deze onomstotelijke waarheid, vroeg ze: 'Wat wilt u weten?'

‘Ik heb wat vragen over de gemoedstoestand van zijn zoon.’

‘Hoezo?’ vroeg ze scherp. Het antwoord daarop leek Brunetti voor de hand liggen, en hij werd van zijn stuk gebracht door de felheid waarmee ze de vraag stelde.

‘In kwesties als deze,’ begon hij ontwijkend, ‘is het noodzakelijk om zo veel mogelijk te weten te komen over hoe de persoon zich voelde en gedroeg, of er misschien tekenen waren van...’

‘Van wat?’ Ze onderbrak hem, deed geen enkele poging haar woede en verachting te verbergen. ‘Dat hij zichzelf van het leven zou beroven?’ Voordat Brunetti kon antwoorden, ging ze verder. ‘Als dat is wat u bedoelt, zeg dat dan in godsnaam.’ Ze wachtte weer niet op antwoord. ‘Dat is een belachelijke gedachte. Walgelijk. Ernesto zou zichzelf net zomin van het leven beroven als ik dat zou doen. Hij was een gezonde jongen. Het is beledigend om te suggereren dat hij dat zou doen.’ Ze sloot haar ogen en klemde haar lippen op elkaar, worstelend om zichzelf weer in de hand te krijgen.

Voordat Brunetti kon zeggen dat hij helemaal niets had willen insinueren, verscheen dottor Moro in de deuropening. ‘Dat is wel genoeg, Luisa,’ zei hij zacht. ‘Je moet verder niets meer zeggen.’

Hoewel de man had gesproken, was het het gezicht van de vrouw dat Brunetti bestudeerde. Haar stijve houding verslapte, en haar lichaam boog zich in de richting van haar neef. Ze stak een hand naar hem uit, maar deed verder geen poging om hem aan te raken. In plaats daarvan knikte ze een keer, negeerde Brunetti volledig, en keerde zich toen om. Brunetti keek hoe ze door de gang wegliep en door een deur achterin verdween.

Toen ze weg was, richtte Brunetti zijn aandacht op de dokter. Hoewel hij wist dat het onmogelijk was, leek Moro tien jaar ouder te zijn geworden in de korte tijd die verstreken was sinds Brunetti hem voor het laatst gezien had. Zijn huid was flets, zijn ogen mat en rood van de tranen, maar het was vooral zijn houding waarin Brunetti de grootste verandering constateerde: hij was krom gaan staan als een oude man.

'Het spijt me dat ik u stoor in uw verdriet, *dottore*,' begon Brunetti, 'maar door u nu te spreken, hoop ik dat ik u verder niet meer hoef lastig te vallen.' Ook al was hij nog zo bedreven in het verkondigen van professionele leugens, Brunetti vond het zeer geforceerd en gemaakt klinken, alsof hij afstand wilde scheppen tussen hemzelf en de ander met zijn verdriet.

Moro zwaaide met zijn rechterhand, een gebaar dat net zo goed een verwerping als een bevestiging kon zijn. Hij vouwde zijn armen over zijn buik en boog zijn hoofd.

'Dottore,' ging hij verder, 'heeft uw zoon de afgelopen paar dagen of weken iets gedaan waardoor u kon vermoeden dat hij zoiets overwoog?' Moro hield zijn hoofd nog steeds gebogen, waardoor Brunetti zijn ogen niet kon zien en ook geen idee had of de dokter naar hem luisterde.

Hij vervolgde: 'Dottore, ik weet hoe moeilijk dit voor u moet zijn, maar het is belangrijk dat ik deze informatie krijg.'

Zonder op te kijken, zei Moro: 'Ik denk niet dat u dat weet.'

'Pardon?' zei Brunetti.

'Ik denk dat u geen flauw benul heeft hoe moeilijk dit is.'

De waarheid van deze mededeling liet Brunetti blozen. Toen zijn gezicht weer was afgekoeld, had Moro hem nog steeds geen blik waardig gekeurd. Na wat Brunetti toescheen als een hele tijd, keek de dokter op. Er stonden geen tranen in zijn ogen en zijn stem was nog net zo rustig als toen hij tegen zijn nicht had gesproken. 'Ik zou het erg op prijs stellen als u nu zou vertrekken, commissario.' Brunetti begon te protesteren, maar de dokter onderbrak hem met een stemverheffing. Alleen het volume ging omhoog, zijn toon bleef rustig en onpersoonlijk. ‘Spreekt u me alstublieft niet tegen. Er is hoe dan ook niets wat ik u te zeggen heb. Niet nu en niet in de toekomst.’ Hij haalde zijn armen uit de beschermende positie rond zijn middel en liet ze langs zijn zij vallen. ‘Ik heb niets meer te zeggen.’

Brunetti wist dat het zinloos was om nu aan te dringen, net zo goed als hij wist dat hij terug zou komen en dezelfde vraag nog eens zou stellen, als de dokter de eerste acute pijn te boven was. Vanaf het moment dat hij wist dat de jongen dood was, werd Brunetti getergd door de vraag of de man nog meer kinderen had, maar hij kreeg het niet over zijn hart die te stellen. Hij had een soort theoretische overtuiging dat andere kinderen troost konden bieden, hoe marginaal ook. Hij probeerde zichzelf in Moro te verplaatsen en zich voor te stellen wat voor troost hij zou vinden in het overleven van een van zijn eigen kinderen, maar zijn voorstellingsvermogen deinsde terug voor die verschrikking. De gedachte alleen al verlamde hem dusdanig dat hij niet meer in staat was tot nadenken. Zonder zijn hand uit te durven steken of nog iets te durven zeggen, verliet Brunetti het appartement.

Vanaf de halte bij de Salute, nam hij lijn één naar San Zaccaria en liep terug naar de Questura. Toen hij er bijna was, stormde een groepje tieners – drie jongens en twee meisjes – de Ponte dei Greci af en kwam zijn kant op, armen ineengehaakt, schallend gelach uit hun midden. Brunetti stopte en bleef midden op de stoep staan wachten tot deze uitbundige golf van jeugdigheid hem omspoelde. Als de Rode Zee weken ze uiteen en stroomden aan weerszijden langs hem. Brunetti wist zeker dat ze hem niet bewust hadden opgemerkt: hij was louter een statisch obstakel geweest om te omzeilen.

Beide meisjes hadden een sigaret in hun handen; normaliter had Brunetti ze het liefst willen vertellen dat ze daarmee moesten stoppen als hun gezondheid ze wat kon schelen. In plaats daarvan draaide hij zich om en keek hen na, vervuld met een gevoel van bijna religieus ontzag bij de aanblik van hun jeugdigheid en pret.

Tegen de tijd dat hij op zijn kantoor aankwam, was het gevoel weggeëbd. Op zijn bureau vond hij het eerste formulier van de hele stapel die voortkwam uit ieder zelfmoordgeval; hij nam niet de moeite het in te vullen. Pas als hij iets van Venturi had gehoord, wist hij hoe hij verder moest.

Hij belde naar de agentenkamer, maar Vianello noch Pucetti waren daar. Hij draaide signorina Elettra's doorkiesnummer en vroeg haar alle bronnen die tot haar beschikking stonden, officieel en inofficieel, te raadplegen voor informatie over Fernando Moro's carrière als arts en als lid van het parlement. Ze zei dat ze daar al mee begonnen was, en beloofde dat ze later in de middag met iets zou komen.

De gedachte aan lunch stond hem niet aan: eten leek een overbodige luxe. Hij voelde een knagend verlangen zijn familie te zien, maar wist dat hij zich in zijn huidige toestand zo bezorgd zou gedragen dat hij ze op hun zenuwen zou werken. Hij belde Paola en zei dat hij niet thuis kon komen voor de lunch omdat er iets was tussengekomen op de Questura wat hem daar hield en ja, ja, hij zou iets eten en thuiskomen op een normale tijd.

'Ik hoop dat het meevalt,' zei Paola, waarmee ze aangaf dat ze zijn stemming had opgepikt, hoe neutraal hij zijn woorden ook had willen laten klinken.

'Tot later,' zei hij, nog niet bereid te vertellen wat er gebeurd was. 'Geef de kinderen een knuffel van me,' zei hij voordat hij ophing.

Hij zat een paar minuten bewegingloos achter zijn bureau, trok vervolgens wat papieren naar zich toe en keek ernaar, de woorden lezend en herkennend, maar niet begrijpend wat ermee bedoeld werd. Hij legde ze opzij en trok ze vervolgens weer naar zich toe om ze opnieuw te lezen; dit keer drong de betekenis van de zinnen tot hem door, hoewel hij zich niet kon voorstellen dat iemand hun boodschap belangrijk kon vinden.

Hij ging naar het raam en bestudeerde de kraan die continu over de kerk waakte, terwijl de restoratie nog moest beginnen. Hij had eens gelezen of gehoord hoeveel de even zo werkeloze kranen die boven het lege omhulsel van de opera uittorenden de gemeente iedere dag kostten. Waar ging al dat geld heen? vroeg hij zich af. Wie was degene die zo'n enorme winst maakte op zo veel inactiviteit? Dralend, zijn gedachten bewust gericht op andere zaken dan de dood van jongemannen, maakte hij een ruwe berekening. Als de kranen vijfduizend euro per dag kostten, zou het de gemeente bijna twee miljoen euro kosten om ze daar een jaar te laten staan, of ze nou werkten of niet. Hij bleef lang staan, terwijl de getallen door zijn hoofd gingen met veel meer bedrijvigheid dan die kranen in lange tijd hadden vertoond.

Abrupt wendde hij zich af en liep weer naar zijn bureau. Er was niemand die hij kon bellen, dus hij liep zijn kamer uit, ging naar beneden en verliet de Questura. Hij liep naar het café bij de brug, waar hij een *panino* en een glas rode wijn bestelde, en zijn blik over de woorden in de krant van die dag liet gaan.

6

Ook al stelde hij het zo lang mogelijk uit, uiteindelijk moest Brunetti toch terug naar de Questura. Hij stopte bij de agentenkamer om Vianello te zoeken en vond hem daar met Pucetti. De jongere agent wilde overeind komen, maar Brunetti gebaarde dat hij moest blijven zitten. Er was maar één andere agent in de kamer die aan een bureau tegen de muur zat te bellen.

'En?' vroeg hij aan de twee politiemannen.

Pucetti keek naar Vianello, hem de gelegenheid biedend als eerste te spreken.

'Ik heb hem teruggebracht,' begon de inspecteur, 'maar hij wou me niet mee naar binnen laten gaan.' Hij haalde zijn schouders erover op en vroeg: 'En u, meneer?'

'Ik heb Moro gesproken, en zijn nicht, die er ook was. Zij zei dat het geen zelfmoord kon zijn, ze was er vrij stellig over.' Iets weerhield Brunetti ervan de anderen te vertellen hoe gemakkelijk Moro hem de deur had uitgewerkt.

'Zijn nicht, zegt u?' onderbrak Vianello hem, op net zo'n neutrale toon.

'Dat is wat ze zei.' De gewoonte overal aan te twijfelen, de gewoonte de kleinst mogelijke gemene morele deler te zoeken, was er bij hen allemaal ingesleten, realiseerde Brunetti zich. Hij vroeg zich af of er een soort psychologische formule bestond die dienstjaren bij de politie afzette tegen het onvermogen om nog in de goedheid van de mens te geloven. En of het mogelijk was, of hoe lang het mogelijk was om tussen zijn professionele wereld en zijn persoonlijke wereld te schakelen zonder dat de laatste besmet werd door de eerste.

Hij schrok wakker uit zijn overpeinzing door Vianello, die net iets had gezegd.

'Pardon?' vroeg Brunetti.

'Ik vroeg of zijn vrouw er was,' herhaalde Vianello.

Brunetti schudde zijn hoofd. 'Ik weet het niet. Er kwam niemand binnen toen ik er was, maar ik zie ook niet in waarom zij met me zou willen praten.'

'Is er een vrouw?' vroeg Pucetti met nadruk op het eerste woord.

In plaats van te zeggen dat hij dat niet wist, zei Brunetti: 'Ik heb signorina Elettra gevraagd uit te zoeken wat ze over de familie te weten kan komen.'

'Er stond volgens mij iets over hen in de krant,' zei Vianello. 'Jaren geleden.' Brunetti en Pucetti wachtten tot hij verder ging, maar de inspecteur zei uiteindelijk: 'Ik kan het me niet meer precies herinneren, maar volgens mij had het iets met zijn vrouw te maken.'

'Wat het ook is, ze komt er wel achter,' zei Pucetti stellig.

Jaren geleden zou Brunetti neerbuigend gereageerd hebben op Pucetti's kinderlijke geloof in de krachten van signorina Elettra, hem over één kam scheren met zo'n domme gelovige bij het bloedwonder van San Gennaro. Maar aangezien hij zelf inmiddels tot de schare gelovigen behoorde, onthield hij zich van commentaar.

'Waarom vertel je de commissario niet wat je mij hebt verteld?' vroeg Vianello, waarmee hij Pucetti wakker schudde uit zijn devotie en Brunetti uit zijn overpeinzing.

'De *portiere* vertelde me dat de poort om tien uur 's avonds op slot gaat,' begon de jonge agent, 'maar de meeste stafleden hebben een sleutel, en leerlingen die te laat terugkomen, moeten hem bellen om binnengelaten te worden.'

'En?' vroeg Brunetti, die merkte dat Pucetti aarzelde.

'Ik weet het niet zeker,' antwoordde Pucetti en legde toen uit: 'Twee van de jongens die ik afzonderlijk van elkaar gesproken heb leken er beide de spot mee te drijven. Ik vroeg waarom, en een van hen glimlachte en deed zo,' verklaarde Pucetti terwijl hij de duim van zijn rechterhand naar zijn mond bracht.

Brunetti registreerde dit maar liet Pucetti zijn verhaal afmaken. 'Ik denk dat de jongens gelijk hebben en dat hij wel een glaasje lust, de portiere. Wat was het – elf uur 's ochtends toen ik hem sprak, en toen was hij al een aardig eind heen.'

'Heeft een van de andere jongens het erover gehad?'

'Ik wilde het niet forceren, meneer. Ik wilde hen niet laten merken wat de anderen me verteld hadden. Het is altijd beter als ze denken dat ik alles wat er te weten valt al weet: dan denken ze dat ik doorheb wanneer ze liegen. Maar ik heb het idee dat ze erin en eruit kunnen wanneer ze maar willen.'

Brunetti knikte om hem verder te laten vertellen.

'Ik weet niet of ik veel meer dan dat te weten ben gekomen, meneer. De meesten waren zo geschokt dat ze alleen maar meer vragen konden stellen.'

'Wat heb je ze precies gevraagd?' informeerde Brunetti.

'Wat u wilde weten, meneer: hoe goed ze Moro kenden en of ze de afgelopen dagen nog met hem hadden gepraat. Geen van hen was iets opgevallen bij wat de jongen zei of deed, en ook niet dat hij zich vreemd gedroeg. En ze zeiden geen van allen dat Moro een echte vriend van hen was.'

'En de staf?'

'Hetzelfde verhaal. Niemand die ik gesproken heb kon zich herinneren dat Moro zich de afgelopen dagen vreemd gedragen had, en ze zeiden allemaal dat hij een prima, prima jongen was, maar maakten ook meteen duidelijk dat ze hem eigenlijk niet zo goed kenden.'

Alle drie herkenden ze dat verschijnsel: de meeste mensen ontkenden dat ze iets wisten. Het kwam zelden voor dat iemand die ondervraagd werd toegaf iets te weten van het onderwerp van het politieonderzoek. Een van de teksten die Paola in haar proefschrift behandeld had, was een middeleeuwse, getiteld *De nevel van onwetendheid*. Even stelde Brunetti die zich voor als een warme, droge plaats waar alle getuigen en mogelijke getuigen in paniek naartoe vluchtten als lemmingen en waar ze samen schuilden tot er geen enkele vraag meer over was.

Pucetti ging verder. 'Ik wilde met zijn kamergenoot spreken, maar hij was er gisteravond niet en de avond daarvoor ook niet.' Toen hij aan hun gezicht zag dat dit ze interesseerde, lichtte hij toe: 'Drieëntwintig jongens, onder wie Moro's kamergenoot, waren een weekendje weg naar de Maritieme Academie in Livorno. Voetbal. De wedstrijd was zondagmiddag, en daarna hebben ze daar gisteren en vanochtend lessen gevolgd. Ze zijn vanavond pas weer terug.'

Vianello schudde verslagen zijn hoofd. 'Ik ben bang dat dit alles is wat we uit ze zullen krijgen.' Pucetti haalde zijn schouders op als blijk van instemming.

Brunetti slikte de opmerking in dat dat te verwachten viel van een publiek dat gezag en iedereen die dat probeerde uit te oefenen zag als tegenstander. Hij had genoeg gelezen om te weten dat er landen waren waar burgers hun regering niet zagen als een vijandige macht, waar ze juist geloofden dat de regering er was om aan hun behoeften te voldoen en hun wensen te vervullen. Hoe zou hij reageren als iemand die hij kende zou beweren dat dat hier ook zo was, in deze stad, in dit land? Godsdienstwaanzin zou een nog minder overtuigend bewijs zijn van een geestesstoornis.

Vianello en Pucetti zouden die middag teruggaan en de rest van de jongens en de staf ondervragen. Het daarbij latend zei Brunetti tegen hen dat ze hem boven in zijn kantoor konden vinden en vertrok.

Nieuwsgierigheid en de wens om van signorina Elettra te horen wat zij had kunnen achterhalen, deden hem de trap af lopen naar haar kleine kantoortje een verdieping lager. Hier kreeg hij het gevoel alsof hij een oerwoud of bos was in gelopen. Vier grote bomen met enorme bladeren, weelderig, donkergroen en glanzend, stonden in terracotta potten tegen de achterste muur. Tegen die donkere achtergrond zat signorina Elettra achter haar bureau, vandaag gekleed in kleuren waar je normaliter alleen boeddhistische monniken in ziet lopen. Het had het effect van een enorm stuk exotisch fruit dat was uitgestald onder de boom waaruit het gevallen was.

'Citroenen?' vroeg hij.

'Ja.'

'Waar heeft u die vandaan?'

'Een vriend van me heeft net *Lulu* geregisseerd in de opera. Hij heeft ze hier laten afleveren na de laatste uitvoering.'

'*Lulu*?'

Ze glimlachte. 'Jazeker.'

'Ik kan me geen citroenen herinneren in *Lulu*,' zei hij verbaasd, maar als altijd openstaand voor een verhelderende toelichting.

'Hij had de opera op Sicilië gesitueerd,' verklaarde ze.

'Aha,' fluisterde Brunetti, in een poging zich het plot te herinneren. De muziek was hij godzijdank kwijt. Niet wetend wat hij verder nog kon zeggen, vroeg hij: 'Bent u ernaartoe geweest?'

Het duurde zo lang voor ze antwoord gaf, dat hij even dacht dat hij haar op de een of andere manier beledigd had met de vraag. Uiteindelijk zei ze: 'Nee, meneer. Mijn maatstaven zijn natuurlijk heel laag, maar ik trek wel een grens bij een opera in een tent. Op een parkeerterrein.'

Brunetti, wiens esthetische principes verschanst waren achter diezelfde grens, knikte en vroeg: 'Is het nog gelukt om wat te vinden over Moro?'

Haar glimlach was flauwer, maar nog altijd herkenbaar als zodanig. 'Er is al het een en ander binnengekomen. Ik wacht nog op een vriend in Siena die me meer kan vertellen over zijn vrouw Federica.'

'Wat is daar dan mee?'

'Ze was daar betrokken bij een ongeluk.'

'Wat voor ongeluk?'

'Bij de jacht.'

'De jacht? Een vrouw in een jachtongeluk?' vroeg hij, zijn ongeloof hoorbaar.

Ze trok haar wenkbrauwen op alsof ze wilde suggereren dat alles mogelijk was in een wereld waar *Lulu* zich afspeelde op Sicilië, maar in plaats daarvan zei ze: 'Ik zal het grove seksisme dat uit die opmerking spreekt negeren, commissario.' Ze liet een didactische stilte vallen en vervolgde: 'Het is een paar jaar geleden gebeurd. Ze logeerde bij vrienden op het platteland bij Siena. Op een middag, toen ze een ommetje maakte, is ze in haar been geschoten. Gelukkig werd ze gevonden en naar het ziekenhuis gebracht voordat ze dood was gebloed.'

'Is de dader ooit gevonden?'

'Nee, maar het was jachtseizoen, dus er werd aangenomen dat een jager haar hoorde, dacht dat ze een stuk wild was, en schoot zonder te zien wat het geluid veroorzaakte.'

'En niet de moeite nam te gaan kijken wat hij had neergeschoten?' vroeg een verontwaardigde Brunetti. Hij voegde er nog een vraag aan toe. 'En zonder haar te helpen of hulp te gaan halen toen hij zag wat hij geraakt had?'

'Zo gaat dat,' zei ze, haar toon minstens zo verontwaardigd als de zijne. 'U leest de krant toch ook? Ieder jaar bij de opening van het seizoen raken er drie of vier gewond op de eerste dag. En dat gaat het hele jachtseizoen zo door. Het zijn niet alleen degenen die over hun geweer struikelen en zich voor hun eigen kop schieten.' Er viel geen greintje medeleven in haar stem te bespeuren toen ze dit zei. 'Ze raken elkaar ook,' ging ze verder, 'en dan laten ze de ander doodbloeden omdat niemand het risico wil lopen om gearresteerd te worden wegens het feit dat ze iemand hebben neergeschoten.'

Hij wilde wat zeggen, maar ze was hem voor en voegde eraan toe: 'Wat mij betreft kan zoiets niet vaak genoeg gebeuren.'

Brunetti wachtte tot ze zou kalmeren en haar woorden zou terugnemen maar besloot toen om haar gevoelens jegens jagers te laten voor wat ze waren en vroeg: 'Is de politie gebeld? Toen ze neergeschoten was?'

'Ik weet het niet. Daar zit ik op te wachten – het politierapport.'

'Waar is ze nu?' vroeg Brunetti.

'Dat is nog iets wat ik probeer uit te vinden.'

'Is ze niet bij haar echtgenoot?'

'Ik weet het niet. Ik heb even gekeken naar de gegevens in het bevolkingsregister, maar ze staat niet als bewoner op dat adres ingeschreven, hoewel het appartement van hen samen is.'

Brunetti was zo gewend geraakt aan haar nuttige criminele praktijken dat het hem geenszins stoorde dat iemand met meer hang naar juridische precisie de woorden 'heb even gekeken naar' zou vertalen als 'heb ingebroken in'.

Er konden allerlei verklaringen zijn voor het feit dat Moro's vrouw niet ingeschreven stond op het adres in Dorsoduro, hoewel de meest voor de hand liggende was dat zij niet bij haar echtgenoot woonde. 'Geef me een seintje als je het rapport over het schietincident te pakken krijgt,' zei hij, zich afvragend of dat een nog grotere tirade zou ontketenen. Net als de meeste Venetianen was Brunetti niet geïnteresseerd in jagen; hij beschouwde het als een dure, hinderlijke, en overmatig luidruchtige onderneming. Bovendien had zijn ervaring als politieman en zijn gewoonte om menselijke gedragingen te bestuderen meer dan eens een beangstigend verband verondersteld tussen de fascinatie van mannen voor vuurwapens en een gevoel van seksuele frustratie.

'Misschien was het een waarschuwing,' zei ze zonder omhaal.

'Zou kunnen,' antwoordde hij. Het was zijn eerste gedachte geweest toen zij hem over het incident vertelde. 'Maar waarvoor?'

7

De scepsis die in de loop der jaren in Brunetti's botten was geslopen, deed hem vermoeden dat *signora* Moro's ongeluk iets anders was geweest dan dat. Ze moest gegild hebben toen ze geraakt werd, en bij het geluid van een schreeuwende vrouw was iedere jager toch toegesneld. Ook al had hij geen hoge pet op van jagers, Brunetti kon zich niet voorstellen dat er ook maar één jager was die een vrouw bloedend op de grond zou achterlaten. Die overtuiging bracht hem tot de vraag wat voor iemand zoiets dan wel zou kunnen doen, en ook tot welke andere vormen van geweld zo iemand in staat zou zijn.

Deze speculaties telde hij op bij het feit dat Moro een tijdje in het parlement had gezeten, maar circa twee jaar geleden ontslag had genomen. Verschillende gebeurtenissen konden aan elkaar gekoppeld worden in soort, onderwerp of tijd: hetzelfde soort dingen overkwam verschillende mensen, of verschillende dingen overkwamen dezelfde persoon, of dingen gebeurden tegelijkertijd. Moro was uit het parlement gestapt rond de tijd dat zijn vrouw gewond was geraakt. Normaal gesproken zou dit nauwelijks verdacht zijn, zelfs niet voor iemand die van nature zo wantrouwend was als Brunetti, ware het niet dat de dood van hun zoon een uitgangspunt vormde voor het bedenken van speculatieve driehoeksconstructies waarin de derde gebeurtenis verband hield met de eerste twee.

Brunetti dacht over het parlement zoals de meeste Italianen over hun schoonmoeder dachten: ook al was je haar geen trouw verschuldigd wegens een bloedband, ze dwong je toch gehoorzaamheid en eerbied af zonder zich hier ooit naar te gedragen. Deze vreemde aanwezigheid die je per toeval kreeg opgedrongen, stelde steeds zwaardere eisen in ruil voor de loze belofte van huiselijke harmonie. Je ertegen verzetten had geen zin, want weerstand leidde onvermijdelijk tot vergelding die te slinks in elkaar stak om te zien aankomen.

Hij pakte de telefoon en toetste zijn thuisnummer. Toen na vier keer overgaan het antwoordapparaat aansloeg, hing hij op zonder iets te zeggen, trok zijn onderste la open en haalde daar het telefoonboek uit. Hij sloeg het open bij de P en bleef bladeren tot hij Perulli, Augusto vond. Hij gooide het boek terug in de la en draaide het nummer.

Nadat de telefoon drie keer was overgegaan, nam een mannenstem op. 'Perulli.'

'Met Brunetti. Ik moet met je praten.'

Na een lange stilte zei de man: 'Ik vroeg me al af wanneer je zou bellen.'

'Ja,' was Brunetti's enige reactie.

'Ik kan over een halfuur met je afspreken. Dan heb ik een uur. Anders wordt het morgen.'

'Ik kom eraan,' zei Brunetti.

Hij schopte de la dicht, verliet zijn kamer en de Questura. Omdat hij nog een halfuur had, besloot hij naar Campo San Maurizio te lopen, en omdat hij vroeg was, ging hij nog even bij een vriendin langs in haar atelier. Maar zijn gedachten waren bij andere zaken dan juwelen, dus het bleef hoofdzakelijk bij een zoen en een belofte om snel met Paola te komen eten; toen stak hij het campo over en liep richting het Canal Grande.

Hij was er zes jaar geleden voor het laatst geweest, bij de afronding van een lang onderzoek naar een spoor van drugsgeld dat leidde van de neuzen van adolescenten in New York naar een geheime rekening in Genève, een spoor dat lang genoeg in Venetië bleef steken om het geld te investeren in een aantal schilderijen die met dat geld in de kluis van die eminente, discrete bank zouden verdwijnen. Het geld was veilig langs de hemelse wegen van cyberspace gereisd, maar de schilderijen, die van minder etherisch materiaal waren gemaakt, waren onderschept op het vliegveld van Genève. Eentje van Palma il Vecchio en de ander van Marieschi, en dus beide behorend tot het nationaal cultureel erfgoed dat niet uit Italië kon worden geëxporteerd – althans niet legaal.

Nog geen vier uur na de ontdekking van de schilderijen had Augusto Perulli de carabinieri gebeld om de diefstal aan te geven. Het viel niet te bewijzen dat Perulli op de hoogte was gebracht van de vangst – een mogelijkheid die het ondenkbare scenario van corruptie binnen de politie zou opwerpen – dus besloot men dat Brunetti, die met Perulli op school had gezeten en al tientallen jaren met hem op vriendschappelijke voet stond, eens met hem moest gaan praten. Dat besluit viel pas de dag nadat de schilderijen ontdekt werden, toen de man die ze vervoerd had op de een of andere manier alweer op vrije voeten was, hoewel de Italiaanse politie de precieze toedracht van deze bureaucratische misser helaas nooit meer had mogen vernemen.

Toen Brunetti zijn oude schoolvriend uiteindelijk sprak, zei Perulli dat hij pas de dag daarvoor had gemerkt dat de schilderijen verdwenen waren, maar geen idee had hoe dat gebeurd kon zijn. Toen Brunetti hem vroeg hoe het kon dat er maar twee schilderijen waren verdwenen, kapte Perulli verder alle vragen af door op zijn erewoord te verzekeren dat hij er niets mee te maken had, en Brunetti had hem geloofd.

Twee jaar later werd de man die met de schilderijen was aangehouden opnieuw gearresteerd door de Zwitsers, dit keer voor de handel in illegale vreemdelingen, en dit keer in Zürich. In de hoop het op een akkoordje te gooien met de politie, gaf hij toe dat hij die schilderijen inderdaad van Perulli had gekregen, die hem gevraagd had om ze de grens over te smokkelen naar hun nieuwe eigenaar, maar tegen die tijd had Perulli al een zetel in het parlement gekregen die hem vrijwaarde van arrestatie en vervolging.

'*Ciao*, Guido,' zei Perulli toen hij de deur voor Brunetti opendeed en zijn hand uitstak.

Brunetti was zich ervan bewust hoe theatraal zijn eigen aarzeling was voordat hij Perulli's hand aannam. Perulli was zich er minstens zo bewust van. Geen van beiden probeerde te verhullen op zijn hoede te zijn voor de ander, en beiden namen elkaar openlijk op om te zien hoe de ander sinds hun laatste ontmoeting door de jaren was getekend.

'Dat is lang geleden, nietwaar?' zei Perulli. Hij draaide zich om en ging hem voor het appartement in. Perulli was lang en slank en bewoog zich nog steeds met de gratie en souplesse van zijn jonge jaren die hij met Brunetti en hun klasgenoten gedeeld had. Zijn haar was nog dik, hoewel langer dan hij het in het verleden had gedragen, zijn huid zacht en glad, met nog de naglans van een zomer die hij in de zon had doorgebracht. Sinds wanneer speurde hij op de gezichten van bekenden uit zijn jeugd naar de onthullende tekenen van ouderdom, vroeg Brunetti zich af.

Het appartement was zoals Brunetti het zich herinnerde: hoge plafonds en ruim opgezet, sofa's en stoelen die mensen uitnodigden om lekker te gaan zitten en vrijuit te spreken, misschien zelfs indiscreet. Portretten van mannen en vrouwen uit vorige eeuwen hingen aan de muren: Perulli, wist hij, sprak over hen alsof het voorvaderen waren, terwijl zijn familie in werkelijkheid uit Castello kwam en handelaren waren in worst en pekelvlees.

Nieuw waren de rijen foto's in zilveren lijstjes op een niet al te beste replica van een zestiende-eeuwse Florentijnse *credenza*. Brunetti bleef even staan om ze te bekijken en zag het verloop van Perulli's carrière: de jongen met zijn vrienden, de net afgestudeerde doctorandus met een van de leiders van de politieke partij waaraan Perulli zich toen had verbonden, de volwassen man arm in arm met de voormalig burgemeester van de stad, de minister van Binnenlandse Zaken en de patriarch van Venetië. Daarachter, in een nog protseriger lijst, Perulli's glimlach op de cover van een opinieblad dat niet meer bestond. Deze foto, en Perulli's behoefte om hem tentoon te stellen, vervulde Brunetti ongewild met grote droefheid.

'Kan ik je iets aanbieden?' vroeg Perulli vanaf de andere kant van de woonkamer. Hij stond voor een leren bank en wilde dit duidelijk regelen voor hij ging zitten.

'Nee, dank je,' zei Brunetti.

Perulli ging zitten, en trok daarbij pietluttig zijn broekspijpen op om te voorkomen dat zijn knieën erin zouden gaan staan, een handeling die Brunetti eerder had gezien, maar dan alleen bij ouderen. Trok hij ook de flappen van zijn overjas opzij voordat hij ging zitten op de vaporetto?

'Ik veronderstel dat je niet wilt pretenderen dat we nog steeds vrienden zijn?' vroeg Perulli.

'Ik wil helemaal niets pretenderen, Augusto,' zei Brunetti. 'Ik wil je gewoon wat vragen stellen en zou het fijn vinden als je die eerlijk beantwoordt.'

'Dus niet zoals de vorige keer?' vroeg Perulli met een grijns die jongensachtig bedoeld was maar die eerder sluw overkwam. Het maakte Brunetti een moment onzeker: er was iets veranderd aan zijn mond, aan hoe die bewoog.

'Nee, niet zoals de vorige keer,' zei Brunetti, verrast over hoe kalm hij klonk, kalm maar moe.

'En als ik ze niet kan beantwoorden?'

'Dan zeg je dat en dan ga ik.'

Perulli knikte en zei toen: 'Ik kon destijds echt niet anders, Guido.'

Brunetti deed alsof de ander niets gezegd had en vroeg: 'Ken je Fernando Moro?'

Hij zag hoe Perulli op de naam reageerde met meer dan puur herkenning.

'Ja.'

'Hoe goed ken je hem?'

'Hij is een paar jaar ouder dan wij, en mijn vader was bevriend met de zijne, dus ik kende hem goed genoeg om hem gedag te zeggen op straat of misschien samen een drankje te drinken, in ieder geval toen we nog wat jonger waren. Maar zeker niet goed genoeg om hem een vriend te noemen.' Iets waarschuwde Brunetti voor wat komen ging, dus hij was erop voorbereid toen Perulli zei: 'Niet zo goed als ik jou ken.' Hij reageerde er niet op.

'Zagen jullie elkaar in Rome?'

'Privé of zakelijk?'

'Maakt niet uit.'

'Niet privé, maar misschien ben ik hem een paar keer tegengekomen bij Montecitorio. We vertegenwoordigden verschillende partijen, dus we hebben niet samengewerkt.'

'Commissies?'

'Nee, we zaten niet in dezelfde.'

'En zijn reputatie?'

'Hoe bedoel je?'

Brunetti moest een zucht onderdrukken die hij in zijn borst voelde opwellen en antwoordde neutraal: 'Als politicus. Hoe dacht men over hem?'

Perulli zette zijn voeten naast elkaar op de grond, maar sloeg zijn lange benen onmiddellijk weer andersom over elkaar. Hij boog zijn hoofd en wreef met zijn hand over zijn rechterwenkbrauw, iets wat hij altijd deed als hij iets overwoog of als hij over zijn antwoord moest nadenken. Toen hij Perulli's gezicht vanuit deze hoek bekeek, viel hem op dat er iets veranderd was aan de aanzet van zijn jukbeenderen, die scherper en geprononceerder leken dan toen hij nog student was. Toen hij eindelijk wat zei, was zijn stem mild. 'Ik zou zeggen dat men hem over het algemeen beschouwde als eerlijk.' Hij liet zijn hand zakken en probeerde een klein glimlachje. 'Misschien wel te eerlijk.' Hij vergrootte de glimlach, diezelfde innemende glimlach die meisjes en later vrouwen zo onweerstaanbaar bleken te vinden.

'Wat houdt dat in?' vroeg Brunetti, in een poging de woede te onderdrukken die de gniffelende toon van Perulli's antwoorden bij hem opwekte.

Perulli antwoordde niet onmiddellijk, en terwijl hij nadacht over wat hij zou zeggen en hoe hij dat zou zeggen, tuitte hij zijn lippen een paar keer, iets wat Brunetti hem nooit eerder had zien doen. Uiteindelijk zei hij: 'Ik denk dat dat inhoudt dat er soms moeilijk met hem te werken viel.'

Daar kon Brunetti niets mee, dus hij vroeg opnieuw: 'Wat houdt dat in?'

Perulli slaagde er niet in een snelle boze blik richting Brunetti te onderdrukken, maar toen hij sprak, was zijn stem rustig, bijna te rustig. 'Voor de mensen die het niet met hem eens waren, houdt dat in dat het onmogelijk was om hem de dingen anders te laten benaderen.'

'Vanuit hun standpunt?' vroeg Brunetti neutraal.

Perulli hapte niet toe, maar zei in plaats daarvan alleen: 'Vanuit elk ander standpunt dan het zijne.'

'Heb jij dit ooit met hem aan de hand gehad?'

Perulli ontkrachtte dat idee met een ontkennende hoofdbeweging. 'Ik zei toch dat we nooit in dezelfde commissie hebben gezeten?'

‘In wat voor commissies zat hij dan?’ vroeg Brunetti.

Perulli legde zijn hoofd achterover tegen de stoelleuning en sloot zijn ogen; Brunetti had sterk het gevoel dat hij dat bewust deed om te laten zien hoeveel energie Perulli in het beantwoorden van de vraag wilde steken.

Na wat uitzonderlijk lang leek te duren, zei Perulli: ‘Voorzover ik me kan herinneren, zat hij in de commissie die de posterijen onderzocht, en eentje die iets deed met landbouw, en de derde...’ Hij stokte, keek naar Brunetti met een heel klein, heimelijk lachje en ging toen verder: ‘Ik weet echt niet meer welke dat was. Misschien de missie naar Albanië, al dat humanitaire hulpgedoe, of misschien die ene over boerenpensioenen. Daar wil ik vanaf zijn.’

‘En wat deden die commissies?’

‘Wat ze allemaal doen,’ zei Perulli, oprecht verbaasd dat een burger dat moest vragen. ‘Ze onderzoeken een probleem.’

‘En dan?’

‘Doen ze aanbevelingen.’

‘Aan wie?’

‘Aan de regering natuurlijk.’

‘En wat gebeurt er dan met hun aanbevelingen?’

‘Die worden bekeken en bestudeerd en dan wordt er een beslissing genomen. En zo nodig wordt er een wet aangenomen of wordt een bestaande wet veranderd.’

‘Zo simpel als dat, hè?’ zei Brunetti.

Perulli’s glimlach kreeg niet de kans volledig door te breken; Brunetti’s ijzige toon vergalde de pret.

‘Je kan spotten wat je wilt, Guido, maar het is niet gemakkelijk om een land als dit te leiden.’

‘Denk je nou echt dat je het leidt?’

‘Nee, ik niet persoonlijk,’ zei Perulli op een toon waaruit bleek dat dit hem speet. ‘Natuurlijk niet.’

‘Jullie allemaal samen dan? Degenen in het parlement?’

‘Als wij het niet doen, wie dan wel?’ vroeg Perulli. Zijn toon moest verontwaardigd lijken maar was eerder boos.

‘Inderdaad,’ zei Brunetti simpelweg. Na een lange pauze ging hij verder, zijn stem weer volledig normaal. ‘Weet je nog iets anders over deze commissies, wie er nog meer in zaten misschien?’

Nu de directe oorzaak van zijn onbehagen hem ineens werd ontnomen door Brunetti’s plotselinge verandering van onderwerp, aarzelde Perulli voor hij antwoord gaf. ‘Ik geloof niet dat er veel over welke commissie dan ook valt te vertellen. Ze zijn niet belangrijk, het zijn meestal de nieuwe leden of degenen zonder goede connecties die erin zitten.’

‘Ik begrijp het,’ zei Brunetti neutraal. ‘Ken je nog andere mensen die in deze commissies hebben gezeten?’

Hij was bang dat hij te ver was gegaan en dat de man zijn vraag zou afwijzen of er geen tijd meer aan wilde spenderen, maar na een korte stilte antwoordde de parlementariër: ‘Ik ken er twee, maar zeker niet goed.’

‘Zou ik met hen kunnen spreken?’

‘Waarover?’ vroeg Perulli, onmiddellijk achterdochtig.

‘Moro.’

‘Nee.’ Zijn antwoord kwam meteen.

‘Waarom niet?’ vroeg Brunetti, hoewel hij het antwoord al wist.

‘Omdat je toen je belde zei dat je mij wat vragen wilde stellen. Je zei niet dat je me jouw werk wilde laten doen.’ Onder het spreken werd Perulli steeds driftiger. Hij keek naar Brunetti, die niets zei, en dat leek afdoende om Perulli’s woede nog verder aan te wakkeren. ‘Ik weet niet waarom je meer over Moro wilt weten, maar het is een goede zaak dat iemand zijn gangen eens natrekt.’ Rode vlekken zo groot als golfballen verschenen op zijn wangen.

‘Hoezo?’ vroeg Brunetti.

Perulli haalde opnieuw zijn benen van elkaar, maar dit keer leunde hij voorover naar Brunetti, prikte met zijn rechterwijsvinger in de lucht tussen hen in. 'Omdat hij een schijnheilige klootzak is, die altijd maar doorgaat over fraude en oneerlijkheid en...' Hier veranderde Perulli's stem van toon: hij sprak lager en rekte de laatste lettergrepen uit, en Brunetti herkende Moro's manier van spreken. 'Onze verantwoordelijkheid naar de burger toe,' ging hij verder, waarbij de imitatie ineens overging in een sarcastische overdrijving. 'We kunnen onze departementen, dit parlement, niet behandelen alsof het een trog is en wij een kudde varkens,' dreunde Perulli op. Het was Brunetti duidelijk dat hij Moro weer citeerde.

Brunetti verwachtte dat de andere man eindeloos zou doorgaan: Augusto had nooit geweten wanneer een grap lang genoeg had geduurd. Maar Perulli verraste hem door stil te vallen, hoewel hij de verleiding niet kon weerstaan Brunetti te treiteren met de woorden: 'Als hij iets heeft gedaan, verbaast dat me niets: hij is heus niet anders dan wij allemaal.'

'Met jullie voorpoten in de trog?' vroeg Brunetti gelaten.

Hij had de andere man net zo goed in zijn gezicht kunnen slaan. Perulli dook naar voren en greep Brunetti naar de keel met zijn rechterhand, maar hij was de lage tafel tussen hen in vergeten. Die raakte Perulli net onder de knieën en liet hem er met een smak overheen vallen.

Brunetti was opgestaan toen Perulli over de tafel stortte. Toen hij hem bewegingsloos op de vloer zag liggen, was zijn eerste reactie om hem weer overeind te helpen, maar iets weerhield hem. Nieuwsgierig ging hij naast hem staan en boog zich voorover om het beter te kunnen zien. Perulli's haar was naar voren gevallen en Brunetti zag het kleine ronde, verdikte litteken achter het linkeroor. Dankbaar dat hij de oorzaak van Perulli's jeugdige uiterlijk had ontdekt, bleef hij staan wachten, en toen hij zag dat Perulli zijn knieën onder zich optrok en zijn handen plat naast zich op de vloer legde, draaide Brunetti zich om en verliet het appartement.

8

Toen hij buitenkwam en op zijn horloge keek, zag Brunetti tot zijn verbazing dat het bijna vijf uur was. Hij had flinke honger en bevond zich geografisch gezien ergens tussen werk en huis in. Hij wist niet wat hij thuis te eten zou aantreffen, en tegen de tijd dat hij daar was aangekomen en iets gegeten zou hebben, zou het te laat zijn om nog terug te gaan naar de Questura. Hij richtte de pijlen van zijn geheugen op San Marco, probeerde zich ieder café en iedere *trattoria* voor de geest te halen op de weg naar huis. Toen hij zich realiseerde wat hij onderweg zou tegenkomen, verlegde hij zijn route via Campo Sant' Angelo en daarna naar Campo San Fantin. Hij wist dat het absurd was en ook dat het zijn eigen keus was geweest de lunch over te slaan, maar hij werd toch overspoeld door een golf van zelfmedelijden: hij vervulde zijn taak naar beste kunnen, en kreeg honger op het moment dat er nergens iets te eten viel te halen.

Hij herinnerde zich een van de verhalen die zijn vader hem ooit over de oorlog had verteld, hoewel hij de exacte toedracht niet wist, want het was hem nooit twee keer hetzelfde verteld. Op een gegeven moment, toen ze een paar dagen na het beëindigen van de oorlog te voet door Nedersaksen trokken, waren zijn vader en twee van zijn kameraden een zwerfhond tegengekomen die onder een gebombardeerd huis was uitgekropen en hen trouw volgde. De dag erna hadden ze de hond opgegeten. In de loop van tientallen jaren had dit verhaal een heilzame betekenis aangenomen voor Brunetti, en hij moest er altijd aan denken als iemand naar zijn mening te geaffecteerd over eten praatte, alsof het een modieus accessoire was in plaats van een basisbehoefte. Als hij een van Paola's vriendinnen hoorde zeuren over haar delicate spijsvertering en hoe ze geen groente kon kopen die naast knoflook in het schap had gelegen, kwam het verhaal bij hem boven. Hij herinnerde zich hoe hij jaren geleden tegenover een man aan tafel had gezeten die de andere gasten vertelde dat hij absoluut geen vlees kon eten dat niet van zijn eigen slager kwam, dat hij het verschil in kwaliteit onmiddellijk proefde. Toen de man klaar was met zijn verhaal, en nadat hij de beoogde pluim had ontvangen voor zijn fijngevoelige smaak, had Brunetti hem het verhaal van de hond verteld.

Hij stak door naar Campo San Fantin en ging een bar in waar hij twee *tramezzini* en een glas witte wijn bestelde. Terwijl hij daar zat, kwam er een aantrekkelijke vrouw met donker haar binnen voor een kop koffie: ze droeg een strakke jas met luipaardprint en een bizarre zwarte hoed die eruitzag als een zwartgeblakerde pizza die op een keppeltje balanceerde. Hij keek naar haar terwijl ze haar koffie dronk, en dat was precies wat alle andere mannen in de bar deden. Zijn conclusie was dat ze allemaal net als hij dankbaar waren voor het feit dat zij was binnengekomen om hun hart te verwarmen en hun dag goed te maken.

Blij dat hij haar gezien had, verliet hij het café en liep terug naar de Questura. Toen hij zijn kamer binnenkwam, zag hij een dossier op zijn bureau liggen dat tot zijn verbazing het autopsierapport van Ernesto Moro bleek te zijn. Het eerste wat bij hem opkwam was de vraag wat Venturi in zijn schild voerde, met wat voor machtsspelletje hij bezig was en met wie dat te maken had. De snelheid waarmee hij de autopsie had uitgevoerd kon alleen worden uitgelegd als een poging een wit voetje bij Brunetti te halen, wat de patholoog alleen zou kunnen gebruiken als hij wilde wedijveren met een rivaal of een mogelijke rivaal bij de politie of het medisch apparaat.

Brunetti liet de speculaties over de motieven van Venturi voor wat ze waren en richtte zijn aandacht op het rapport. Ernesto Moro was kerngezond geweest ten tijde van zijn dood, leed aan geen enkele ziekte, had geen gaatjes in zijn kiezen, hoewel er wel tekenen waren van vroegere orthodontische ingrepen. Zijn linkerbeen was in het verleden gebroken geweest, misschien wel tien jaar geleden, maar was perfect geheeld; zijn amandelen en blinde darm had hij nog.

De doodsoorzaak was wurging. Het was niet te achterhalen hoe ver het lichaam omlaag was gevallen voordat de strop om zijn keel strak was getrokken, maar het was niet ver genoeg geweest om zijn nek te breken, dus de jongen was gestikt. Het was geen snel proces geweest volgens Venturi: het touw had aanzienlijke kneuzingen veroorzaakt aan de voor- en rechterkant van zijn nek. Dit wees erop dat hij in zijn laatste minuten instinctieve stuiptrekkingen had gemaakt in verzet tegen het steeds strakker zittende touw. Verder werden de exacte afmetingen vermeld van de douchecabine waarin zijn lichaam was aangetroffen en de mogelijke reikwijdte van armen van dergelijke lengte. Brunetti dacht aan de sporen van vegen op de muur van de douche.

Afgaand op de etensresten in de maag van de jongen, was hij waarschijnlijk ergens tussen middernacht en drie uur 's ochtends overleden. Er waren geen tekenen van drugsgebruik en klaarblijkelijk had hij maar een bescheiden hoeveelheid wijn bij zijn laatste maaltijd gedronken, waarschijnlijk niet meer dan een glas en zeker niet zoveel dat hij niet meer helder had kunnen denken.

Brunetti stopte de papieren terug in het dossier en liet dat open op zijn bureau liggen. Het rapport zei alles en niets tegelijk. Hij probeerde het gegeven dat signora Moro neergeschoten was buiten beschouwing te laten en haar zoons dood als een apart incident te zien. De voor de hand liggende motieven waren dan een of andere teleurstelling die de jongen te verduren had gekregen of de wens om iemand terug te pakken voor toegebracht leed. Zodra de moeder weer in het verhaal werd meegenomen, namen de mogelijke motieven exponentieel toe. In plaats van gezien te worden als de hoofdrolspeler, werd de jongen dan een middel en iemand anders degene om wie het ging.

Voortbordurend op deze vage speculatie, concludeerde Brunetti dat het overleven van de moeder veronderstelde dat zij ook niet het belangrijkste doelwit was, waardoor alleen Moro zelf overbleef. Maar zelfs dat, wist hij, leidde nergens toe: tot hij enig idee had waarvan Moro het slachtoffer kon zijn, of van wie, was elke speculatie net zo onbeduidend als de losse, ongeordende stukjes informatie waarop hij die baseerde.

De komst van signorina Elettra maakte een einde aan zijn fragmentarische overpeinzingen. 'Heeft u dat gezien?' vroeg ze toen ze binnenkwam met een knikje naar het autopsierapport.

'Ja, wat maakt u eruit op?'

'Ik kan er niet bij, waarom zou zo'n jongen zichzelf van het leven willen beroven? Dat ligt toch totaal niet voor de hand?'

'Ik ben bang dat het niet zo uitzonderlijk is, kinderen die zelfmoord plegen.'

Zijn opmerking leek haar te grieven. Ze bleef voor zijn bureau staan met nog een dossiermap in haar hand. 'Maar waarom dan?'

'Ik heb een van de cadetten daar gesproken. Hij zei dat de toekomst op geen enkele manier garanties bood, dat het zelfs maar de vraag was of ze wel een toekomst hadden.'

'Wat een onzin,' snauwde ze boos. 'Natuurlijk is er altijd een toekomst.'

'Ik herhaal alleen maar wat hij gezegd heeft.'

'Een cadet?' vroeg ze.

'Ja.'

Ze zweeg lang en zei toen uiteindelijk: 'Ik heb een tijdje verkering gehad met zo'n cadet.'

Meteen nieuwsgierig, vroeg Brunetti: 'Toen u op school zat?'

Er trok een snode glimlach over haar lippen: 'Niet vorige week, nee.' Ze ging verder: 'Ja, toen ik achttien was.' Ze keek even in gedachten naar de vloer en zei toen: 'Nee, om precies te zijn, was ik pas zestien. Dat verklaart alles.'

Zo'n voorzet miste hij niet. 'Verklaart wat?'

'Hoe ik het met hem uithield.'

Brunetti stond half op en gebaarde haar plaats te nemen. 'Gaat u zitten.' Ze streek de achterkant van haar rok glad en ging zitten, waarna ze de map plat op haar schoot legde.

'Wat kreeg u dan te verduren?' vroeg hij, verwonderd bij het idee dat signorina Elettra iemand was die ook maar iets zou dulden wat haar niet aanstond.

'Ik wou eerst zeggen dat hij een fascist was, en dat ze dat allemaal waren en waarschijnlijk nog steeds zijn. Maar ik zal me beperken tot het feit dat híj een fascist was, en een lomperik, en een snob en dat de meeste van zijn vrienden dat ook waren. Uit jarenlange ervaring wist Brunetti wanneer signorina Elettra het bij een verbale *solfeggio* hield en wanneer ze op het punt stond in een aria los te barsten; hij zag aanwijzingen voor het laatste.

'Maar ziet u dat nu pas?' vroeg hij, waarmee hij haar de kortste *recitativi* aanreikte om de aria mee in te leiden.

'We zagen ze altijd, mijn vriendinnen en ik, als ze door de stad zwermden in hun capes, en we vonden ze de spannendste, leukste jongens op aarde. Als er een van hen tegen ons praatte, was het alsof de hemel openging en God neerdaalde. En toen was er eentje...' begon ze. Zoekend naar de juiste woorden, gooide ze het over een andere boeg en ging verder: 'Ik begon met een van hen af te spreken.'

'Af te spreken?' informeerde hij.

'Om koffie te drinken, een wandelingetje te maken, in de Giardini op een bankje te zitten en te praten.' Met een meesmuilend lachje corrigeerde ze zichzelf. 'Of beter gezegd, te luisteren.' Ze glimlachte naar hem. 'Ik geloof dat hier een nieuw zelfstandig naamwoord van toepassing zou zijn, meneer: een toeluistering in plaats van een conversatie. Dat is wat ik had als we elkaar zagen: een toeluistering.'

'Misschien was dat voor u een snellere manier om hem te leren kennen,' opperde Brunetti droog.

'Ja,' zei ze bruusk. 'Ik heb hem zeker leren kennen.'

Hij wist niet precies wat hij haar zou vragen. 'En hoe komt het dat u nu zo over hem praat?'

'Waarom ik hem een snob en een fascist en een lomperik noem?'

'Ja.'

'U kent Barbara toch?' vroeg ze, refererend aan haar oudere zus.

'Ja.'

'Ze studeerde destijds medicijnen en woonde in Padova, dus ik zag haar niet veel, alleen in de weekenden. Ik had al ongeveer drie weken iets met Renzo toen ze op een weekend thuiskwam, en ik wilde hem graag aan haar voorstellen. Ik vond hem zo bijzonder, zo slim, zo wijs.' Ze snoof bij de gedachte aan haar eigen jonge jaren en ging verder. 'Stel je voor, wijs. Op zijn achttiende.' Ze haalde diep adem en glimlachte naar hem, waardoor hij wist dat dit verhaal goed zou aflopen.

'Altijd als we samen waren, praatte hij over politiek, geschiedenis, alle dingen waar ik Barbara en mijn ouders al zo vaak over had horen praten. Niets wat hij zei leek op wat zij zeiden. Maar hij had diepblauwe ogen en een auto thuis in Milaan, een cabriolet.' Opnieuw glimlachte ze bij de herinnering aan het meisje dat ze was geweest en zuchtte.

Toen ze aarzelde om verder te vertellen, vroeg hij: 'En heeft Barbara hem ontmoet?'

'O ja, en ze haatten elkaar al na drie woorden. Ik weet zeker dat hij haar zag als een soort communistische kannibaal en zij hem als een fascistisch varken.' Ze glimlachte weer naar hem.

'En?'

'Een van hen had gelijk.'

Hij lachte voluit en vroeg: 'Hoe lang kostte het u om daarachter te komen?'

'O, ik denk dat ik het al die tijd al wist, maar hij had nou eenmaal van die ogen. En die cabriolet natuurlijk.' Ze lachte. 'Hij had er een foto van in zijn portemonnee.'

In eerste instantie kon Brunetti zich nauwelijks voorstellen dat signorina Elettra tot dergelijke dwaasheden in staat was, maar hij hoefde er maar even over na te denken om te weten dat het hem toch niet erg verbaasde.

'Wat is er gebeurd?'

'O, toen Barbara eenmaal over hem begon toen we thuiskwamen, was het alsof – hoe zeggen ze dat in de Bijbel? – alsof de schellen me van de ogen vielen. Nou, zoiets was het dus. Het enige wat daarvoor nodig was, was stoppen met naar hem te kijken en beginnen met naar hem te luisteren en tot me door te laten dringen wat hij zei. Toen zag ik wat voor gevaarlijke gek hij was.'

'Wat zei hij dan?'

'Hetzelfde waar al die mensen het altijd over hebben: de

glorie van de natie, het belang van sterke normen en waarden in de familie, de heldhaftigheid van mannen in de oorlog.' Hier stopte ze even en schudde haar hoofd weer, als iemand die vuiligheid van zich afschudt.

'Het is ongelofelijk waar je allemaal naar kunt luisteren zonder je te realiseren wat voor onzin het is.'

'Onzin?'

'Ach, als degenen die het zeggen nog kinderen zijn, kun je het als onzin afdoen. Als het volwassenen zijn, wordt het gevaarlijk.'

'Wat is er van hem geworden?'

'O, dat weet ik niet.' Ik neem aan dat hij is afgestudeerd en het leger in is gegaan en uiteindelijk gevangenen in Somalië is gaan martelen. Zo iemand was het wel.'

'Gewelddadig?'

'Nee, niet echt, maar hij liet zich gemakkelijk leiden. Hij beschikte over alle fundamentele overtuigingen. U kent de dingen wel die ze zeggen: eer en discipline en het belang van orde. Hij zal het wel van zijn familie meegekregen hebben. Zijn vader was generaal of zoiets, dus hij had nooit iets anders gehoord.'

'Net als u, maar dan anders?' vroeg Brunetti glimlachend. Hij kende haar zus, dus hij wist hoe de Zorzi's over de dingen dachten.

'Precies, alleen heeft niemand in mijn familie ooit een goed woord overgehad voor discipline of de noodzaak tot orde.' De trots waarmee ze dit zei, was onmiskenbaar.

Hij begon aan een andere vraag, maar zij stond op alsof ze zich er ineens van bewust was hoe openhartig ze was geweest, en ze boog zich naar voren om het dossier op zijn bureau te leggen. 'Dit is wat er binnengekomen is, meneer,' zei ze op een gedecideerde toon die vreemd afstak tegen de ongedwongenheid van hun conversatie tot dan toe.

'Dank u,' zei hij.

'Het wijst zichzelf, maar mocht u enige toelichting behoeven, bel dan even.'

Het viel hem op dat ze niet zei dat hij dan beneden bij haar langs kon komen of haar kon vragen boven te komen. De geografische grenzen van hun formele verhouding waren weer gedicht.

'Dat zal ik doen,' zei hij, en herhaalde toen ze naar de deur liep: 'Dank u.'

9

Het dossier bevatte fotokopieën van krantenberichten over Fernando Moro's loopbaan als arts en politicus. De eerste leek geleid te hebben tot de laatste. Hij was zes jaar geleden voor het eerst in de publiciteit gekomen. Toen een van de inspecteurs opdracht had gegeven om de kwaliteit van de medische zorg in de ziekenhuizen van de Veneto te onderzoeken, had hij een rapport ingediend dat de statistieken van de provinciale overheid in twijfel trok, statistieken die pochten met een van de laagste patiënt-artscontacten op het continent. Het Moro-rapport toonde aan dat dat lage cijfer te danken was aan het feit dat er drie nieuwe ziekenhuizen bij het onderzoek waren betrokken, faciliteiten die medische zorg op het hoogste niveau zouden gaan leveren. Er was al geld toegewezen voor de bouw ervan, en het geld was ook al uitgegeven, dus in de statistieken werden deze ziekenhuizen meegeteld, inclusief alle afzonderlijke diensten die zij zouden leveren. De eindcijfers waren een godswonder, want de Veneto werd afgeschilderd als de provincie met de beste gezondheidszorg in Europa.

Het rapport van Fernando Moro maakte pijnlijk duidelijk dat die drie ziekenhuizen, ondanks de grandioze plannen, ondanks de omvangrijke staf, en ondanks het brede scala aan diensten dat ze zouden leveren, in realiteit nooit gebouwd waren. Toen hun voorzieningen eenmaal uit de berekeningen werden gehaald, kelderde de kwaliteit van de gezondheidszorg in de Veneto weer naar het niveau dat de patiënten zoal gewend waren: iets slechter dan dat van Cuba, maar zeker beter dan dat van Tsjaad.

In de nasleep van de publicatie werd Moro door de pers gelauwerd als een held, waarmee hij publieke populariteit verwierf. Het bestuur van het ziekenhuis waar hij werkte, besloot echter dat zijn vele talenten beter benut zouden worden als hij het bestuur zou overnemen van het bejaardenhuis dat aan het ziekenhuis verbonden was. Zijn tegenargument dat hij als oncoloog beter tot zijn recht zou komen op de afdeling oncologie van het ziekenhuis werd van tafel geveegd als valse bescheidenheid, en zijn laterale overplaatsing was een feit.

Dit alles leidde tot zijn beslissing om zich verkiesbaar te stellen voor het parlement voordat zijn naam weer vergeten zou zijn door het grote publiek; wellicht een tactisch besluit, maar daarom niet minder succesvol.

Moro had ooit gezegd dat zijn ruime ervaring met terminale ziekten wellicht de beste voorbereiding was geweest die hij zich had kunnen wensen voor een carrière in het parlement. Het gerucht ging dat hij 's avonds laat en alleen omringd door zijn oude vertrouwde vrienden verder uitweidde over die metafoor, en het duurde niet lang voordat zijn medeparlementariërs hier lucht van kregen. Dit zou heel goed van invloed kunnen zijn geweest op de aard van de commissies waarin hij geplaatst werd.

Bij het lezen van de krantenartikelen, die ogenschijnlijk een neutrale weergave van de feiten gaven maar stuk voor stuk getint waren door de politieke voorkeur van die specifieke krant of journalist, realiseerde Brunetti zich dat zijn interpretatie van de artikelen gekleurd werd door zijn eigen herinnering. Hij kende Moro al jaren, of in ieder geval van horen zeggen, en aangezien hij naar dezelfde politieke ideeën neigde, wist hij dat hij de man het voordeel van de twijfel gaf en er daarom van uitging dat hij eerlijk was. Hij wist maar al te goed hoe gevaarlijk het was om zo te denken, vooral als politieman, maar Moro was nauwelijks verdacht: de alomvattendheid van zijn verdriet sloot hem uit van elke verdenking van betrokkenheid bij de dood van zijn zoon. 'Anders had ik nooit een zoon, anders had ik nooit een ziel,' hoorde Brunetti zichzelf fluisteren.

Hij keek naar de deur, gegeneerd dat hij zich zo door zijn gedachten had laten meeslepen, maar er was niemand. Hij las verder: de andere artikelen waren enkel een herhaling van de feitelijke informatie die hij al gelezen had. Ondanks de beschuldigende toon van sommige journalisten, ondanks hun zorgvuldig uitgewerkte, misleidende verklaringen voor Moro's gedrag zou zelfs de domste lezer niet aan de integriteit van de man gaan twijfelen.

De insinuaties werden nog bouder in een aantal artikelen over Moro's plotselinge terugtrekking uit het parlement, een besluit dat hij alleen wenste te verklaren met 'persoonlijke redenen'. Het eerste artikel, dat geschreven was door een van de bekendste aanhangers van de rechtervleugel, stelde de retorische vraag wat voor verband er zou kunnen zijn tussen Moro's ontslag en de arrestatie twee weken daarvoor van een van de laatste leden van de Baader-Meinhofgroep. 'Geen enkel, waarschijnlijk,' fluisterde Brunetti weer, een ergerlijke gewoonte die hij zich had aangewend bij het lezen van dergelijke onzin van de vrije pers.

Het ongeluk van Moro's vrouw kwam aan de orde in twee kleine berichtjes, die zich beide beperkten tot de harde feiten over de zaak. Het tweede bericht noemde echter wel de naam van de mensen bij wie zij ten tijde van het schietincident logeerde.

Hij pakte de telefoon en toetste 12 in, waarna hij het nummer vroeg van Giovanni Ferro in Siena of in de provincie Siena. Het waren er twee, en hij noteerde beide nummers.

Hij draaide het eerste nummer. Er werd opgenomen door een vrouw.

'Signora Ferro?'

'Met wie spreek ik?'

'Met commissario Guido Brunetti uit Venetië,' zei hij.

Hij hoorde haar geschrokken naar adem happen. Toen zei ze met een geknepen, gejaagde stem die ze niet helemaal onder controle had: 'Gaat het over Federica?'

'Federica Moro?' vroeg hij.

De vrouw was duidelijk zo van haar stuk gebracht dat ze niets anders kon uitbrengen dan een simpel 'ja'.

'Signora, er is niets met haar gebeurd, gelooft u mij. Ik bel om te informeren naar het incident van twee jaar geleden.' Ze zei niets, maar Brunetti kon haar snelle ademhaling aan de andere kant van de lijn horen. 'Signora, hoort u mij? Is alles in orde?'

Er viel weer een lange stilte, en hij was bang dat ze zou ophangen of dat al gedaan had, maar toen hoorde hij haar stem weer. 'Wie zei u dat u was?'

'Commissario Guido Brunetti. Ik ben van de politie in Venetië, signora.' Weer een stilte. 'Signora, kunt u mij verstaan?'

'Ja,' zei ze, 'ik kan u verstaan.' Na weer een lange pauze zei de vrouw: 'Ik bel u terug,' en toen was ze weg, Brunetti achterlatend met de echo van haar angst en de sterke geaspireerde klanken van haar Toscaanse accent.

Ze had gelijk, dacht Brunetti, terwijl hij de hoorn weer op het toestel legde. Waarom zou zij geloven dat hij was wie hij beweerde te zijn? Er was geen enkele manier om dat te verifiëren, en het telefoontje ging over een vrouw die neergeschoten was en wier belager waarschijnlijk nooit gepakt was door de politie die Brunetti zou vertegenwoordigen.

De telefoon ging na een paar minuten. Hij pakte hem na één keer overgaan op en zei zijn naam.

'Goed,' zei ze. 'Ik wilde het zeker weten.'

'Dat is heel verstandig van u, signora,' zei hij. 'Ik hoop dat u nu gelooft dat ik ben wie ik zei dat ik was.'

'Ja,' bevestigde ze, en vervolgde: 'Wat wilt u over Federica weten?'

'Ik bel over het schietincident omdat er een zaak is die ermee te maken zou kunnen hebben. In de krant stond dat ze bij u en uw man verbleef toen het gebeurde.'

'Ja.'

'Kunt u me er wat meer over vertellen, signora?'

Er viel weer een lange stilte, en toen vroeg de vrouw: 'Heeft u haar gesproken?'

'Signora Moro?'

'Ja.'

'Nee, nog niet.' Hij wachtte op haar reactie.

'Ik denk dat u met haar moet praten,' zei signora Ferro.

De manier waarop ze het zei, waarschuwde Brunetti om hier niets tegenin te brengen. 'Dat zou ik ook graag willen,' beaamde hij vriendelijk. 'Kunt u me misschien vertellen waar ik haar kan vinden?'

'Is ze dan niet gewoon daar?' vroeg de vrouw, haar stem nu weer nerveus.

Hij zei op zijn meest geruststellende toon: 'U bent de eerste die ik gebeld heb, signora. Ik heb nog geen tijd gehad om uit te zoeken waar signora Moro zich bevindt.' Hij voelde zich net een avonturier op een gletsjer die ineens een gapende kloof voor zich ziet opdoemen: tot nu toe had hij nog niets gezegd over de dood van signora Moro's zoon en het was onmogelijk om dat nu alsnog te doen. 'Is ze hier bij haar man?'

Haar stem klonk nu nuchter en neutraal. 'Ze zijn gescheiden,' zei ze.

'O, dat wist ik niet. Maar woont ze wel nog steeds in Venetië?'

Hij had geen flauw benul wat er in haar omging toen ze hierover nadacht. Een politieman had een vriendin van haar getraceerd; vroeg of laat zou hij haar ook vinden. 'Ja,' antwoordde ze ten slotte.

'Heeft u haar adres voor mij?'

Langzaam antwoordde ze: 'Ja, een moment alstublieft, dan pak ik het even.' Hij hoorde een zachte tik toen ze de hoorn neerlegde, gevolgd door een lange stilte, en toen was ze er weer. 'Het is San Marco 2823,' zei ze, en gaf hem daarna ook het telefoonnummer.

Brunetti bedankte haar en vroeg zich af wat hij haar nog meer kon vragen toen de vrouw zei: 'U moet de telefoon eerst één keer laten overgaan en dan nog een keer bellen. Ze wordt liever niet gestoord.'

'Ik begrijp het, signora,' zei hij, en ineens zag hij het slappe lichaam van Ernesto Moro voor zich als de geest van een van Ugolino's zonen.

De vrouw zei gedag en hing op, en Brunetti besefte dat hij nu niet veel meer wist dan voordat hij de telefoon had opgepakt.

Hij zag hoe donker het was geworden in zijn kantoor. De late middagzon was langzaam weggezakt en hij kon de nummers op de telefoontoetsen nauwelijks meer lezen. Hij liep naar het lichtknopje en deed het licht aan. De ongewone orde die hij op zijn bureau had geschapen tijdens het gesprek met signora Ferro verraste hem: een stapel mappen in het midden, een stuk papier ernaast, een potlood dat er keurig dwars bovenop lag. Hij dacht aan de obsessieve netheid in het huis van zijn moeder in de jaren voorafgaand aan de dementie die haar overvallen had en nog altijd beheerste, en de daaropvolgende explosie van chaos in de laatste maanden voordat ze uit huis gehaald werd.

Weer achter zijn bureau was hij ineens totaal uitgeput en

kon maar met moeite de neiging weerstaan om zijn hoofd op zijn bureau te leggen en zijn ogen te sluiten. Er waren meer dan tien uur verstreken sinds ze naar de school waren geroepen, uren waarin zijn geest zich als een spons had volgezogen met dood en ellende. Niet voor het eerst in zijn loopbaan vroeg hij zich af hoe lang hij dit werk nog kon volhouden. In het verleden had hij zichzelf gerustgesteld met de gedachte dat een vakantie zou helpen. Fysieke afstand van de stad en de misdaad waarmee hij daar geconfronteerd werd, verlichtte zijn gemoed inderdaad, althans gedurende de tijd dat hij weg was. Maar hij kon geen enkele vorm van afstand bedenken die verlichting zou brengen in het gevoel van nutteloosheid dat hem nu van alle kanten belaagde.

Hij wist dat hij signora Moro moest bellen, probeerde zichzelf te dwingen de hoorn op te pakken, maar kreeg het niet voor elkaar. Wiens blik kon mensen ook alweer in steen veranderen? De basilisk? Medusa? Met slangen als haar en een wijd opengesperde mond. Hij zag een beeld voor zich van de woeste, krioelende lokken, maar kon zich niet herinneren wie het had geschilderd of gebeeldhouwd.

Zijn vertrek uit de Questura had iets weg van een vlucht, althans zo ervoer Brunetti het. Zonder zijn stoel aan te schuiven of de deur dicht te doen, de stapel mappen nog midden op het bureau, maakte hij dat hij wegkwam; hij ging naar huis in een toestand die neigde naar paniek.

Zijn neus bracht hem weer bij zinnen. Toen hij de deur van hun appartement opendeed, werd hij verwelkomd door geuren uit de keuken: er werd iets gegrild, misschien wel varkensrollade, en de geur van knoflook was zo overheersend dat het leek alsof er een heel knoflookveld met het vlees mee de oven in was gegaan.

Hij hing zijn jas op, realiseerde zich dat hij zijn koffertje op kantoor had laten staan en schudde de gedachte weer van zich af. Bij de keukendeur hield hij even stil, in de hoop zijn familie al aan tafel te treffen, maar het vertrek was leeg, afgezien van de knoflookgeur die uit een grote pruttelende pan op een laag pitje bleek te komen.

Hij wijdde zijn volledige aandacht aan de geur, en probeerde zich te herinneren waar hij die eerder had geroken. Hij herkende de geur zoals je een melodie kunt herkennen zonder te weten uit welk muziekstuk die komt. Hij probeerde de geuren te onderscheiden: knoflook, tomaten, een vleugje rozemarijn, iets vissigs zoals schelpdieren of garnalen – waarschijnlijk garnalen – en misschien wortels. En dan die knoflook, een wereld aan knoflook. Hij probeerde weer boven te halen wat hij op kantoor gevoeld had, zijn geest doordrenkt van ellende. Hij haalde diep adem in de hoop dat de knoflook de misère zou verdrijven. Als het vampiers kon verdrijven, dan zou de heilzame kracht toch ook tegen zoiets banaals als misère moeten helpen. Hij leunde tegen de deurpost, ogen gesloten, en inhaleerde de geuren, tot een stem achter hem zei: 'Als dat niet de trotse pose is van een beschermer van gerechtigheid en de rechten van de onderdrukten.'

Paola verscheen naast hem, kuste hem op de wang zonder echt naar hem te kijken en glipte langs hem de keuken in.

'Is dat Guglielmo's soep?'

'In één keer goed,' zei Paola. Ze haalde de deksel van de pan en pakte een lange houten lepel van het aanrecht om erin te roeren. 'Twaalf tenen knoflook,' fluisterde ze, een zweem van ontzag in haar stem.

'En tot nu toe hebben we het altijd overleefd,' vulde Brunetti aan.

'Het bewijs van goddelijke interventie, lijkt me,' opperde Paola.

'En als we Guglielmo moeten geloven het beste medicijn tegen wormen en hoge bloeddruk.'

'En een absolute garantie dat je morgen een zitplaats op de vaporetto hebt.'

Brunetti lachte, hij voelde de spanning uit zijn lijf verdwijnen. Hij dacht aan hun vriend Guglielmo, die jarenlang als militair attaché in Caïro had gezeten, een tijd waarin hij Arabisch had gestudeerd, bekeerd was tot de Koptische kerk en een fortuin had vergaard door archeologische kunstvoorwerpen het land uit te smokkelen met militaire vluchten. Als echte fijnproever had hij bij zijn vertrek een enorm scala aan recepten meegenomen, waarvan de meeste een buitensporige hoeveelheid knoflook voorschreven.

'Is het waar dat ze gedroogde knoflook in de sarcofagen van mummies hebben gevonden?' vroeg Brunetti, die zich losmaakte van de deurpost.

'Die vind je waarschijnlijk ook in de zakken van Guglielmo's gala-uniform,' zei Paola, die de deksel weer op de pan zette en voor het eerst gericht naar haar man keek. Haar stem veranderde van toon. 'Wat is er met jou aan de hand?'

Hij probeerde te glimlachen maar zonder succes. 'Slechte dag.'

'Wat dan?'

'Een zelfmoord, maar misschien ook weer niet.'

'Wie?'

'Een jongen.'

'Hoe oud?'

'Zeventien.'

De dood, het geslacht en de leeftijd hadden hun impact op Paola. Ze haalde diep adem, schudde haar hoofd alsof ze een bijgelovige gedachte verwierp en legde toen haar hand op zijn arm. 'Vertel eens.'

Om een of andere reden die hij zelf niet begreep, misschien hetzelfde bijgeloof, durfde Brunetti Paola niet aan te kijken terwijl hij haar vertelde over Ernesto Moro, dus hield hij zichzelf bezig met het pakken van twee glazen uit de kast en een koude fles Tocai uit de koelkast. Bij het openmaken van de fles begon hij te praten, alle handelingen opzettelijk zo langzaam mogelijk uitvoerend, zodat die net zo lang duurden als zijn verhaal. 'Hij was een student aan de San Martino. Er kwam vanochtend een melding binnen en toen we daar aankwamen vonden we hem opgehangen in de douche. Vianello heeft hem gevonden.'

Hij schonk twee glazen wijn in en reikte Paola er een aan, die dat negeerde en vroeg: 'Wie was hij?'

'De zoon van Fernando Moro.'

'Dottor Moro?'

'Ja,' zei Brunetti en drukte haar het glas in de hand zodat ze het wel moest vastpakken.

'Weet hij het al?'

Brunetti draaide zich van haar weg, zette zijn glas neer en deed de koelkast open op zoek naar iets om te eten bij wijze van afleiding. Met zijn rug naar haar toe reageerde hij: 'Ja.'

Ze zei niets terwijl hij in de koelkast rommelde en een plastic bakje met olijven vond, dat hij openmaakte en op het aanrecht zette. Zodra hij ze zag, donker en vlezig in hun gelige olie, verging hem de trek en pakte hij zijn glas weer op. Zich bewust van Paola's blik keek hij haar aan.

'Moest jij het hem vertellen?'

'Hij kwam toen ik daar bij het lichaam van de jongen was, en daarna ben ik thuis bij hem langs geweest.'

'Vandaag?' vroeg ze, niet in staat haar verbijstering dan wel afgrijzen te verbergen.

'Ik was er maar even,' zei hij en had spijt van de woorden zodra hij ze had uitgesproken.

Paola zond hem een felle blik, maar toen ze zijn gezicht zag, liet ze zijn opmerking ongemoeid voorbijgaan. 'En de moeder?' vroeg ze.

'Ik weet niet waar die is. Iemand zei dat ze hier was, in de stad, maar ik kon haar niet bellen.' Misschien was het de manier waarop hij dat laatste zei waardoor Paola ook hier niet op inging.

In plaats daarvan vroeg ze: 'Waarom denk je dat het misschien geen zelfmoord was?'

'Uit gewoonte,' probeerde hij.

'De gewoonte om aan alles te twijfelen?' vroeg ze.

'Zo zou je het kunnen zien,' antwoordde Brunetti en gunde zichzelf eindelijk een slok wijn. De koele, tintelende drank op zijn tong bood hem nauwelijks troost, maar het herinnerde hem er wel aan dat er zoiets als troost bestond.

'Wil je het erover hebben?' vroeg Paola, die nu voor het eerst aan haar glas nipte.

'Misschien later. Na het eten.'

Ze knikte, nam nog een slok en zette het glas neer. 'Als je nog wat wilt lezen, dan zal ik de tafel dekken. De kinderen komen zo thuis...' begon ze, en ze waren zich beiden bewust van het woord 'kinderen' en de terloopse bevestiging die dat inhield: voor hen waren de dingen gebleven zoals ze waren, hun gezin was nog intact. Als een paard dat plotseling uit de pas raakt om een gat in de weg te ontwijken, ging haar toon ineens over in kunstmatige opgewektheid: 'En dan kunnen we eten.'

Brunetti ging de zitkamer binnen. Hij zette zijn glas op tafel, ging op de bank zitten en pakte zijn boek op van Anna Komnene, *Het verhaal van Alexios.* Een halfuur later, toen Chiara binnenkwam om haar vader te vertellen dat het eten klaar was, vond ze hem op de sofa, zijn boek open en vergeten op zijn schoot, naar buiten starend over de daken van de stad.

10

Door met Paola over de dood van de jongen te praten, hoopte Brunetti dat het gruwelijke gevoel in hem wat zou afnemen, maar dat was niet zo. In bed, met Paola opgekruld naast hem, vertelde hij haar over de gebeurtenissen van die dag, aangeslagen door de zwaarte van hun conversatie. Toen hij alles verteld had, inclusief de paniekerige aftocht uit zijn kantoor zonder signora Moro te hebben gebeld, richtte zij zich steunend op een elleboog op en keek neer op zijn gezicht.

'Hoe lang kun je hier nog mee doorgaan, Guido?' vroeg ze.

In het zwakke maanlicht keek hij haar aan en richtte zijn blik toen weer op de overstaande muur, waar de spiegel zacht glansde in het licht dat weerkaatst werd door de tegels van het balkon.

Ze liet enige tijd verstrijken zonder iets te zeggen en vroeg toen: 'Nou?'

'Ik weet het niet,' antwoordde hij. 'Daar kan ik niet aan denken totdat dit opgelost is.'

'Als ze er al over uit zijn dat hij zelfmoord heeft gepleegd, is de zaak dan niet al opgelost?'

'Ik bedoel niet op die manier opgelost,' zei hij laatdunkend. 'Ik bedoel écht opgelost.'

'Opgelost voor jou, bedoel je?' vroeg ze. Op een ander moment hadden de woorden iets kritisch gehad, misschien zelfs iets sarcastisch, maar deze avond behelsden ze enkel een verzoek om informatie.

'Dat denk ik.'

'En wanneer is dat?'

De uitputting die gedurende de dag was toegenomen overmande hem, het was bijna alsof die besloten had hem te omarmen en in slaap te wiegen. Hij voelde zijn ogen dichtzakken en liet zich er even in wegzinken. De kamer begon zich van hem te verwijderen en hij voelde hoe hij in slaap viel. Plotseling kon hij de dingen die de familie Moro waren overkomen zien als een driehoek gevormd door toevalligheden en hij fluisterde: 'Als er geen onderling verband blijkt te zijn,' en gaf zich over aan de slaap.

De volgende ochtend werd hij wakker met een leeg hoofd. De zonnestralen die door dezelfde spiegel weerkaatst werden en op zijn gezicht vielen, wekten hem tot leven, en in de eerste ogenblikken van ontwaken was hij zich nog niet bewust van de gebeurtenissen van de dag ervoor. Hij schoof een beetje naar rechts en zijn lichaam registreerde dat Paola er niet meer was; hij draaide zijn hoofd naar links en zag de klokkentoren van de San Polo, die zo vol in de zon stond dat hij de grijze klodders cement kon zien die de stenen bij elkaar hielden. Een duif zweefde naar de dakrand onder het puntdak van de toren, spreidde zijn vleugels om af te remmen en maakte vervolgens een lichtvoetige landing. Hij draaide twee rondjes, hipte wat heen en weer en stopte zijn kop toen onder een vleugel.

Niets wat de vogel deed, had iets te maken met de gebeurtenissen van de vorige dag, maar toen zijn kop onder zijn vleugel verdween, kreeg Brunetti een helder visioen van Ernesto Moro's gezicht op het moment dat Vianello de onderkant van zijn cape eroverheen trok.

Brunetti stapte uit bed en liep – met zorg de spiegel mijdend – naar de badkamer om te douchen. Terwijl hij zich daar stond te scheren ontkwam hij er niet aan zichzelf in de ogen te kijken, en het gezicht dat hem daar aankeek had dezelfde vermoeide, lusteloze uitstraling als iedere door verdriet getroffen ouder die hij ooit had moeten inlichten. Hoe kon je uitleggen dat er een kind was gestorven, en zelfs als het al uit te leggen viel, welke verklaring kon de stortvloed van verdriet stelpen die door die woorden werd opgewekt?

Paola en de kinderen waren allang vertrokken, dus hij verliet het huis, blij dat hij de kans kreeg zijn koffie te drinken in een vertrouwde *pasticceria*, waar de conversatie zich zou beperken tot hooguit wat onbeduidende opmerkingen die iemand tegen hem kon maken. Hij kocht zowel *Il Tempo* als *Il Gazzettino* bij de *edicola* op Campo Santa Marina en liep Didovich binnen voor een koffie met brioche.

'Cadet op exclusief instituut in Venetië verhangt zichzelf', verkondigde de eerste krant in een van de katernen, terwijl de voorpagina van de tweede kopte: 'Zoon van ex-parlementariër dood aangetroffen op San Martino.' De ondertitels informeerden de burgers van Venetië over het feit dat de vader van het slachtoffer uit het parlement was gestapt nadat zijn controversiële gezondheidsrapport was verworpen door de toenmalige minister van Gezondheidszorg, dat de politie de dood van de jongen onderzocht, en dat zijn ouders waren gescheiden. Toen hij de intro's las, wist Brunetti zeker dat iedereen die dit las, ongeacht de informatie in de rest van het artikel, ervan uit zou gaan dat de ouders of de manier waarop zij leefden verband hield of zelfs ten grondslag lag aan de dood van de jongen.

'Afschuwelijk, nietwaar? Van die jongen?' zei een van de vrouwen aan de bar tegen de eigenaar terwijl ze naar Brunetti's krant wees. Ze nam een hap van haar brioche en schudde haar hoofd.

'Wat is er tegenwoordig toch aan de hand met die kinderen? Ze hebben zo veel. Waarom kunnen ze daar niet gewoon tevreden mee zijn?' reageerde een ander.

Alsof het een toneelstuk was, zette een derde vrouw – dezelfde leeftijd als de andere twee, haar haren het standaard rood van de postmenopauze – haar koffiekopje met een klap terug op het schoteltje en zei: 'Het komt doordat ouders geen aandacht meer voor ze hebben. Ik ben thuisgebleven om voor mijn kinderen te zorgen, dus daardoor kon zoiets nooit gebeuren.'

Iemand die hier niet vandaan kwam, zou denken dat kinderen met werkende moeders hier geen andere optie restte dan zelfmoord. De drie vrouwen knikten in unanieme afkeuring van dit nieuwe bewijs van de trouweloosheid en ondankbaarheid van de jeugd en het onverantwoordelijke gedrag van alle ouders afgezien van henzelf.

Brunetti vouwde zijn krant op, betaalde en verliet de pasticceria. Op de gele posters die tegen de achterkant van de edicola waren geplakt, schreeuwden dezelfde koppen hun boodschap. In hun huidige staat van verdriet zouden dergelijke schimpscheuten de ziel van de Moro's niet raken: dat was de enige geruststellende gedachte die Brunetti kon vinden voor dit zoveelste bewijs van de leugenachtigheid van de pers.

Eenmaal in de Questura ging hij direct naar zijn kamer, waar hij nieuwe documenten op zijn bureau aantrof. Hij belde signorina Elettra, die de telefoon opnam met de woorden: 'Hij wil u onmiddellijk spreken.'

Het verbaasde hem niet meer dat signorina Elettra wist dat hij degene was die belde: ze had een aanzienlijk bedrag van het politiebudget aangewend om Telecom een nieuwe telefoonlijn te laten aanleggen in haar kamer, hoewel er nu geen geld meer beschikbaar was om afgezien van haarzelf ook alle anderen van nummermelding te voorzien. Hij was evenmin verbaasd over de persoonsverwijzing 'hij': die eer gunde ze alleen haar directe leidinggevende, vice-questore Giuseppe Patta.

'Nu meteen?' vroeg hij.

'Liever nog gistermiddag zou ik zeggen,' antwoordde ze.

Zonder de dossiers te bekijken ging Brunetti naar beneden en liep haar kamer binnen. Hij had verwacht dat hij signorina Elettra achter haar bureau zou aantreffen, maar haar kantoor was leeg. Hij stak zijn hoofd om de hoek van de deur om te kijken of ze op de gang was, maar ze was nergens te bekennen.

Hij had geen zin om bij Patta aan te kloppen zonder enige indicatie van diens bui of de reden waarom hij zich bij hem moest melden, en Brunetti speelde met het idee om terug te gaan naar zijn kamer en de documenten door te nemen of om door te lopen naar de agentenkamer om te kijken of Vianello of Pucetti daar waren. Hij had nog niets besloten toen de deur van het kantoor van vice-questore Patta openging en signorina Elettra naar buiten kwam, gekleed in iets wat erg op een bomberjack leek, nauwsluitend in de taille, opgeblazen en breed van boven en in de schouders. Nou ja, het leek althans op een bomberjack als gevechtsvliegers zich zouden hullen in perzikkleurige ruwe zijde.

Patta keek recht vanuit zijn kantoor haar kamer in. 'Ik wil je even spreken, Brunetti,' riep hij. Brunetti wierp een snelle blik richting signorina Elettra, maar zij had alleen maar de tijd om haar lippen strak op elkaar te klemmen in afkeuring dan wel walging. Ze passeerden elkaar als schepen in de nacht, de aanwezigheid van de ander nauwelijks erkennend.

'Doe de deur dicht,' zei Patta, die even opkeek en zijn aandacht daarna weer naar de papieren op zijn bureau dirigeerde. Brunetti keerde zich om om dat te doen, ervan overtuigd dat het woord 'alsjeblieft' de graadmeter zou zijn voor de aard van deze bespreking. Het feit dat Brunetti de gelegenheid kreeg hierover na te denken, sloot de mogelijkheid al uit dat dit een aangename uitwisseling van ideeën tussen twee collega's zou worden. Werd het woord uitgesproken na een korte pauze, dan zou het als de zweepslag van een koetsier zijn: in de lucht en erop gericht de aandacht van het dier te trekken zonder het pijn te doen, een onbewuste bevestiging van wie de leiding had, niet bedoeld om schade te berokkenen. Een langere pauze zou betekenen dat Patta geïrriteerd was zonder aan te geven waarover. De volledige weglating van het woord, zoals in dit geval, was een teken van angst of woede. De ervaring had Brunetti geleerd dat de eerste van deze twee het gevaarlijkst was, want angst dreef Patta ertoe andermans carrière op het spel te zetten om die van hemzelf daarmee veilig te stellen. Deze analyse was al lang en breed voltooid voordat Brunetti zich weer omdraaide en naar zijn superieur toe liep, en zodoende was hij niet geïntimideerd door de aanblik van een norse Patta. 'Ja, meneer?' vroeg hij met een ernstige blik, wetend dat er op dit soort momenten een neutrale uitdrukking en toon van hem verwacht werd. Hij wachtte tot Patta hem gebaarde te gaan zitten, bewust het gedrag van een onderdanige hond imiterend.

'Waar wacht je op?' vroeg Patta, nog steeds zonder hem aan te kijken. 'Ga zitten.'

Brunetti deed dat zonder iets te zeggen en legde zijn armen keurig in horizontale positie op de armleuningen. Hij wachtte, terwijl hij zich afvroeg welk toneelstukje Patta zou opvoeren en hoe hij het zou uitspelen. Een minuut ging in stilte voorbij. Patta las verder in het dossier dat open voor hem lag, waarbij hij af en toe een pagina omsloeg.

Zoals de meeste Italianen had Brunetti respect en bewondering voor schoonheid. Als het maar even kon, omringde hij zichzelf met schoonheid: zijn vrouw, de kleding die hij droeg, de schilderijen in zijn huis, zelfs de schoonheid van het soort boeken dat hij las. Hij genoot van al deze dingen. Hoe was het mogelijk, vroeg hij zich af – iets wat hij altijd deed als hij Patta na een tussenpoos van een week of zo weer zag – hoe was het mogelijk dat zo'n knappe man de eigenschappen die normaal met schoonheid gepaard gaan ontbeerde? De fiere houding was puur fysiek, want ethisch gezien was Patta een gladde aal; de krachtige kaak suggereerde een sterk karakter maar dat uitte zich alleen in zijn koppigheid; en de uitgesproken donkere ogen zagen alleen wat ze wilden zien.

In deze gedachten verzonken, had Brunetti niet gemerkt dat Patta eindelijk zijn aandacht op hem richtte, net zomin als hij de eerste woorden van de vice-questore had gehoord – hij stemde pas aan het einde van de zin op hem af: ' ...je zijn studenten mishandeld hebt'.

Als een onderzoeker die een coherente boodschap uit een tekstfragment probeert te achterhalen, realiseerde Brunetti zich dat die 'studenten' die van de San Martino Academie moesten zijn, en de enige persoon die daar een bezittelijk voornaamwoord voor zou zetten was de comandante.

'Ik belandde bij toeval in de kamer van een van hen, en we hebben het over zijn vakkenpakket gehad. Ik denk niet dat dit op enigerlei wijze gezien kan worden als mishandeling, meneer.'

'En niet alleen jij,' zei Patta, Brunetti in de rede vallend zonder er blijk van te geven dat hij naar zijn verklaring had geluisterd. 'Een van je agenten. Ik was gisteren bij een etentje en de vader van een van de jongens zei dat je agent zich zeer onbehouwen had gedragen bij de ondervraging van zijn zoon.' Patta liet de gruwelijke impact hiervan even op hem inwerken voordat hij verder ging. 'De vader had op school gezeten met generaal D'Ambrosio.'

'Het spijt me, meneer,' zei Brunetti, die zich afvroeg of de jongen ook bij zijn vader zou klagen als hij in de oorlog stevig aangepakt zou worden door de vijand. 'Als hij dat geweten had, had hij het ongetwijfeld galanter aangepakt.'

'Je hoeft niet zo bijdehand te doen, Brunetti,' vuurde Patta terug, gevoeliger voor Brunetti's toon dan anders. 'Ik wil niet dat jouw mannen die jongens daar hardhandig aanpakken en problemen veroorzaken. Dit zijn de zonen van een aantal van de beste mensen die we in dit land hebben en ik wil niet dat ze zo behandeld worden.'

Brunetti was altijd al gefascineerd door de manier waarop de politie heen en weer gekaatst werd tussen Patta en alle anderen die gezien zouden kunnen worden als hun verantwoordelijken. Als ze een zaak oplosten of zich dapper gedroegen, was het Patta's politie, maar alle gevallen van slecht gedrag, incompetentie en nalatigheid werden overduidelijk bestempeld als gedrag van de politie van iemand anders, in dit geval Brunetti.

'Ik vraag me af of er wel sprake is van mishandeling, meneer,' zei Brunetti gelaten. 'Ik heb een agent gevraagd met de andere studenten te gaan praten om erachter te komen of die jongen van Moro zich vreemd had gedragen en of hij iets had gezegd dat zou kunnen wijzen op zelfmoordneigingen.' Voordat Patta hem in de rede kon vallen, vervolgde hij: 'Ik dacht dat dit zou helpen om het nog duidelijker te maken dat de jongen zelfmoord heeft gepleegd.'

'Duidelijker dan wat?'

'Dan het fysieke bewijs, meneer,' antwoordde Brunetti.

Even dacht hij dat Patta op het punt stond 'mooi' te zeggen. Zijn gezicht ontspande in ieder geval en hij slaakte ook een diepe zucht. Maar het enige wat hij zei was: 'Goed dan. Laten we het als zelfmoord documenteren zodat de school de draad weer kan oppakken.'

'Goed idee, meneer,' zei Brunetti, alsof hij daar nog helemaal niet aan gedacht had. 'Maar wat doen we als de ouders van de jongen daar geen genoegen mee nemen?'

'Hoe bedoel je, er geen genoegen mee nemen?'

'Nou, de vader heeft er een handje van problemen te veroorzaken,' begon Brunetti. Hij schudde zijn hoofd alsof hij dacht aan de schokkende scepsis jegens publieke instellingen die uit het Moro-rapport sprak. 'Ik zou niet verantwoordelijk willen zijn voor een rapport over de dood van zijn zoon waar nog losse eindjes in zouden staan.'

'Denk je dat die kans erin zit?'

'Waarschijnlijk niet, meneer,' antwoordde Brunetti. 'Maar ik zou niets aan het toeval willen overlaten als zo'n lastig sujet als Moro er dingen uit kan pikken en er vragen over gaat stellen. Hij zou ons imago absoluut geen goed doen. En hij is zeker iemand die behoorlijk in de publiciteit staat.' Brunetti moest zichzelf inhouden niet nog meer te zeggen.

Patta dacht even over dit alles na en vroeg uiteindelijk: 'Wat stel jij voor?'

Brunetti veinsde verbazing over het feit dat dit hem gevraagd werd. Hij begon te praten, stopte en ging toen weer verder, daarmee duidelijk aangevend dat hij deze mogelijkheid nooit had overwogen. 'Ik zou uitzoeken of hij drugs had gebruikt of tekenen van depressie vertoonde.'

Patta leek dit alles in overweging te nemen en zei toen: 'Het zou het verwerkingsproces versnellen als ze het zeker wisten, denk ik.'

'Wie, meneer?'

'Zijn ouders.'

Brunetti riskeerde een vraag. 'Kent u ze?'

'De vader wel,' zei Patta.

Omdat hier nog steeds geen aanval tegen de man op volgde, durfde Brunetti te vragen: 'Vindt u dan dat we het zo moeten aanpakken, meneer?'

Patta rechtte zijn rug en schoof een zware Byzantijnse

munt die hij als presse-papier gebruikte van de ene kant van zijn bureau naar de andere. 'Als het niet al te veel tijd gaat kosten wel.' Het was een typisch Patta-antwoord: hij had opdracht gegeven tot het onderzoek, maar zich er tegelijkertijd van verzekerd dat enig oponthoud iemand anders verweten kon worden.

'Goed, meneer,' zei Brunetti en stond op. Patta richtte zijn aandacht op een dun dossier op zijn bureau en Brunetti liet zichzelf uit.

In de aangrenzende kamer trof hij signorina Elettra achter haar bureau, haar hoofd gebogen boven wat op een catalogus leek. Hij kwam dichterbij en zag een spread van twee pagina's vol computerschermen.

Ze keek op en glimlachte.

'Heeft u er niet net zo eentje gekocht?' vroeg hij terwijl hij naar het scherm rechts van haar wees.

'Ja, maar er zijn alweer nieuwe op de markt, perfect platte schermen, zo dun als een pizza. Kijk,' zei ze en wees met een roodgelakte nagel naar een van de foto's in de catalogus. Hoewel hij haar vergelijking surrealistisch vond, moest hij toegeven dat het wel klopte.

Hij las de eerste twee regels maar toen hij daar te veel nummers en afkortingen zag staan, om nog maar niet te spreken van een woord als 'gigabytes' of iets dergelijks, snelden zijn ogen omlaag naar de prijs. 'Dat is een heel maandsalaris,' zei hij verbijsterd, zich bewust van de aperte afkeuring in zijn stem.

'Eerder twee,' reageerde ze. 'Als je zou kiezen voor het grotere LCD-scherm.'

'Gaat u dat echt bestellen?' vroeg hij.

'Ik vrees dat ik geen keus heb.'

'Hoezo?'

'Ik heb deze al aan Vianello beloofd,' begon ze, wijzend

naar haar zo goed als nieuwe computerscherm alsof het een tas oude kleren was die ze aan de schoonmaakster wilde meegeven.

Brunetti besloot het te laten gaan. ‘Er schijnt een connectie te zijn tussen de vice-questore en dottor Moro,’ begon hij. ‘Zou u daar meer over te weten kunnen komen?’

Ze had haar aandacht alweer op de catalogus gericht. ‘Makkelijk zat, meneer,’ zei ze en sloeg de bladzijde om.

11

Venetië ervoer net als iedere andere stad in het land de consequenties van het feit dat de regering weigerde een immigratiepolitiek te voeren die ook maar iets van doen had met de realiteit van immigratie. Een van de consequenties die niet direct effect had op Brunetti, waren de duizenden illegale immigranten die profiteerden van het losse Italiaanse beleid en die, eenmaal in bezit van Italiaanse documenten die hun aanwezigheid op het continent legitimeerden, naar noordelijker landen vertrokken waar ze konden werken met een zekere mate van wetsbescherming. Een ander gevolg was de irritatie van andere regeringen over het gemak waarmee de Italianen zich van het probleem afmaakten door het naar hen door te schuiven.

Venetië en ook Brunetti begonnen de gevolgen op hun eigen manier te voelen: het aantal berovingen op straat was in razend tempo gestegen, winkeldiefstal was zelfs voor de kleinste winkeliers een probleem en geen huizenbezitter had nog het gevoel dat zijn huis veilig was tegen inbraak. Aangezien de meeste van dit soort zaken via de Questura liepen, registreerde Brunetti de toename, maar hij zag het niet als ernstig, meer als iemand met een lichte verkoudheid die ontdekt dat zijn temperatuur een of twee graden is gestegen zonder dat hij zich echt ziek voelt. Als de toename van kruimeldiefstallen al symptomen veroorzaakte voor Brunetti zelf, dan was het vooral de stapel papierwerk die hij verplicht was te tekenen en geacht werd te lezen.

Het was een periode waarin zich maar weinig gewelddelicten voordeden in de huizen of straten van Venetië. Patta, die ongetwijfeld ontwenningsverschijnselen kreeg toen zijn naam al meer dan een week niet in de *Gazzettino* had gestaan, gelastte Brunetti en verzocht signorina Elettra een rapport op te stellen met statistieken die de effectiviteit van de misdaadbestrijding door de Venetiaanse politie aantoonden. Het rapport, stelde hij, moest laten zien dat de plegers van de meeste misdaden werden gevonden en gearresteerd en dat de criminaliteit in de stad het afgelopen jaar als gevolg daarvan gestaag was afgenomen.

'Maar dat is onzin,' zei Brunetti, toen signorina Elettra hem op de hoogte bracht van hun taak.

'Niet onzinniger dan alle andere statistieken die we voorgeschoteld krijgen,' zei ze.

Geërgerd over de tijd die hij met het opstellen van dit rapport zou verdoen, zei hij kortaf: 'Zoals?'

'Zoals de statistieken over verkeersongelukken,' zei ze glimlachend, zonder zich van haar stuk te laten brengen door zijn ergernis.

'Wat is daar dan mee?' vroeg hij, niet echt geïnteresseerd, maar ongelovig dat iets wat zo goed gedocumenteerd was, anders voorgesteld kon worden.

'Als je pas een week of nog langer nadat je gewond bent geraakt bij een ongeval overlijdt, dan overlijd je niet als gevolg van dat ongeluk,' zei ze bijna trots. 'Volgens de statistieken in ieder geval niet.'

'Betekent dat dan dat het ziekenhuis je vermoordt?' vroeg hij met de bedoeling ironisch te zijn.

'Dat is zeker vaak genoeg het geval, meneer,' zei ze met schijnbaar oeverloos geduld. 'Ik weet niet hoe ze deze doden registreren, maar ze worden niet meegeteld als verkeersdoden.'

Het kwam geen moment bij Brunetti op om aan haar te twijfelen. Haar argument bracht zijn gedachten weer met een sprong bij het rapport dat ze moesten maken. 'Denkt u dat we deze techniek zelf ook kunnen toepassen?'

'Bedoelt u dat als er iemand na een moordaanslag pas één of twee weken later sterft, het dan niet geldt als moord?' vroeg ze. 'Of dat als een diefstal pas meer dan een week later wordt aangegeven, er niets gestolen is?' Hij knikte en signorina Elettra nam de mogelijkheid in alle ernst in overweging. Ten slotte antwoordde ze: 'Ik denk dat de vice-questore verguld zou zijn, alleen ben ik bang dat het wel moeilijk zal worden als er vragen over gesteld worden.'

Hij rukte zijn gedachten los van dit staaltje wiskunde en richtte zich weer op de harde werkelijkheid van het rapport dat ze moesten schrijven. 'Denk je dat we het zo kunnen doen dat we de resultaten krijgen die hij wil zien?'

Haar stem klonk nu serieus. 'Ik denk dat het niet zo moeilijk is om hem te geven wat hij wil. We moeten alleen voorzichtig zijn met het aantal misdrijven dat we opvoeren.'

'Wat bedoelt u daarmee?'

'Dat we alleen die gevallen meetellen waarbij mensen hiernaartoe zijn gekomen of naar de carabinieri zijn gegaan voor een officiële *denuncia*.'

'Wat bereiken we daarmee?'

'Zoals ik al zei, commissario, nemen veel mensen niet de moeite om misdrijven officieel aan te geven, en al helemaal niet in het geval van zakkenrollen of inbraak. Dus als ze bellen om iets aan te geven maar niet de moeite hebben genomen om hiernaartoe te komen, is er geen aangifte gedaan.' Ze pauzeerde even, waarmee ze Brunetti, die maar al te goed wist hoe listig haar redenaties konden zijn, de kans gaf zich voor te bereiden op de conclusie waar ze op uit zou komen. 'En als er geen officiële denuncia is – wat in zekere zin betekent dat de kwestie nooit is voorgevallen – dan zie ik geen reden waarom we ze in onze berekeningen zouden moeten meenemen.'

'Wat voor percentage denkt u dat niet de moeite neemt aangifte te doen?' vroeg hij.

'Ik zou het niet weten, meneer,' zei ze. 'Filosofisch gezien is het tenslotte onmogelijk om een ontkenning te bewijzen.' Er volgde weer een stilte en toen zei ze: 'Ik denk iets meer dan de helft.'

'Die wel of juist niet aangifte doet?'

'Niet.'

Dit keer was het Brunetti die lang zweeg voordat hij zei: 'Dat is mooi meegenomen voor ons, toch?'

'Inderdaad,' was haar antwoord, en toen vroeg ze: 'Wilt u dat ik dit afhandel, meneer? Hij wil dat het naar de krant gaat en die wil graag kunnen verkondigen dat Venetië een droomeiland is waar praktisch geen misdaad voorkomt, dus waarschijnlijk zal niemand mijn cijfers of berekeningen in twijfel trekken.'

'Maar dat is het wel, toch?'

'Wat, een droomeiland?'

'Ja.'

'Vergeleken met de rest van het land wel, ja.'

'Hoe lang denkt u dat het zo blijft?'

Signorina Elettra haalde haar schouders op. Toen Brunetti zich omdraaide om haar kamer te verlaten, trok ze een bureaula open en haalde er een paar velletjes papier uit. 'Ik ben dottor Moro niet vergeten, meneer,' zei ze en gaf hem de papieren.

Hij bedankte haar en liep haar kantoor uit. Terwijl hij de trap op liep, las hij de verklaring voor het feit dat Patta en dottor Fernando Moro elkaar kenden. Het was niets bijzonders: de moeder van signora Patta was een patiënt van Moro sinds hij weer praktiserend arts was. Signorina Elettra had geen medische dossiers kunnen achterhalen, maar wel de data van haar consulten bij dottor Moro, zevenentwintig in totaal gedurende de afgelopen twee jaar. Onderaan had signorina Elettra er zelf bij geschreven: 'Borstkanker'. Hij controleerde de datum van de laatste afspraak: iets meer dan twee maanden geleden.

Zoals over elke superieur, werd ook over vice-questore Giuseppe Patta vaak gespeculeerd door zijn ondergeschikten. Zijn motieven voor actie dan wel inertie waren meestal doorzichtig: macht, het behoud en de vergroting daarvan. In het verleden was echter gebleken dat hij wel in staat was tot grote zwakte, dat hij zelfs weleens was afgeweken van zijn roekeloze streven naar macht, maar alleen als het om de bescherming van zijn familie ging. Brunetti, die Patta maar al te vaak wantrouwde en zijn motieven volledig verfoeide, had juist groot respect voor deze zwakte.

Brunetti had bedacht dat hij uit oogpunt van goed fatsoen minstens twee dagen moest wachten voordat hij weer met een van de ouders van de jongen kon gaan praten. Die tijd was nu verstreken en hij was die ochtend op de Questura gearriveerd met het voornemen om een van hen of zelfs beiden te ondervragen. Dottor Moro's privénummer werd beantwoord door een antwoordapparaat. De telefoon op zijn praktijk meldde dat de patiënten van de arts tot nader bericht werden overgenomen door dokter D. Biasi, wiens kantooruren en telefoonnummer werden vermeld. Brunetti belde nogmaals naar het eerste nummer en sprak zijn naam en zijn doorkiesnummer op de Questura in met de vraag of de arts hem wilde bellen.

Dat bracht hem bij de moeder. Signorina Elettra had een korte biografie bijgevoegd. Ze kwam net als haar echtgenoot uit Venetië, had Moro daar op het *lyceo* ontmoet, en ze waren daarna beiden naar de universiteit van Padova gegaan, waar Moro voor medicijnen had gekozen en Federica voor ontwikkelingspsychologie. Ze trouwden toen ze klaar waren met hun studie, maar keerden pas terug naar Venetië toen Moro een baan aangeboden kreeg bij het Ospedale Civile, waarna zij een privékliniek in de stad geopend had.

Hun scheiding van tafel en bed, die opvallend snel na haar ongeluk plaatsvond, had hun vrienden verbaasd. Hun huwelijk werd niet ontbonden en geen van beiden leek een ander te hebben. Er was geen aanwijzing dat ze contact met elkaar onderhielden en alle communicatie scheen via hun advocaten te verlopen.

Signorina Elettra had het artikel over Ernesto's dood dat in *La Nuova* had gestaan op de voorkant van de map bevestigd met een paperclip. Hij besloot het niet te lezen, hoewel hij het bijschrift onder de foto van de familie wel las: 'In betere tijden'.

De glimlach van Federica Moro vormde het middelpunt van de foto: ze had haar rechterarm om haar man heen geslagen, haar hoofd leunde tegen zijn borst, haar andere hand woelde door het haar van haar zoon. Ze waren op het strand, gekleed in korte broek en T-shirt, gebruind en zeer gelukkig en gezond. Rechts van haar man was op de achtergrond het hoofd van een zwemmer te zien. De foto moest jaren geleden genomen zijn, want Ernesto was nog een jongen, geen jongeman. Federica keek weg van de camera en de andere twee keken naar haar, Ernesto's blik open en trots, want wie zou er niet trots zijn op zo'n aantrekkelijke moeder? Fernando's blik was rustiger, maar niettemin ook trots.

Een van hen, dacht Brunetti, moest iets grappigs gezegd hebben, of misschien hadden ze iets op het strand gezien waar ze om moesten lachen. Of was het de fotograaf geweest die de clown had uitgehangen? Het viel Brunetti op dat van hen drieën Federica degene was met het kortste haar: jongensachtig, maar een paar centimeter lang. Het stak scherp af tegen de vrouwelijkheid van haar lichaam en het natuurlijke gemak waarmee ze haar echtgenoot omarmde.

Hoe durfden ze zo'n foto te publiceren en hoe kon iemand hem aan de krant hebben gegeven, wetend waarvoor ze hem zouden gebruiken? Hij haalde de paperclip los en stopte het knipsel in de map. Voorop stond hetzelfde nummer dat signora Ferro hem had gegeven. Hij belde het en vergat wat ze hem gezegd had over één keer laten overgaan en dan ophangen.

Na vier keer overgaan nam er een vrouw op met: '*Sì?*'

'Signora Moro?' vroeg Brunetti.

'Sì.'

'Signora, met commissario Guido Brunetti. Van de politie. Ik zou zeer dankbaar zijn als u even tijd voor me heeft.' Hij wachtte op haar antwoord en voegde er toen aan toe: 'Het gaat over uw zoon.'

'Aah,' zei ze. En toen heel lang niets.

'Waarom belt u nu pas?' vroeg ze uiteindelijk, en hij merkte dat ze kwaad was dat ze die vraag moest stellen.

'Ik wilde geen inbreuk plegen op uw verdriet, signora.' Toen zij zweeg, zei hij: 'Het spijt me.'

'Heeft u kinderen?' vroeg ze hem tot zijn verbazing.

'Ja.'

'Hoe oud?'

'Ik heb een dochter,' begon hij, en zei de rest er snel achteraan: 'Mijn zoon is even oud als de uwe.'

'Dat u dat niet meteen zei,' reageerde ze. Ze leek verbaasd over het feit dat hij zo'n op het gevoel werkend middel niet had ingezet.

Brunetti kon niets passends bedenken om te zeggen, en hij vroeg: 'Mag ik bij u langskomen om met u te praten, signora?'

'Wanneer u maar wilt,' zei ze en er kwam een beeld bij hem

boven van dagen, maanden, jaren, een heel leven dat zich eindeloos voor haar uitstrekte.

'Kan ik nu langskomen?' vroeg hij.

'Het maakt weinig uit, nietwaar?' vroeg ze. Het was een oprecht verzoek om informatie, vrij van sarcasme of zelfmedelijden.

'Het kost me ongeveer twintig minuten om daar te komen,' zei hij.

'Ik ben er gewoon,' antwoordde ze.

Hij had haar adres op de plattegrond opgezocht dus hij wist hoe hij moest lopen. Hij had de boot naar San Marco kunnen nemen maar hij koos ervoor over de Riva te lopen, waarbij hij het piazza bij het Museo Correr overstak. Hij liep de Frezzeria in en sloeg de eerste *calle* aan zijn linkerhand in. Het was de tweede deur rechts, de bovenste bel. Hij drukte erop en zonder dat er een vraag via de intercom werd gesteld, sprong de deur open en stapte hij naar binnen.

Het voorportaal was vochtig en donker, hoewel er geen kanaal in de buurt lag. Hij klom naar de tweede verdieping en vond recht voor hem een open deur. Hij stopte even, riep: 'Signora Moro?' en hoorde iemand in de woning iets zeggen, dus hij ging naar binnen en sloot de deur achter zich. Hij liep door een smalle gang met een goedkoop fabriekstapijt naar wat een bron van licht leek. Er stond een deur open aan zijn rechterhand en hij liep naar binnen. Een vrouw zat in een stoel aan de andere kant van de kamer; er schemerde licht naar binnen door twee met gordijnen omzoomde ramen achter haar. De kamer rook naar sigarettenrook en ook naar mottenballen dacht hij.

'Commissario?' vroeg zij, haar hoofd oprichtend om zijn kant op te kijken.

'Ja,' antwoordde hij. 'Fijn dat ik langs mocht komen.'

Ze wuifde zijn woorden weg met haar rechterhand, bracht

de sigaret die tussen haar vingers stak naar haar mond en inhaleerde diep. 'Daar staat een stoel,' zei ze terwijl ze uitblies en naar een rieten stoel wees die tegen de muur stond.

Hij haalde de stoel en zette hem tegenover haar neer, maar niet al te dichtbij en ook niet helemaal recht voor haar. Hij ging zitten en wachtte tot zij wat zou zeggen. Hij wilde haar niet het idee geven dat hij naar haar zat te staren, dus richtte hij zijn blik naar de ramen waardoorheen hij aan de andere kant van de smalle calle de ramen van een ander huis kon zien. Daardoor kon er maar weinig licht binnenkomen. Hij richtte zijn aandacht weer op haar en herkende, zelfs in dit vreemde halfduister, de vrouw van de foto. Ze zag eruit alsof ze net een streng dieet achter de rug had dat het vlees strak over haar gezicht had getrokken en de botten van haar kaak zo scherp had gemaakt dat ze binnenkort door haar huid zouden priemen. Hetzelfde proces leek haar lichaam te hebben teruggebracht tot de luttele basis van schouders, armen en benen gehuld in een dikke sweater en donkere sportbroek die de broosheid van haar lichaam accentueerden.

Het werd duidelijk dat ze niet van plan was iets te zeggen, dat ze daar gewoon met hem zou blijven zitten en haar sigaret zou roken. 'Ik wil u graag wat vragen stellen, signora,' begon hij, maar ontstak ineens in een nerveuze hoestbui.

'Komt dat door de sigaret?' vroeg ze, en ze draaide zich naar de tafel rechts van haar om hem uit te maken.

Hij stak een geruststellende hand op. 'Nee, helemaal niet,' bracht hij naar adem happend uit, maar hij werd overvallen door een tweede hoestaanval.

Ze drukte de sigaret uit en stond op. Hij wilde ook opstaan, dubbelgevouwen van het hoesten, maar ze gebaarde dat hij moest blijven zitten en liep de kamer uit. Brunetti liet zich weer op de stoel zakken en bleef hoesten, de tranen stroomden over zijn wangen. Ze was snel terug en gaf hem een glas water. 'Langzaam drinken,' zei ze. 'Kleine slokjes nemen.'

Natrillend van de poging zichzelf weer in de hand te krijgen, nam hij het glas aan met een dankbaar knikje en zette het aan zijn lippen. Hij wachtte tot de spasmes wegebden en nam een klein slokje, en nog een en nog een tot al het water op was en hij weer vrij kon ademhalen. Af en toe kwamen er nog ademstoten uit zijn longen omhoog, maar het ergste was voorbij. Hij leunde voorover en zette het glas op de vloer. 'Dank u,' zei hij.

'Geen dank,' zei ze en nam weer plaats in de stoel tegenover hem. Hij zag hoe ze instinctief naar rechts reikte, naar het pakje sigaretten dat op tafel lag, maar haar hand vervolgens op haar schoot liet zakken.

Ze keek naar hem en vroeg: 'Zenuwen?'

Hij glimlachte. 'Ik denk het, hoewel ik niet denk dat ik dat mag toegeven.'

'Waarom niet?' vroeg ze nieuwsgierig.

'Omdat ik de politieman ben en die mogen niet zwak of zenuwachtig zijn.'

'Dat is toch absurd?'

Hij knikte en herinnerde zich op dat moment dat ze psychologe was.

Hij schraapte zijn keel en vroeg: 'Kunnen we opnieuw beginnen, signora?'

Haar glimlach was minimaal, een schim van de lach op haar gezicht op de foto die nog op zijn bureau lag. 'Er zit zeker niets anders op. Wat wilt u weten?'

'Ik ben benieuwd naar het ongeluk dat u gehad heeft, signora.'

Haar verwarring was zichtbaar, en hij kon begrijpen waarom. Haar zoon was net overleden onder omstandigheden die nog officieel moesten worden vastgesteld, en hij vroeg haar naar iets wat meer dan twee jaar geleden was gebeurd. 'Bedoelt u in Siena?' vroeg ze uiteindelijk.

'Ja.'

'Waarom vraagt u daarnaar?'

'Omdat niemand er toentertijd interesse voor scheen te hebben.'

Ze hield haar hoofd schuin toen ze zijn antwoord tot zich door liet dringen. 'O,' zei ze ten slotte en voegde eraan toe: 'hadden ze dat wel moeten hebben?'

'Daar hoop ik achter te komen, signora.'

Er viel een stilte, en Brunetti, die geen andere optie had, wachtte af of ze hem zou vertellen wat er gebeurd was. In de minuten die voorbijgingen, keek ze twee keer opzij naar de sigaretten, en de tweede keer stond hij op het punt te zeggen dat ze er gewoon een moest nemen, dat het hem niet uitmaakte, maar hij zei niets. Terwijl de stilte voortduurde, bestudeerde hij de weinige objecten die hij in de kamer kon zien: haar stoel, de tafel, de gordijnen naast het raam. Het getuigde allemaal van een heel andere smaak dan de natuurlijke chic die hij in Moro's huis had gezien. Er was geen moeite gedaan om een bepaalde stijl te creëren, de meubels stonden er enkel en alleen om te voldoen aan een basisbehoefte.

'Ik was onze vrienden gaan opzoeken op vrijdagochtend,' zei ze toen ze tot zijn verrassing toch begon te praten. 'Fernando zou met de laatste trein komen, rond tien uur 's avonds. Het was een prachtige dag, laat in de herfst maar nog steeds erg warm, dus ik besloot een middagwandeling te maken. Ik was ongeveer een halve kilometer bij het huis vandaan toen ik een harde knal hoorde – ik dacht dat het een bom was – en toen voelde ik een scheut in mijn been en viel ik op de grond. Het was niet alsof iemand me omver had geduwd of zo, ik viel gewoon om.'

Ze keek naar hem, alsof ze wilde weten of het hem ook

maar enigszins boeide. Hij knikte en zij vervolgde: 'Ik lag daar, te verbluft om ook maar iets te doen. Het deed toen niet eens zo'n pijn. Ik hoorde geluiden in het bos waar ik naar onderweg was. Nou ja, het was niet echt een bos, misschien een halve hectare bomen. Ik hoorde daar iets bewegen en ik wilde om hulp roepen maar dat deed ik niet. Ik weet niet waarom, maar ik deed het niet. Ik lag daar gewoon. Na een minuut of wat kwamen er twee honden uit de richting waar ik vandaan was gekomen: ze blaften als gekken, kwamen naar me toe, begonnen om me heen te springen en bleven maar blaffen. Ik schreeuwde dat ze hun kop moesten houden. Mijn been begon pijn te doen en toen ik ernaar keek realiseerde ik me dat ik was geraakt, dus ik wist dat ik iets doen moest. En dat terwijl die jachthonden door het dolle heen om me heen liepen te springen en te blaffen.'

Ze zei zo lang niets meer dat Brunetti wel moest vragen: 'Wat gebeurde er toen?'

'De jagers kwamen eraan. Ik bedoel de mannen van wie die honden waren. Ze zagen de honden en zagen mij toen op de grond liggen en dachten dat de honden mij hadden aangevallen, dus ze kwamen naar ons toe rennen en toen ze er waren begonnen ze de honden weg te trappen en ze met de kolf van hun geweer te slaan, maar die honden deden niets. Waarschijnlijk hebben ze mijn leven gered, die honden.'

Ze stopte en keek hem recht aan, alsof ze wilde weten of hij vragen had, maar toen hij niets zei, ging ze verder: 'Een van hen gebruikte zijn zakdoek om een drukverband aan te leggen en toen droegen ze me naar hun jeep die aan de rand van het bos stond. Ze brachten me naar het ziekenhuis. De artsen daar zijn gewend aan dit soort gevallen: jagers schijnen zichzelf en elkaar daar voortdurend te raken.' Ze zweeg even en zei toen zacht: 'Arme kerels,' haar stem zo vol van oprecht medeleven dat hij zich ineens realiseerde hoe bot en lomp zijn conversatie met signorina Elettra in vergelijking had geklonken.

'Hebben ze u in het ziekenhuis gevraagd hoe het gebeurd was, signora?'

'De mannen die me hadden gevonden hadden al verteld wat er gebeurd was, dus het enige wat ik deed toen ik na de operatie wakker werd, was bevestigen wat zij gezegd hadden.'

'Dat het een ongeluk was?' vroeg hij.

'Ja.' Ze zei het woord zonder enige emotie.

'Denkt u dat het dat was?' vroeg hij.

Weer duurde het lang voordat ze iets zei. 'Op dat moment kon ik me niet voorstellen dat het iets anders zou kunnen zijn. Maar sindsdien heb ik me wel afgevraagd waarom degene die me had neergeschoten niet is komen kijken. Als ze me voor een of ander dier hebben aangezien, dan waren ze toch komen kijken of ze me goed geraakt hadden?'

Dat was precies wat Brunetti dwarszat sinds hij het verhaal voor het eerst gehoord had.

'En bij het horen van de honden en daarna die andere jagers hadden ze toch moeten komen kijken wat er aan de hand was, ze zouden toch gekomen zijn als ze dachten dat een ander er met hun buit vandoor ging?' Ze liet wat tijd verstrijken en zei toen: 'Zoals ik al zei, kwam dit op het moment zelf niet bij me op.'

'En hoe denkt u er nu over?'

Ze maakte aanstalten iets te zeggen, bedacht zich, en zei toen: 'Ik wil niet dramatisch doen, maar ik heb nu wel andere dingen aan mijn hoofd.'

Hetzelfde gold voor Brunetti. Hij vroeg zich af of er een rapport was opgemaakt over het incident, of de twee jagers die haar hadden gevonden iemand anders hadden gezien in de buurt.

Brunetti kon haar haar sigaretten niet langer onthouden,

dus hij zei: 'Ik heb nog maar één vraag, signora.'

Ze wachtte niet tot hij hem stelde. 'Nee, Ernesto heeft geen zelfmoord gepleegd. Ik ben zijn moeder, ik weet dat dat de waarheid is. Dat is nog een reden waarom ik denk dat het geen ongeluk was.' Ze duwde zichzelf uit haar stoel omhoog en zei: 'Als dat uw laatste vraag was...' en liep naar de deur van de kamer. Ze trok een heel klein beetje met haar been, je zag een lichte voorkeur voor haar rechterbeen bij het lopen, maar aangezien ze een joggingbroek aanhad, had hij geen idee van de schade die de kogel had aangericht.

Hij liet zich naar de deur van het appartement leiden. Hij bedankte haar maar gaf haar geen hand. Buiten was het iets warmer geworden, en aangezien het al na twaalven was, besloot Brunetti om rechtstreeks naar huis te gaan om met zijn familie te lunchen.

12

Brunetti kwam thuis voordat de kinderen er waren, en koos ervoor Paola gezelschap te houden bij het bereiden van de maaltijd. Terwijl zij de tafel dekte, tilde hij de deksel op en deed de oven open, en trof tot zijn genoegen alleen vertrouwde gerechten aan: linzensoep, kip gestoofd in rode kool en iets wat eruitzag als *radicchio di Treviso*.

'Breng je al je recherchekunsten in de praktijk bij het onderzoeken van die kip?' vroeg Paola terwijl ze de glazen op tafel zette.

'Nee, niet echt,' zei hij. Hij deed de oven dicht en ging rechtop staan. 'Mijn onderzoek richt zich op de radicchio, signora, en of die wellicht sporen bevat van dezelfde pancetta die ik in de linzensoep heb ontdekt.'

'Zo'n goede neus,' zei ze, terwijl ze naar hem toe liep en zijn neus met haar vingertopje aanraakte, 'zou een einde kunnen maken aan de misdaad in deze stad.' Ze haalde de deksel van de soep, roerde erin en zei toen: 'Jij bent vroeg thuis.'

'Ik was vlak bij San Marco dus het had weinig zin om terug te gaan,' zei hij en hij nam een slok mineraalwater. 'Ik ben bij signora Moro langs geweest,' begon hij, en pauzeerde even om te zien of Paola daarop zou reageren. Dat deed ze niet, dus hij ging verder: 'Ik wilde haar spreken over het jachtongeluk.'

'En?' informeerde Paola.

'Iemand heeft op haar geschoten vanuit het bos bij het huis van haar vrienden, maar toen kwamen er een paar andere jagers langs die haar naar het ziekenhuis hebben gebracht.'

'Weet je zeker dat dat ándere jagers waren?' vroeg Paola, daarmee het bewijs leverend dat haar aangeboren scepsis was versterkt door ruim twintig jaar huwelijk met een politieman.

'Daar lijkt het wel op,' zei hij en liet het daarbij.

Wetend hoe hij ertegen opzag er zelf over te beginnen, vroeg Paola: 'En de jongen?'

'Ze zei dat het geen zelfmoord was, meer zei ze er niet over.'

'Ze is zijn moeder,' zei Paola. 'Geloof haar.'

'Is het zo simpel als dat?' vroeg Brunetti, niet in staat zijn eigen scepsis te verhullen.

'Ja, zo simpel is het. Als iemand weet waartoe hij in staat was, is zij het.'

Niet van plan om hierover in discussie te gaan, schonk hij zichzelf nog een glas water in en liep naar het raam met uitzicht op het noorden. Achter hem vroeg Paola: 'Wat voor iemand is ze?'

Hij dacht aan de vrouw, herinnerde zich haar stem, haar ogen die hem vrij onverschillig hadden opgenomen, de flinterdunne huid van haar nek. 'Er is weinig van haar over,' zei hij uiteindelijk. 'Ze is geen heel mens meer.' Hij dacht dat Paola hierop zou ingaan, maar dat deed ze niet. 'Ik had alleen maar een foto van een paar jaar geleden gezien van haar en de jongen. En haar man. Ze is nog steeds dezelfde persoon, ik bedoel: je kunt haar nog steeds herkennen van de foto, er is nu alleen minder van haar.'

'Dat is logisch,' zei Paola, 'er ís ook minder van haar.'

Hij had geen idee waarom hij dacht dat Paola er een antwoord op zou hebben, maar hij vroeg haar toch: 'Zou dat ooit weer overgaan, die reductie?'

Pas toen besefte Brunetti dat deze vraag Paola dwong stil

te staan bij de dood van haar eigen kinderen, want de enige manier om de vraag te beantwoorden was om zich voor te stellen hoe het was om die vrouw te zijn. Hij had spijt van de vraag zodra hij hem gesteld had. Hij had nooit de moed gehad haar te vragen of ze die mogelijkheid overwogen had en zo ja, hoe vaak. Hoewel hij het altijd absurd gevonden had dat ouders zo overdreven bezorgd waren om de veiligheid van hun kinderen – dat wil zeggen, bezorgd waren terwijl er geen echt gevaar dreigde – ging er geen dag voorbij zonder dat hij zich zorgen maakte om de zijne. Het feit dat hij wist dat het belachelijk was, zeker in een stad zonder auto's, deed niets af aan zijn bezorgdheid en weerhield hem er niet van voortdurend te inventariseren op welke manieren de veiligheid van zijn kinderen in gevaar werd gebracht.

Paola's stem onderbrak zijn gedachtestroom. 'Nee, ik denk niet dat de dood van een kind iets is waar je ooit overheen komt, nooit helemaal.'

'Denk je dat het erger is omdat ze de moeder is?' vroeg hij.

Ze deed dit af met een hoofdschudden. 'Nee, dat is onzin.' Hij was blij dat ze niet met een voorbeeld kwam om te illustreren dat het verdriet van een vader even groot kon zijn.

Hij keerde zich af van de bergen waarnaar hij keek en hun ogen vonden elkaar. 'Wat denk jij dat er gebeurd is?' vroeg ze.

Hij schudde zijn hoofd, totaal in het duister tastend over wat de Moro-familie was overkomen. 'Het enige wat ik heb, zijn vier gebeurtenissen: hij schrijft zijn rapport, waar verder niet veel uit komt behalve dat hij gestraft wordt; hij krijgt een zetel in het parlement maar vertrekt voordat zijn termijn erop zit; zijn vrouw wordt neergeschoten vlak voordat hij ontslag neemt; twee jaar later vinden ze zijn zoon opgehangen in de badkamer van zijn school.'

'Heeft die school iets te betekenen?' vroeg Paola.

'Iets te betekenen in welke zin? Dat het een militaire academie is?'

'Dat is toch het enige bijzondere eraan?' vroeg ze. 'Dat en het feit dat ze in de winter verkleed als een stel pinguïns door de stad lopen? En er de rest van het jaar uitzien alsof ze iets smerigs onder hun neus hebben.' Dit was Paola's omschrijving van snobs en hun gedrag. Aangezien ze de dochter was van een graaf en gravin en haar hele jeugd omgeven was door rijkdom en titels en de bijbehorende aanhang die met beide dweept, meende hij dat zij haar portie snobisme wel gehad had.

'Ik heb altijd begrepen dat ze in academisch opzicht goed aangeschreven stonden,' zei hij.

'Puh,' blafte ze, die mogelijkheid afschrijvend met een ademstoot.

'Ik weet niet of dat telt als een sluitend tegenargument,' zei hij. 'Hoe helder uiteengezet en goed onderbouwd ook.'

Paola draaide zich naar hem toe en zette haar handen in haar zij. Ze zag eruit als een actrice die de rol van boze vrouw aan het repeteren was. 'Mijn tegenargument mag dan misschien niet sluitend zijn,' zei ze, 'maar ik zal mijn best doen om het helder uiteen te zetten.'

'O, wat vind ik het toch heerlijk als je zo boos bent, signora Paola,' zei hij met een geforceerde kopstem. Ze haalde haar handen uit haar zij en lachte. 'Kom maar op,' zei hij terwijl hij de fles Pinot Noir pakte die op het aanrecht stond.

'Susanna Arici,' zei ze, 'gaf daar vroeger les, toen ze net uit Rome terug was en een functie bij een openbare school zocht. Ze dacht dat ze door deze baan op de academie aan te nemen, ook al was hij parttime, dan in ieder geval voet aan de grond kreeg in het openbaar onderwijs.' Toen ze Brunetti's vragende blik zag, legde ze uit: 'Ze dacht dat de school bestuurd werd door het leger, wat het een staatsschool zou maken. Maar de school is volledig particulier, officieel niet verbonden aan het leger, maar om de een of andere reden worden ze wel flink door de staat gesubsidieerd. Dus het enige wat ze had, was een slecht betaalde parttime baan. En toen de vacature voor een vaste baan uiteindelijk vrijkwam, kreeg ze hem toch niet.'

'Wat gaf ze – Engels?' Brunetti had Susanna een paar keer ontmoet. Ze was de jongste zus van een klasgenoot van Paola, die in Urbino had gestudeerd en terug was gekomen naar Venetië om les te geven, waar ze nog steeds woonde, gelukkig gescheiden en samenlevend met de vader van haar tweede dochter.

'Ja, maar het duurde maar een jaar.'

Dit was bijna tien jaar geleden gebeurd, dus Brunetti vroeg: 'Kan het niet dat er sindsdien het een en ander is veranderd?'

'Ik zou niet weten waarom. Het is waar dat de openbare scholen er alleen maar slechter op geworden zijn, maar ik denk dat de scholieren niet veel veranderd zijn: ik zou niet weten waarom dat op particuliere scholen anders zou zijn.'

Brunetti schoof zijn stoel naar achteren en ging zitten. 'Oké, wat zei ze?'

'Dat de meeste ouders vreselijke snobs waren en dat ze hun superioriteitsgevoel doorgaven aan hun zonen. Ook aan hun dochters lijkt me, maar aangezien de academie alleen jongens aanneemt...' Paola's stem stierf weg en even vroeg Brunetti zich af of ze deze gelegenheid zou aangrijpen voor een tirade jegens niet-gemengde scholen die gefinancierd werden door de overheid.

Ze kwam dicht bij hem staan, pakte zijn wijnglas, nam er een slok uit en gaf het toen weer aan hem terug. 'Maak je geen zorgen. Maar één preek per keer, schat.' Om haar niet aan te moedigen, onderdrukte Brunetti een glimlach.

'Wat zei ze nog meer?' vroeg hij.

'Dat ze vonden dat ze recht hadden op alles wat zij of hun

ouders hadden en dat ze zichzelf zagen als leden van een speciale groep.'

'Vindt iedereen dat niet?' vroeg Brunetti.

'In dit geval,' ging Paola verder, 'was het meer een kwestie dat ze zich alleen committeerden aan de groep, aan hun eigen regels en besluiten.'

'Dat is toch wat ik net zei?' vroeg Brunetti. 'Zo zien politiemensen het toch ook? Althans sommigen.'

'Ja, dat zal wel. Maar jullie conformeren je wel aan de wetten die voor de rest van ons gelden, toch?'

'Ja,' bevestigde Brunetti, maar zijn geweten en ook zijn intelligentie dwongen hem eraan toe te voegen: 'Sommigen wel.'

'Nou, Susanna zei dat deze jongens dat niet deden. Zij vonden dat alleen de wetten van het leger voor hen golden. Zolang ze die in acht namen en trouw bleven aan die groep, konden ze huns inziens verder alles doen waar ze zin in hadden.'

Paola keek naar hem terwijl ze sprak en toen ze zag hoe aandachtig hij zat te luisteren ging ze verder: 'Sterker nog, ze zei dat de leraren, van wie de meesten ook een militaire achtergrond hadden, alles deden wat ze konden om hen te sterken in deze overtuiging. Ze vertelden hun dat ze zichzelf in de eerste plaats als soldaten moesten zien.' Ze glimlachte, zij het ietwat grimmig. 'Stel je dat pathos eens voor: ze zijn geen soldaten, hebben officieel niets met het leger te maken, maar leren zichzelf te zien als strijders, enkel trouw aan de cultus van geweld. Dat is toch walgelijk?'

Iets wat aan het randje van zijn herinnering had geknaagd, brak eindelijk door. 'Zat zij daar toen dat meisje werd verkracht?' vroeg hij.

'Nee, ik denk dat dat één of twee jaar na haar vertrek was. Hoezo?'

'Ik probeer me het verhaal te herinneren. Het meisje was toch een zusje van een van hen?'

'Ja, of een nichtje,' zei Paola en ze schudde haar hoofd alsof ze het verhaal daarmee kon bovenhalen. 'Het enige wat ik nog weet is dat de politie erbij werd geroepen en dat het er in eerste instantie op leek dat het meisje verkracht was. Maar toen verdween het ineens als een donderslag bij heldere hemel uit de kranten.'

'Het is vreemd, maar ik kan het me niet goed meer herinneren, wel dat het gebeurd is, maar geen details meer.'

'Ik denk dat het gebeurd is toen jij die cursus in Londen had,' meende Paola. 'Ik weet nog dat ik toentertijd dacht dat ik niet kon weten wat er echt gebeurd was omdat jij er niet was om het me te vertellen en de kranten mijn enige bron van informatie waren.'

'Ja, dat zal het geweest zijn,' bevestigde hij. 'Er is ongetwijfeld iets over gedocumenteerd; dat moet wel, op zijn minst het originele rapport.'

'Kun je dat nog vinden?'

'Signorina Elettra kan dat ongetwijfeld.'

'Maar waarom zou je?' bracht Paola er ineens tegenin. 'Dit is toch niets bijzonders: rijke jongens, rijke ouders, dus ineens wordt er niets meer over gezegd, en voor je het weet verdwijnt het uit de pers en voor mijn part ook uit het collectieve geheugen.'

'Ik kan haar toch vragen om even te kijken,' zei Brunetti. Toen vroeg hij: 'Wat zei Susanna nog meer?'

'Dat ze zich daar nooit op haar gemak heeft gevoeld. Ze zei dat er altijd een onderliggend gevoel van verbolgenheid was over het feit dat ze een vrouw was.'

'Daar kon ze niet echt wat aan doen, toch?' vroeg Brunetti.

'Ze kozen voor het op een na beste toen ze een vervanger aannamen,' zei Paola.

'Laat me raden. Een man?'

'In één keer goed.'

Zijn woorden met zorg uitzoekend, op zijn hoede om niet over een van Paola's stokpaardjes te struikelen, vroeg hij: 'Zou het misschien kunnen dat ik hier een vorm van omgekeerd seksisme bespeur?'

Paola's blik was fel, maar verzachtte en maakte plaats voor een tolerante glimlach. 'Volgens Susanna was zijn Engels van het niveau van de gemiddelde Parijse taxichauffeur, maar hij had op de Maritieme Academie in Livorno gezeten, dus het deed er niet toe hoe goed hij het sprak. Sterker nog, het deed er waarschijnlijk ook niet toe of hij überhaupt sprak. Je weet toch dat het gewoon een elitair internaat is waar die jongens etiquette wordt bijgebracht voordat ze in hun vaders voetsporen treden in het leger of welke onderneming dan ook. En het leger is nou eenmaal geen instituut dat serieuze aanspraak maakt op iemands intellect.' Voordat Brunetti dit in twijfel kon trekken, zei Paola: 'Maar ze kan het inderdaad overdreven hebben voorgesteld. Susanna heeft de neiging seksisme te zien waar het niet is.'

Toen hij weer wat kon uitbrengen, vroeg Brunetti: 'Kun je je echt nog herinneren dat ze dit toen allemaal gezegd heeft?'

'Natuurlijk. Ik was een van de mensen die haar aanbevolen had voor de baan, dus toen ze haar ontsloegen, heeft ze het me verteld. Waarom vraag je dat?'

'Ik vroeg me af of je haar nog gesproken hebt sinds het gebeurd is.'

'Heb je het over die jongen?'

'Ja.'

'Nee, we hebben elkaar al minstens zes maanden niet gesproken. Maar ik herinner me het waarschijnlijk omdat het alles bevestigt wat ik altijd al dacht over het leger. Ze hebben de moraal van gifslangen. Ze doen alles om de ander vrij te pleiten: liegen, bedriegen, meineed plegen. Kijk maar wat er gebeurde toen die Amerikanen op de kabelbaan invlogen. Denk je dat er ook maar één was die de waarheid vertelde? Ik heb er geen enkele naar de gevangenis zien gaan. Hoeveel mensen hebben ze vermoord? Twintig? Dertig?' Ze maakte een geluid van walging en schonk zichzelf een half glas wijn in, maar liet dat onberoerd op het aanrecht staan terwijl ze verder praatte. 'Ze doen wat ze willen tegen iedereen die geen deel uitmaakt van de groep en op het moment dat het de buitenwereld vragen begint te stellen, slaan ze allemaal dicht en praten alleen over eer en trouw en al dat andere nobele gezeik. Daar lusten de honden geen brood van.' Ze hield op met praten en sloot haar ogen, die ze vervolgens weer net ver genoeg opendeed om haar glas wijn te kunnen zien en op te pakken. Ze nam een klein slokje, en vervolgens een grotere. Opeens lachte ze. 'Einde van de preek.'

Brunetti had in zijn jeugd achttien onbetekenende maanden in dienst gezeten, waarin hij voornamelijk door de bergen had gelopen met zijn collega-alpinisten. Zijn herinneringen, en hij moest toegeven dat ze een gouden ouderdomsglansje hadden gekregen, hadden hoofdzakelijk van doen met een gevoel van eenheid en geborgenheid dat compleet anders was dan wat hij van huis uit had meegekregen. Nu hij eraan terugdacht, was het beeld dat hem nog het helderst voor de geest stond een avondmaal van kaas, brood en salami met vier andere jongens in een steenkoude berghut in Alto Adige, waarna ze twee flessen grappa hadden leeggedronken en marsliederen hadden gezongen. Hij had Paola nooit over deze avond verteld, niet uit schaamte voor het feit dat ze zo dronken waren geworden, maar omdat de herinnering hem nog altijd vervulde van zo'n simpel gevoel van vreugde. Hij had geen idee waar de andere jongens – nu mannen – waren gebleven of wat ze hadden gedaan na afloop van hun diensttijd, maar hij wist dat er een soort verbond was gesmeed in de kou van die berghut en dat hij zoiets nooit meer zou meemaken.

Hij stemde zijn geest weer af op het heden en op zijn vrouw. 'Je hebt altijd al een hekel gehad aan het leger, toch?'

Haar reactie kwam direct. 'Geef me één reden waarom dat niet hoeft.'

Ervan overtuigd dat zij zijn herinnering als de ergste vorm van 'mannen onder elkaar' zou afdoen, wist Brunetti bijzonder weinig te zeggen. 'Discipline?' vroeg hij.

'Dan heb je zeker nog nooit met zo'n stel in de trein gezeten?' vroeg Paola, waarna ze zijn suggestie met een verachtelijk snuiven herhaalde: 'Discipline?'

'Het weekt ze los van hun moeders.'

Ze lachte. 'Dat is misschien het enige goede wat het doet. Helaas komen ze na die achttien maanden allemaal zo snel mogelijk naar huis terug.'

'Denk je dat Raffi dat ook zal doen?' vroeg hij.

'Als ik er iets over te zeggen heb,' begon ze, waarop Brunetti zich afvroeg of dat ooit niet het geval was, 'gaat hij niet in militaire dienst. Het zou beter voor hem zijn om naar Australië te gaan en daar achttien maanden rond te trekken en als afwasser te werken. Hij zou absoluut meer leren als hij dat deed, of als hij voor vervangende dienst zou kiezen als vrijwilliger in een ziekenhuis.'

'Zou je hem echt in zijn eentje naar Australië laten gaan? Achttien maanden lang? Om af te wassen?'

Paola keek naar hem en toen ze de onvervalst verbijsterde uitdrukking op zijn gezicht zag, lachte ze. 'Waar zie je me voor aan, Guido, voor de moeder van de broers Gracchi, die haar kinderen voor eeuwig aan haar boezem klemt alsof het haar enige kleinoden zijn? Het zal niet makkelijk zijn om hem te laten gaan, helemaal niet nee, maar ik denk dat het hem erg veel goed zou doen om eropuit te trekken en zelfstandig te zijn.' Toen Brunetti bleef zwijgen, zei ze: 'Hij zou op zijn minst leren hoe hij zijn eigen bed moet opmaken.'

'Dat doet hij toch al,' antwoordde Brunetti, die het letterlijk opvatte.

'Ik bedoel in overdrachtelijke zin,' legde Paola uit. 'Het zou hem bijbrengen dat het leven meer behelst dan dit kleine stadje met zijn bekrompen ideeën, en het zou hem bijbrengen dat je ervoor moet werken als je iets wilt hebben.'

'In plaats van het gewoon aan je ouders te vragen?'

'Precies. Of je grootouders.'

Het kwam maar zelden voor dat Brunetti Paola kritiek hoorde uiten, hoe verdekt ook, op haar ouders, dus hij ging er gretig op in. 'Heb jij het te gemakkelijk gehad? In je jeugd, bedoel ik.'

'Niet erger dan dat jij het te zwaar hebt gehad, schat.'

Geen idee hebbend wat ze daarmee bedoelde, stond hij op het punt ernaar te vragen toen de deur van het appartement openvloog en Chiara en Raffi de gang in stuiterden. Hij en Paola wisselden een blik uit, toen een glimlach, en toen was het tijd om te eten.

13

Zoals zo vaak het geval was, deed het Brunetti immens goed om thuis te lunchen in het gezelschap van zijn familie. Hij vroeg zich weleens af of zijn reactie zoveel anders was dan die van een dier dat terugkeert in zijn hol: veilig, verwarmd door de aanwezigheid van zijn jongen die zich te goed doen aan de net gedode prooi die het naar zijn nest heeft meegesleurd. Wat er ook aan ten grondslag lag, de ervaring verkwikte hem en zorgde dat hij weer monter naar zijn werk ging, vol goede zin om de jacht weer voort te zetten.

Het gewelddadige beeld verdween toen hij het kantoor van signorina Elettra binnen liep en haar daar achter haar bureau trof, hoofd gebogen over wat papieren op haar bureau, kin steunend op een hand, totaal ontspannen en op haar gemak. 'Ik stoor u toch niet?' vroeg hij toen hij op de documenten het zegel van het ministerie van Binnenlandse Zaken zag, met daaronder de rode streep die duidde op geheime informatie.

'Nee, helemaal niet, commissario,' zei ze en stopte de papieren terloops in een map, wat Brunetti's nieuwsgierigheid wekte.

'Wilt u iets voor mij doen?' vroeg hij, haar recht in de ogen kijkend. Hij zorgde ervoor dat zijn blik niet afdwaalde naar het label dat op de map zat.

'Natuurlijk, meneer,' zei ze, terwijl ze de map in haar bovenste la liet verdwijnen en een schrijfblok naar zich toe trok. 'Wat kan ik voor u doen?' vroeg ze, pen in de hand en een brede glimlach op haar gezicht.

'Staat er in de dossiers van de academie iets over een meisje dat daar ooit verkracht is?'

Haar pen kletterde op het bureau en de glimlach verdween van haar gezicht. Haar hele lichaam deinsde geschrokken achteruit, maar ze zei niets.

'Gaat het, signorina?' vroeg hij bezorgd.

Ze keek omlaag naar de pen, pakte hem op, zette met veel vertoon de dop erop en haalde die er weer af, waarna ze naar hem opkeek en glimlachte. 'Natuurlijk, meneer.' Ze keek naar het schrijfblok, trok het dichter naar zich toe en hield haar pen in de aanslag. 'Hoe heette ze, meneer? En wanneer is het gebeurd?'

'Ik weet het niet precies,' begon Brunetti. 'Ik weet zelfs niet zeker of het wel gebeurd is. Het moet ongeveer acht jaar geleden zijn geweest; ik denk dat het speelde toen ik op een politiecongres in Londen was. Het vond plaats op de San Martino. Het originele rapport meldde dat het meisje verkracht was, ik meen door meer dan één van hen. Maar er werd niemand vervolgd en het verhaal is overgewaaid.'

'Waar wilt u dan dat ik naar zoek, meneer?'

'Dat weet ik niet precies,' antwoordde Brunetti. 'Naar een aanwijzing van wat er gebeurd is, wie het meisje was, waarom het verhaal overgewaaid is. Alles wat je erover kunt vinden.'

Het leek veel tijd te kosten om dit allemaal op te schrijven, maar hij wachtte tot ze klaar was. Met de pen nog steeds in haar hand vroeg ze: 'Als er niemand is aangeklaagd, ligt het niet voor de hand dat we er iets over hebben, toch?'

'Nee, waarschijnlijk niet. Maar ik hoop dat er een rapport van de originele melding is.'

'En als dat er niet is?'

Het verbaasde Brunetti dat ze zo terughoudend reageerde op het verzoek om informatie. 'Anders misschien in de krant. Als u de datum kunt vinden, tenminste,' zei hij.

'Ik zal uw persoonsdossier erbij pakken, meneer, en opzoeken wanneer u in Londen was,' zei ze, waarna ze opkeek van haar schrijfblok, een serene uitdrukking op haar gezicht.

'Ja, ja,' zei hij, en toen mat: 'Ik ben in mijn kantoor.'

Toen hij naar boven liep, dacht hij weer aan wat Paola gezegd had over het leger, en probeerde te bedenken waarom hij het leger niet zo volledig of hartgrondig kon veroordelen als zij. Hij wist dat het deels aan zijn eigen dienstervaringen lag, hoe kort ook, en aan de warmte die hij nog steeds voelde bij die periode van onvoorwaardelijke kameraadschap. Misschien was het niet meer dan het instinct van de troep die zich rond de gevangen prooi schaart en de verhalen van de jacht van die dag navertelt, terwijl grote druppels vet in het vuur druipen. Maar als hij zich niet vergiste, lag zijn loyaliteit destijds bij de groep vrienden om hem heen en niet bij een of ander abstract ideaal van korps of regiment.

In zijn geschiedenisboeken had hij veel voorbeelden gelezen van soldaten die gestorven waren bij de koene verdediging van de regimentsvlag of bij het plegen van grootse heldendaden om de zogeheten eer van de groep te redden, maar deze acties had Brunetti altijd zonde en ietwat dom gevonden. Bij het lezen van dergelijke verslagen van feitelijke gebeurtenissen of zelfs van de lofprijzingen die deze dappere jongemannen maar al te vaak postuum ontvingen, was Brunetti wel degelijk geroerd door de edelmoedigheid van hun daden, maar het weerwoord van het gezond verstand had daarbij altijd de ondertoon gevoerd: uiteindelijk vergooiden deze jongens hun leven om iets te beschermen wat niet meer was dan een stuk stof. Dapper, dat zeker, en onverschrokken, maar ook op het idiote af.

Zijn bureau was bezaaid met rapporten over het een of ander, de overblijfselen van zijn gebrek aan aandacht van de afgelopen dagen. Hij liet zijn plichtsbesef gelden en besteedde de twee uur die volgden minstens zo nutteloos als hij de dappere daden van die jongemannen beschouwde. Terwijl hij de verslagen las van arrestaties wegens inbraak, zakkenrollerij, en de verschillende vormen van oplichting die tegenwoordig op straat plaatsvonden, viel het hem op hoe vaak de namen van de arrestanten buitenlands waren en ook hoe vaak hun leeftijd ze uitsloot van vervolging. Deze feiten stoorden hem niet zozeer; het was de gedachte dat elk van deze arrestaties weer een stem voor rechts betekende die hem dwarszat. Jaren geleden had hij een kort verhaal gelezen, hij meende van een of andere Amerikaan, dat eindigde met de openbaring van een eindeloze rij zondaars die naar de hemel trokken langs een brede boog in de lucht. Hij dacht weleens dat aan het firmament van de Italiaanse politiek eenzelfde stroom zondaars voorbijtrok, alleen waren die niet onderweg naar het paradijs.

Versuft door de saaiheid van zijn taak, hoorde hij dat zijn naam vanuit de deuropening geroepen werd en toen hij opkeek zag hij Pucetti staan.

'Ja, Pucetti?' zei hij en gebaarde dat de jonge agent kon binnenkomen. 'Ga zitten.' Blij met het excuus om de papieren even weg te leggen, richtte hij zijn aandacht op de jonge politieman. 'Wat is er?' vroeg hij. Het viel hem op hoe jong hij eruitzag in zijn keurige uniform, veel te jong om een vuurwapen te mogen dragen, veel te onschuldig om te weten hoe het te gebruiken.

'Het gaat over de jongen van Moro, meneer,' zei Pucetti. 'Ik ben gisteren al bij u langs geweest, meneer, maar u was er niet.'

Het had iets weg van een verwijt, iets wat Brunetti niet gewend was van Pucetti. Er ging een golf van verontwaardiging door hem heen, hoe durfde de jonge agent zo'n toon tegen hem aan te slaan. Hij bedwong zijn opwelling om Pucetti uit te leggen dat hij geen noodzaak zag tot haast. Als iedereen ervan uitging dat de politie Moro's dood als zelfmoord beschouwde, was men misschien geneigd openlijker over de jongen te spreken. Bovendien hoefde hij zijn keuzes niet te verantwoorden tegenover deze jongen. Hij wachtte langer dan hij normaal zou doen en vroeg toen alleen maar: 'Wat is er met hem?'

'Weet u nog dat we daar met de cadetten gesproken hebben?' vroeg Pucetti, waarop Brunetti bijna wilde vragen of de jongere man soms dacht dat hij een leeftijd had bereikt waarop zijn geheugen een zetje nodig had om te kunnen functioneren.

'Ja,' was het antwoord waartoe Brunetti zich wist te beperken.

'Het is heel vreemd, meneer. Toen ik terugging om nog eens met ze te praten, was het net alsof sommigen van hen niet eens wisten dat hij bij ze op school had gezeten. Ik sprak de jongen die hem gevonden had, Pellegrini, maar die wist van niets. Hij was de avond ervoor dronken geworden, en zei dat hij rond middernacht naar bed was gegaan.' Voordat Brunetti de kans kreeg ernaar te vragen, leverde Pucetti de informatie: 'Ja, hij was op een feestje geweest bij een vriend van hem in Dorsoduro. Ik vroeg hem hoe hij binnengekomen was en hij zei dat hij een sleutel van de portone had. Hij zei dat hij de portiere er twintig euro voor had betaald, en de manier waarop hij het zei, deed vermoeden dat iedereen er eentje kan kopen.' Hij wachtte even om te zien of Brunetti hier vragen over had, maar ging toen verder: 'Ik heb het zijn kamergenoot gevraagd en die zei dat het waar was, dat hij wakker werd toen Pellegrini binnenkwam. Pellegrini zei dat hij rond zessen wakker werd om water te drinken en toen heeft hij Moro gevonden.'

'Maar hij was toch niet degene die gebeld heeft?'

'Ons gebeld heeft, bedoelt u?'

'Ja.'

'Nee. Dat was een van de conciërges. Die zei dat hij net op zijn werk was aangekomen en commotie hoorde in de badkamer, en dat hij gebeld heeft toen hij zag wat er aan de hand was.'

'Meer dan een uur nadat Pellegrini het lichaam heeft gevonden,' zei Brunetti hardop.

Toen Pucetti daar niet op inging, vroeg Brunetti: 'Wat nog meer? Ga verder. Wat zeiden ze over Moro?'

'Het staat allemaal hierin, meneer,' zei hij en legde een dossier op Brunetti's bureau. Hij wachtte even, in dubio wat hij vervolgens zou zeggen. 'Ik weet dat het vreemd klinkt, meneer, maar het leek alsof het de meesten weinig kon schelen. Ze gedroegen zich zo anders dan wij of ieder ander als zoiets zou gebeuren met iemand die je kent of met wie je werkt.' Hij dacht hier nog even over na en voegde eraan toe: 'Het was bijna eng, de manier waarop ze over hem praatten, alsof ze hem niet kenden. Maar ze wonen hier allemaal samen en zitten met elkaar in de klas. Hoe kunnen ze hem nou niet kennen?' Toen hij zijn stem omhoog hoorde gaan, dwong Pucetti zichzelf tot kalmte. 'In ieder geval vertelde een van hen me dat hij een paar dagen ervoor nog les met Moro had gehad en dat ze die avond en de dag erna nog samen gestudeerd hadden. Om een examen voor te bereiden.'

'Wanneer was dat examen?'

'De dag erna.'

'De dag na wat? Na zijn dood?'

'Ja, meneer.'

Brunetti had zijn conclusie meteen klaar, maar hij vroeg aan Pucetti: 'Hoe komt dat op jou over?'

Het was duidelijk dat de jonge politieman op deze vraag was voorbereid, want zijn antwoord kwam onmiddellijk.

'Het lijkt mij dat je eerder zelfmoord pleegt na een examen, dat je op zijn minst wacht om te weten hoe slecht je het ervan af hebt gebracht, en dan pas dat besluit neemt. Dat is wat ik zou doen,' zei hij en voegde er meteen aan toe: 'Niet dat ik zelfmoord zou plegen om een of ander stom examen.'

'Waar zou jij zelfmoord om kunnen plegen?' vroeg Brunetti.

Pucetti staarde zijn meerdere met grote ogen aan. 'O, ik denk nergens om, meneer. U wel?'

Brunetti schudde het idee van zich af. 'Nee, ik denk het niet. Maar je kunt nooit zeker weten.' Hij had vrienden die zichzelf de dood in jaagden met stress of sigaretten of alcohol, en een aantal van zijn vrienden had kinderen die zichzelf kapotmaakten met drugs, maar hij kon niemand bedenken, althans niet op dit moment, die hij in staat achtte tot zelfmoord. Maar misschien voelde zelfmoord daarom als blikseminslag: het waren altijd de mensen van wie je het het minst verwachtte die het deden.

Hij zoemde weer in op Pucetti en hoorde net zijn laatste woorden: ' ...om te gaan skiën deze winter.'

'De jongen van Moro?' vroeg Brunetti om te verbergen dat zijn gedachten waren afgedwaald.

'Ja, meneer. En deze jongen zei dat Moro ernaar uitkeek, dat hij gek was van skiën.' Hij bood zijn superieur de kans om te reageren, maar toen die dat niet deed, vervolgde Pucetti: 'Hij leek van streek, meneer.'

'Wie? Die jongen?'

'Ja.'

'Waarom?'

Pucetti keek hem geschrokken aan, verbaasd dat Brunetti dit zelf nog niet had bedacht. 'Omdat als het geen zelfmoord was, iemand anders hem heeft vermoord.'

Bij het zien van de tevreden blik op Brunetti's gezicht toen hij hem dit hoorde uitleggen, begon Pucetti te vermoeden – niet zonder enige gêne – dat zijn superieur dit zelf misschien ook al bedacht had.

14

In de daaropvolgende dagen verlegde Brunetti zijn aandacht van de familie Moro en hun verdriet naar het *casinò*. De politie werd dit keer niet ingeschakeld voor een onderzoek naar de veelvoorkomende en geraffineerde gevallen van verduistering door gasten en croupiers, maar naar de aantijgingen jegens het bestuur van het casino, dat zich verrijkt zou hebben op kosten van de burger. Brunetti was een van de weinige Venetianen die zich er rekenschap van gaf dat het casino eigendom was van de gemeente; zodoende realiseerde hij zich dat elke vorm van diefstal of verduistering van inkomsten van het casino een direct negatief effect had op de bijstandsgelden voor weduwen en wezen. Dat mensen die hun tijd doorbrachten met gokkers en kaartspelers konden stelen was geen verrassing voor Brunetti, het was alleen hun schaamteloosheid die hem bij tijd en wijle versteld deed staan; alle aanvullende diensten die door het casino werden verzorgd – banketten, particuliere feesten, zelfs de bars – bleken stilletjes te zijn overgenomen door een bedrijf dat geleid werd door de broer van de directeur.

Er moesten detectives uit andere steden worden ingezet om te voorkomen dat ze ontmaskerd werden in hun rol als gokker in het casino, en de politie moest medewerkers zover krijgen dat ze wilden getuigen tegen hun werkgevers en collega's, dus het onderzoek was tot dusver traag en moeizaam verlopen. Brunetti's betrokkenheid bij de zaak ging ten koste van andere zaken, waaronder die van Ernesto Moro, waarin de bewijzen voor zelfmoord zich bleven opstapelen. Het forensisch rapport over de douchecabine en de kamer van de jongen bevatte niets om de verdenkingen omtrent zijn dood te onderschrijven, en geen van de verklaringen van studenten of leraren bevatte aanwijzingen die afweken van het scenario van zelfmoord. Brunetti liet zich niet van de wijs brengen door het ontbreken van geloofwaardig bewijsmateriaal dat zijn standpunt ondersteunde; hij dacht terug aan gevallen in het verleden waarbij zijn gebrek aan geduld het onderzoek had geschaad. Geduld, geduld en kalmte zouden zijn mantra's zijn.

De onderzoeksrechter die over het onderzoek naar het casino ging, stond op het punt aanhoudingsbevelen uit te vaardigen voor het hele directoraat, toen er vanuit het gemeentehuis bericht kwam van de overplaatsing van de directeur van het casino naar een andere functie binnen het gemeentebestuur en van de promotie van zijn belangrijkste medewerkers naar hoge functies bij andere gemeentelijke diensten. Verder werden de twee kroongetuigen gepromoveerd naar belangrijke posities binnen een gereorganiseerd casino, waarop beiden begonnen te beseffen dat hun vorige interpretatie van de gebeurtenissen toch niet klopte. Met niets meer om hun zaak te onderbouwen, trok de politie zich terug uit het prachtige palazzo aan het Canal Grande en werden de aangetrokken detectives weer naar huis gestuurd.

Deze gebeurtenissen resulteerden in een late ochtendpreek van Patta, die Brunetti kastijdde voor wat hij een te agressieve houding noemde jegens het casinobestuur. Omdat Brunetti op geen enkel moment meer dan milde afkeuring voor het gedrag van de verdachten had gevoeld – hij was altijd vrij ruimdenkend wat betreft materiële vergrijpen – kwamen Patta's verhitte woorden niet harder aan dan motregen op een doordrenkte bodem.

Het was pas toen zijn meerdere de familie Moro noemde, dat hij begon op te letten op wat Patta zei. 'Hoofdinspecteur Scarpa vertelde me dat de jongen als labiel werd beschouwd, dus het heeft verder geen zin dit nog langer te rekken. Het lijkt me tijd om de zaak te sluiten.'

'Door wie, meneer?' informeerde Brunetti beleefd.

'Wat?'

'Door wie werd hij labiel geacht?' Uit Patta's antwoord bleek dat hij het niet nodig had gevonden om deze vraag te stellen; Scarpa's bewering was al bewijs genoeg.

'Zijn leraren, neem ik aan. Mensen op school. Zijn vrienden. Degenen met wie de hoofdinspecteur gepraat heeft,' somde Patta uit de losse hand op. 'Waarom vraag je dat?'

'Nieuwsgierigheid, meneer. Ik wist niet dat de hoofdinspecteur geïnteresseerd was in deze zaak.'

'Ik zei niet dat hij geïnteresseerd was,' zei Patta, zonder zijn afkeuring te verhullen over het zoveelste bewijs van Brunetti's onvermogen – hoewel Patta vermoedde dat het eerder onwil was – om te doen wat iedere goede politieman zou moeten doen: weten wanneer een suggestie in wezen een bevel is. Hij haalde diep adem. 'Met wie hij ook gesproken heeft, er is gezegd dat de jongen ronduit labiel was, wat het des te aannemelijker maakt dat het zelfmoord was.'

'Dat is ook wat de autopsie uitwees,' beaamde Brunetti vriendelijk.

'Ja, dat weet ik.' Voordat Brunetti daarnaar kon vragen, vervolgde Patta: 'Ik heb nog niet de tijd gehad om het goed te lezen, maar de samenvatting duidt absoluut op zelfmoord.'

Brunetti maakte zich geen illusies over de schrijver van deze samenvatting; hij vroeg zich echter wel af waarom hoofdinspecteur Scarpa zich in een zaak mengde waar hij niet bij betrokken was.

'Heeft hij er nog iets anders over gezegd?' vroeg Brunetti, zijn uiterste best doend om maar matig geïnteresseerd te klinken.

'Nee. Hoezo?'

'O, als de hoofdinspecteur echt zo overtuigd is, dan kunnen we de ouders van de jongen informeren dat het onderzoek gesloten is.'

'Je hebt toch al met ze gesproken?'

'Een paar dagen geleden, ja. Maar toen vroeg u mij ervoor te zorgen dat onze conclusies waterdicht zouden zijn om de vader geen reden te geven een klacht over ons in te dienen, gezien alle problemen die hij al voor andere overheidsinstellingen heeft veroorzaakt.'

'Je bedoelt zijn rapport?'

'Ja, meneer. Ik had begrepen dat u er zeker van wilde zijn dat hij geen aanleiding vond om een vergelijkbaar onderzoek te starten naar onze afhandeling van de dood van zijn zoon.' Brunetti wachtte even om te zien wat het effect van zijn woorden was, en toen de eerste tekenen van Patta's ongemakkelijkheid zich aandienden, scherpte hij zijn pijlen. 'Hij lijkt het vertrouwen van het publiek te hebben gewonnen, dus elke klacht die hij zou indienen wordt waarschijnlijk opgepakt door de pers.' Hij permitteerde zichzelf een nonchalant schouderophalen. 'Maar als hoofdinspecteur Scarpa zeker weet dat er genoeg bewijzen zijn om de ouders te overtuigen van zelfmoord, dan zie ik geen reden waarom ik eraan zou blijven werken.' Hij sloeg met zijn handen op zijn dijen en duwde zichzelf omhoog, enthousiast om weer aan het volgende project te beginnen nu de Moro-zaak zo mooi was opgelost door zijn collega hoofdinspecteur Scarpa.

'Nou,' zei Patta, het woord uitrekkend, 'misschien is het overhaast om te denken dat de zaken zo sluitend zijn als hoofdinspecteur Scarpa zou willen geloven.'

'Ik weet niet zeker of ik u goed begrijp, meneer,' loog

Brunetti, niet bereid het Patta zo gemakkelijk te maken. Hij vroeg zich af hoe ver hij zou gaan om zich te distantiëren van Scarpa's haast om de zaken af te ronden. Patta zei niets, dus Brunetti vroeg stoutmoedig: 'Valt er aan deze mensen te twijfelen? Deze getuigen?' Met een bewonderenswaardige mate van zelfbeheersing wist Brunetti elke zweem van sarcasme bij het laatste woord te vermijden. Patta zei nog altijd niets, dus Brunetti vroeg: 'Wat heeft hij precies tegen u gezegd, meneer?'

Patta gebaarde Brunetti weer te gaan zitten en leunde achterover in zijn stoel, een hand onder zijn kin – ongetwijfeld een niet-dreigende pose die hij op een managementcursus had geleerd als middel om zich solidair op te stellen jegens een ondergeschikte. Hij glimlachte, wreef even over zijn linkerslaap en glimlachte nog eens. 'Ik denk dat de hoofdinspecteur de ouders iets te graag heeft willen helpen met de afsluiting.' Ongetwijfeld ook een woord dat uit diezelfde cursus kwam. 'Op school ging het gerucht dat Moro niet zichzelf was in de dagen voor zijn dood. Bij nader inzien lijkt het mij dat de hoofdinspecteur dit te overhaast als bewijs van zelfmoord heeft geïnterpreteerd,' veronderstelde Patta, en voegde er toen snel aan toe: 'Hoewel ik ervan uitga dat hij gelijk heeft.'

'Zeiden deze jongens hoe hij zich gedroeg?' Voordat Patta de vraag kon beantwoorden, stelde Brunetti er nog een: 'En wie waren deze jongens?'

'Ik denk niet dat hij dat gezegd heeft,' antwoordde Patta.

'Het staat ongetwijfeld in zijn rapport,' zei Brunetti, licht vooroverleunend, alsof hij verwachtte dat Patta hem zou verblijden met het door de hoofdinspecteur geschreven rapport.

'Hij heeft mondeling gerapporteerd.'

'Dus hij heeft geen namen genoemd?' vroeg Brunetti.

'Niet dat ik weet, nee,' zei Patta.

'Weet u of hij nadien een rapport op papier heeft ingediend?'

'Nee, maar ik vraag me af of hij dat nodig vond, niet nadat hij mij had gesproken,' zei Patta.

'Logisch.'

'Hoe bedoel je dat?' vroeg Patta, weer teruggeschoten in zijn normale modus.

Brunetti's glimlach was minzaam. 'Dat hij gemeend heeft dat zijn plicht volbracht was door verslag uit te brengen aan zijn leidinggevende.' Hij liet hierna een lange stilte vallen en trok toen het gezicht van de tenor die hij de dwaas in *Boris Godoenov* had zien spelen. 'Wat zullen we nu doen, meneer?'

Even was hij bang dat hij te ver was gegaan, maar Patta's reactie gaf aan dat dat niet zo was. 'Ik denk dat het een goed idee is om nog eens met de ouders te gaan praten,' begon Patta, 'om te polsen of ze de conclusie van zelfmoord zouden accepteren.' Er waren nog steeds momenten waarop Patta's eerlijkheid adembenemend was; zijn lak aan de waarheid was onmiskenbaar.

Brunetti opperde: 'Misschien moet de hoofdinspecteur met ze gaan praten, meneer?'

Dat trok Patta's aandacht. 'Nee, het is beter als jij gaat. Jij hebt hen tenslotte al gesproken, en ik neem aan dat ze je aardig vonden.' Die karaktereigenschap had nog nooit zo als een persoonlijke tekortkoming geklonken als nu Patta hem gebruikte met betrekking tot Brunetti. Patta dacht nog even na. 'Ja, doe het zo. Ga met ze praten en zoek uit hoe ze erover denken. Je weet wel hoe je dat aan moet pakken. Zodra ze hebben geaccepteerd dat het zelfmoord was, kunnen we de zaak afronden.'

'En onze aandacht weer op het casino richten?' kon Brunetti niet nalaten te vragen.

De ijzigheid van Patta's blik liet de temperatuur in de kamer dalen en vergrootte de afstand tussen hem en Brunetti. ‘Ik denk dat de gemeente heeft laten zien dat ze dat probleem zelf kunnen afhandelen,’ verklaarde Patta, en Brunetti vermoedde niet voor het eerst dat zijn leidinggevende niet zo dom was als hij doorgaans placht te doen geloven.

Boven zocht hij tussen de papieren op zijn bureau tot hij het dunne dossier vond met het papierwerk dat voortgekomen was uit het overlijden van Ernesto Moro. Hij belde het nummer van de vader en na zes keer overgaan, nam de man op met zijn achternaam.

‘Dottor Moro,’ zei Brunetti, ‘u spreekt met commissario Brunetti. Ik zou graag nog een keer met u willen praten als dat kan.’ Moro gaf geen antwoord, dus Brunetti doorbrak de stilte: ‘Is er een tijd waarop dat u uitkomt?’

Hij hoorde de andere man zuchten. ‘Ik heb u toch verteld dat ik u niets meer te zeggen heb, commissario.’ Zijn stem was kalm, volledig expressieloos.

‘Dat weet ik, dottore, en het spijt me dat ik u stoor, maar ik moet u toch nog een keer spreken.’

‘Moet?’

‘Ik denk het wel.’

‘We moeten bijzonder weinig in dit leven, commissario. Heeft u daar weleens bij stilgestaan?’ vroeg Moro, alsof hij bereid was de rest van de middag over deze kwestie te debatteren.

‘Zo vaak, meneer. En ik ben het met u eens.’

‘Heeft u Ivan Ilych gelezen?’ Moro verraste hem met de vraag.

‘De schrijver of het korte verhaal, dottore?’

Brunetti’s antwoord moest Moro op zijn beurt verrast hebben, want er volgde een lange stilte voordat de dokter antwoordde: ‘Het korte verhaal.’

‘Ja, meer dan eens.’

Weer zuchtte de dokter, waarna de lijn bijna een minuut stil bleef. 'Komt u maar om vier uur, commissario,' zei Moro en hij hing op.

Hoewel hij ertegenop zag om de beide ouders van Ernesto op dezelfde dag onder ogen te komen, dwong Brunetti zichzelf toch om signora Moro te bellen. Hij liet de telefoon één keer overgaan, verbrak de verbinding en drukte toen op de herhaaltoets, opgelucht dat de telefoon vervolgens niet werd opgenomen. Hij had geen moeite gedaan bij te houden waar de ouders uithingen. Voor hetzelfde geld was ze de stad uit gegaan na de begrafenis van de jongen twee dagen geleden. De stad uit, het land uit, alles achterlatend behalve haar moederschap.

Hij wist dat dergelijke gedachten nergens toe leidden, dus richtte hij zijn aandacht weer op de papieren op zijn bureau.

De man die Brunetti die middag om vier uur in Moro's appartement binnen liet, had heel goed de oudere broer van de dokter kunnen zijn, als zijn broer tenminste leed aan een of ander wegkwijnsyndroom. De ergste tekenen waren zichtbaar in zijn ogen, die bedekt leken te zijn met een dun laagje ondoorzichtige vloeistof. Het oogwit was ivoorkleurig geworden zoals je dat vaak ziet bij bejaarde mensen, en onder beide ogen waren omgekeerde donkere driehoeken verschenen. De elegante neus was een snavel geworden en de stevige kolom van zijn nek was nu een staak gestut door pezen die zich scherp onder de huid aftekenden. Om niet te laten merken dat de verandering in de man hem schokte, keek Brunetti omlaag naar de vloer. Maar toen hij zag dat de omslagen onder aan de dokters broek slap over de achterkant van zijn schoenen hingen en over de vloer sleepten, richtte hij zijn blik op en keek de dokter recht aan, die zich omdraaide en hem voorging naar de zitkamer.

'Dus, commissario? Wat komt u mij vertellen?' vroeg Moro

op onberispelijk beleefde toon toen ze tegenover elkaar zaten.

Óf zijn nicht was regelmatig langs geweest, óf er was iemand anders die het appartement schoonhield. Het parket glansde, de tapijten lagen strak in het gelid, en er stonden drie enorme bossen bloemen in Murano-vazen. De dood had geen inbreuk gemaakt op de uiterlijke welgesteldheid van de familie, hoewel Moro net zo goed in het atrium van een bank kon wonen gezien de aandacht die hij had voor zijn omgeving.

'Ik denk dat u de leugens nu wel voorbij bent, dottore,' zei Brunetti abrupt.

Moro liet niet merken dat hij Brunetti's woorden ook maar enigszins ongewoon vond. 'Dat zou je kunnen zeggen,' antwoordde hij.

'Ik heb vaak aan onze vorige ontmoeting gedacht,' zei Brunetti in de hoop een soort contact met de man te kunnen leggen.

'Ik weet er niets meer van,' zei Moro, zonder te lachen noch te fronsen bij deze bekentenis.

'Ik probeerde met u over uw zoon te praten.'

'Dat is begrijpelijk, commissario, aangezien hij net gestorven was en u het onderzoek naar zijn dood scheen te leiden.'

Brunetti speurde – maar speurde tevergeefs – naar sarcasme of kwaadheid in de stem van de dokter. 'Ik heb veel over hem nagedacht,' zei Brunetti nog eens.

'En ik heb aan niets anders gedacht dan aan mijn zoon,' zei Moro onderkoeld.

'Zijn er gedachten bij die u met me kunt delen?' vroeg Brunetti, en stelde zijn vraag bij door eraan toe te voegen: 'Of wilt delen?'

'Wat heeft u aan mijn gedachten, commissario?' vroeg de dokter. Terwijl Moro praatte, viel het Brunetti op dat zijn rechterhand geen moment stopte met bewegen: hij wreef zijn duim en middelvinger voortdurend over elkaar alsof hij er een onzichtbaar voorwerp tussen heen en weer rolde.

'Zoals ik al zei, dottore, ik denk dat u de leugens nu voorbij bent, dus ik zal niet voor u verborgen houden dat ik denk dat uw zoon geen zelfmoord heeft gepleegd.'

Moro's blik liet die van Brunetti even los en vond hem vervolgens weer. 'Leugens zijn niet het enige wat ik voorbij ben, commissario.'

'Wat bedoelt u daarmee?' vroeg Brunetti bewust beleefd.

'Dat ik bijzonder weinig interesse heb in de toekomst.'

'Uw eigen toekomst?'

'Mijn eigen, maar ook die van anderen.'

'Die van uw vrouw?' vroeg Brunetti, die zich voor de vraag schaamde.

Moro knipperde twee keer met zijn ogen, leek na te denken over Brunetti's vraag, en antwoordde toen: 'Mijn vrouw en ik zijn gescheiden.'

'Uw dochter dan?' vroeg Brunetti, die zich een verwijzing naar het kind herinnerde in een van de artikelen die hij over Moro had gelezen.

'Zij valt onder de zorg van haar moeder,' zei Moro totaal onverschillig.

Brunetti wilde zeggen dat hij nog altijd de vader van het meisje was, maar kon het niet over zijn hart verkrijgen. In plaats daarvan beperkte hij zich tot de opmerking: 'Dat is een juridische aangelegenheid, een scheiding.'

Het duurde lang voordat Moro antwoord gaf. Uiteindelijk zei hij: 'Ik geloof dat ik u niet begrijp.'

Tot nu toe had Brunetti weinig aandacht besteed aan hun woorden, waardoor hij zijn bewustzijn de kans gaf door te werken als op de automatische piloot. Door zijn aandacht los te koppelen van de inhoud, kon hij zich beter concentreren op Moro's toon en gebaren, op zijn houding en de intonatie van zijn stem. Brunetti voelde dat de man zich had gedistantieerd van de pijn, bijna alsof zijn hart in preventieve hechtenis was genomen en zijn geest was achtergebleven om vragen te beantwoorden. Maar hij detecteerde ook een enorme hoeveelheid angst. Geen angst voor Brunetti, maar angst om iets te zeggen dat zou onthullen wat er achter de façade van kalme zelfbeheersing lag.

Brunetti besloot om antwoord te geven op wat de dokter duidelijk als vraag bedoeld had. 'Ik heb uw vrouw gesproken, meneer, en zij lijkt geen wrok jegens u te koesteren.'

'Had u dat verwacht?'

'In de huidige situatie zou ik het begrijpelijk vinden als dat zo was. Dan zou ze u op de een of andere manier verantwoordelijk kunnen stellen voor wat er met uw zoon gebeurd is. Waarschijnlijk was het uw beslissing dat hij naar de academie ging.'

Moro zond hem een verbijsterde blik, deed zijn mond open alsof hij zich wilde verweren, maar hield zich in en zei niets. Brunetti wendde zijn blik af van de woede van de andere man; toen hij weer naar hem keek, vertoonde Moro's gezicht geen emotie meer.

Het duurde lang voordat Brunetti iets kon bedenken om te zeggen. Uiteindelijk zei hij zonder erbij stil te staan: 'Ik zou willen dat u me vertrouwde, dottore.'

Na lange tijd zei Moro vermoeid: 'En ik zou u graag willen vertrouwen, commissario. Maar dat doe ik niet en zal ik ook niet doen.' Hij zag dat Brunetti hiertegen wilde protesteren en haastte zich te zeggen: 'Dat is niet omdat u niet overkomt als een door en door eerlijk man, maar omdat ik geleerd heb niemand meer te vertrouwen.' Brunetti probeerde weer iets te zeggen, en dit keer stak Moro een hand op om hem daarvan te weerhouden. Verder vertegenwoordigt u een overheid die ik zowel crimineel als nalatig vind, en dat is genoeg om u mijn vertrouwen in geen geval te schenken.'

In eerste instantie ervoer Brunetti de woorden als een belediging en was hij geneigd zichzelf en zijn eer te verdedigen, maar in de stilte die viel nadat Moro ophield met praten, realiseerde hij zich dat de woorden van de dokter totaal niet persoonlijk bedoeld waren. Moro beschouwde hem als 'bevlekt' wegens het simpele feit dat hij voor de overheid werkte. Brunetti kon zich te goed in dat standpunt vinden om er iets tegenin te brengen.

Brunetti stond op, maar deed dat op vermoeide wijze, zonder de geveinsde energie die hij in die beweging had gelegd bij het gesprek met Patta. 'Als u besluit dat u toch met me kunt praten, dottore, belt u me dan alstublieft.'

'Natuurlijk,' zei de dokter, die zich nog steeds beleefd voordeed. Moro duwde zichzelf omhoog uit zijn eigen stoel, begeleidde Brunetti naar de deur en liet hem uit.

15

Buiten wilde hij zijn telefonino uit zijn zak pakken, maar realiseerde zich toen dat hij die op kantoor had laten liggen of thuis in een andere jas. Hij bood weerstand aan het lied van de sirenen dat hem influisterde dat het geen zin meer had om signora Moro nog zo laat in de middag te bellen, dat ze toch niet met hem zou willen praten. Hij bood in ieder geval lang genoeg weerstand voor twee onsuccesvolle pogingen om haar te bellen vanuit een telefooncel. De eerste, zo'n nieuwe aerodynamische zilverkleurige vervanging van de betrouwbare lelijke oranje dingen, weigerde zijn plastic telefoonkaart te accepteren, en de tweede beantwoordde zijn pogingen met een rits mechanische bliepjes in plaats van een kiestoon. Hij rukte de kaart uit de telefoon, stopte hem terug in zijn portemonnee en besloot, met de rechtvaardiging dat hij het in ieder geval geprobeerd had, om terug te keren naar de Questura voor de luttele uren die de werkdag nog telde.

Toen hij in de *traghetto gondola* stond die tussen Salute en San Marco voer, stemden zijn Venetiaanse knieën zich automatisch af op het duwen en trekken van de riemen van de *gondolieri* en de golven van het opkomend tij. Hij keek vooruit terwijl ze langzaam over het Canal Grande voeren en stond versteld over hoe afgemat een mens zich kon voelen. Voor hem lag het Palazzo Ducale, en daarachter piepten de glanzende koepels van de Basilica di San Marco te voorschijn. Brunetti staarde ernaar alsof het niets anders was dan het geschilderde decor van een saaie, provinciale productie van *Othello.* Hoe was hij op het punt beland dat hij niet meer geroerd werd door dergelijke schoonheid? Onder het doffe knarsen van de riemen dacht hij hier nog langer over na: hij vroeg zich ook af hoe hij tegenover Paola aan tafel kon zitten zonder zijn handen over haar borsten te laten glijden of hoe hij zijn kinderen naast elkaar op de bank kon zien zitten – voor zoiets stoms als de televisie – zonder dat de angst hem om het hart sloeg voor de vele gevaren die zij nog zouden tegenkomen in het leven.

De gondel gleed naar de aanlegplaats en hij stapte de kade op, zichzelf opdragend dat hij die stomme overpeinzingen moest achterlaten in de boot. Jarenlange ervaring had hem geleerd dat zijn vermogen om de dingen te bewonderen nog intact was en zou terugkomen, en daarmee ook een bijna pijnlijk besef van de schoonheid die na iedere bocht op hem wachtte.

Een mooie vrouw uit zijn kennissenkring had hem er jaren geleden van geprobeerd te overtuigen dat haar schoonheid in zekere zin een vloek was, omdat dat het enige was waar iedereen zich op focuste, met volledige uitsluiting van iedere andere kwaliteit die ze verder bezat. Toentertijd had hij het afgedaan als vissen naar complimenten, die hij maar al te graag wilde geven, maar nu begreep hij misschien toch wat ze bedoelde, althans in relatie tot de stad. Het kon niemand echt wat schelen wat ermee gebeurde – hoe kon je de afgelopen gemeentebesturen anders verklaren? – zolang men maar kon profiteren van en pronken met haar schoonheid, voor zolang die schoonheid nog duurde.

Op de Questura ging hij naar signorina Elettra's kamer; ze zat er te lezen in de *Gazzettino* van die dag. Ze glimlachte bij zijn binnenkomst en wees op het hoofdartikel: 'De Amerikaanse president wil alle restricties op de verbranding van op koolstof gebaseerde brandstoffen opheffen,' zei ze en las de kop voor: 'Klap in het gezicht van ecologen'.

'Klinkt als iets wat hij zou doen,' zei Brunetti, die geen trek had om hierop in te gaan en zich afvroeg of signorina Elettra bekeerd was tot Vianello's gepassioneerde ecologische opvattingen.

Ze keek op en toen weer naar de krant. 'En dan dit: Venetië verdoemd.'

'Wat?' vroeg Brunetti, geschokt door de kop zonder dat hij wist waar die over ging.

'Nou, als de temperatuur stijgt, smelten de ijskappen, stijgt het niveau van het zeewater en gaat Venetië eraan.' Ze klonk er opmerkelijk kalm onder.

'En Bangladesh ook, als ik zo vrij mag zijn,' vulde Brunetti haar aan.

'Precies. Ik vraag me af of meneer de president wel heeft stilgestaan bij de gevolgen.'

'Ik denk dat hij dat niet in zich heeft, stilstaan bij gevolgen,' merkte Brunetti op. Het was zijn gewoonte om politieke discussies met de mensen met wie hij werkte uit de weg te gaan; hij twijfelde of buitenlandse politiek ook onder die regel viel.

'Waarschijnlijk niet. Bovendien belanden alle vluchtelingen hier, niet daar.'

'Welke vluchtelingen?' vroeg Brunetti, die zich afvroeg waar dit gesprek toe leidde.

'Uit Bangladesh. Als dat land overstroomt en voorgoed onder water verdwijnt, zullen de mensen daar niet blijven en voor de verdrinkingsdood kiezen zonder verder iemand lastig te vallen. Ze zullen ergens naartoe moeten migreren, en aangezien er weinig kans is dat ze in oostelijke richting mogen vertrekken, zullen ze uiteindelijk hier belanden.'

'Is dat geografisch gezien niet ietwat vergezocht, signorina?'

'Ik bedoel niet dat de mensen uit Bangladesh hier zullen komen, maar de mensen die zij verjagen zullen naar het westen trekken, en degenen die zij verjagen zullen hier terechtkomen, of degenen die zij op hun beurt weer verjagen.' Ze keek op, verbaasd over zijn traagheid van begrip. 'U leest toch over de geschiedenis, meneer?' Na zijn knikje concludeerde ze: 'Dan weet u dat het zo gaat.'

'Wellicht,' zei Brunetti, zijn scepsis hoorbaar.

'We zullen zien,' zei ze gelaten en sloeg de krant dicht. 'Wat kan ik voor u doen, meneer?'

'Ik sprak de vice-questore vanochtend en hij bleek niet volledig gerust te zijn op de overtuiging van hoofdinspecteur Scarpa dat de jongen van Moro zelfmoord heeft gepleegd.'

'Is hij bang voor een Moro-rapport over de politie?' vroeg ze, meteen begrijpend wat Patta zelf waarschijnlijk niet zou willen toegeven.

'Hoogstwaarschijnlijk. In ieder geval wil hij dat we alle andere mogelijkheden uitsluiten voordat hij de zaak afhandelt.'

'Er is maar één andere mogelijkheid, toch?'

'Ja.'

'Wat denkt u?' Ze schoof de krant opzij en leunde naar voren, waarmee haar lichaam de nieuwsgierigheid verraadde die ze in haar stem wist te onderdrukken.

'Ik kan niet geloven dat hij zelfmoord heeft gepleegd.'

Ze was het met hem eens. 'Het ligt niet voor de hand dat een jongen van die leeftijd zijn familie zo laat zitten.'

'Kinderen houden niet altijd rekening met de gevoelens van hun ouders bij hun besluiten,' hield Brunetti een slag om de arm. Hij wist niet goed waarom hij dat deed: misschien om de argumenten te inventariseren die hij tegen zijn standpunt kon verwachten.

'Dat weet ik. Maar dat jongere zusje dan,' zei ze. 'Je zou

denken dat hij rekening zou houden met haar. Maar misschien heeft u gelijk.'

'Hoe oud is zij?' vroeg Brunetti, geïntrigeerd door dit geheimzinnige kind waar beide ouders zo weinig aandacht voor leken te hebben.

'Er stond iets over haar in een van de artikelen over de familie, of misschien heeft iemand die ik ken iets over haar gezegd,' antwoordde signorina Elettra. 'Iedereen heeft het nu over hen.' Ze sloot haar ogen in een poging het zich te herinneren. Ze hield haar hoofd schuin en hij stelde zich voor hoe zij de databanken in haar hoofd doorliep. Uiteindelijk zei ze: 'Het moet iets zijn wat ik gelezen heb, want ik heb geen emotionele herinnering aan het verhaal, wat ik zeker zou hebben als iemand me over haar verteld had.'

'Heeft u alles bewaard?'

'Ja, alle krantenknipsels en tijdschriftartikelen zitten in het dossier, dat ene waarin ook de artikelen over dottor Moro's rapport zitten.' Voordat hij kon vragen of hij dat kon krijgen, zei ze: 'Nee, ik loop er wel even doorheen. Ik herken het artikel misschien als ik het zie of als ik begin te lezen.' Ze keek op haar horloge. 'Geef me een kwartier, dan kom ik het daarna brengen.'

'Dank u, signorina,' zei hij en ging naar zijn kantoor om daar op haar te wachten. Hij belde signora Moro's nummer, maar dat werd nog steeds niet beantwoord. Waarom had zij het niet over haar dochter gehad en waarom was er in geen van beide huizen enig spoor van het kind? Hij begon een lijstje te maken van de zaken die hij signorina Elettra wilde laten uitzoeken en voegde er nog steeds punten aan toe toen zij zijn kamer binnen kwam, het dossier in haar hand. 'Ik heb het, meneer,' zei ze. 'Valentina. Ze is negen.'

'Staat er bij welke ouder ze woont?'

'Nee, helemaal niets,' zei ze. 'Ze werd genoemd in een artikel over Moro van zes jaar geleden. Er stond dat hij een zoon had, Ernesto, van twaalf, en een dochter, Valentina, van drie. En het artikel in *La Nuova* noemt haar ook.'

'Er was geen spoor van haar te bekennen toen ik de ouders sprak.'

'Heeft u iets gezegd?'

'Over het meisje?'

'Nee, dat bedoel ik niet, meneer. Heeft u iets gezegd wat een aanleiding zou zijn voor de moeder om haar te noemen?'

Brunetti probeerde zich zijn conversatie met signora Moro voor de geest te halen.

'Nee, niet dat ik me herinner.'

'Dan hoeft het toch niet zo vreemd te zijn dat ze haar niet genoemd heeft?'

Brunetti deelde al bijna twintig jaar zijn huis met eerst één en later twee kinderen, en hij kon zich geen moment heugen dat het fysieke bewijs van hun bestaan niet aanwezig was geweest in hun huis: speelgoed, kleren, schoenen, dassen, boeken, papieren, discmans slingerden overal rond.

Woorden, smeekbedes en dreigementen bleken zinloze instrumenten tegen de ongetwijfeld biologische behoefte van jongen van het menselijk soort om hun nest te bevuilen. Een zelfzuchtiger man zou dit als een plaag beschouwen, Brunetti zag het meer als een natuurlijk mechanisme om ouders voor te bereiden op de toekomst, waarin de rommel niet meer puur fysiek zou zijn, maar emotioneler en moreler van aard.

'Maar ik had toch een teken van haar aanwezigheid moeten zien, denk ik,' hield hij vol.

'Misschien hebben ze haar uit logeren gestuurd bij familie,' opperde signorina Elettra.

'Ja, misschien,' beaamde Brunetti, maar hij was niet overtuigd. Zijn kinderen hadden zo vaak bij hun grootouders of andere familieleden gelogeerd, maar ze hadden altijd sporen van hun recente aanwezigheid achtergelaten. Opeens zag hij voor zich hoe het voor de Moro's geweest moest zijn om alle sporen van Ernesto uit hun huizen te wissen, en hij dacht aan het gevaar dat op de loer zou blijven liggen: een losse eenzame sok die achter in een kast werd gevonden kon een moederhart opnieuw breken; een cd van de Spice Girls die achteloos in het plastic doosje van Vivaldi's fluitsonates was gestopt kon alle rust verstoren. Maanden, misschien jaren zouden voorbijgaan voordat het huis geen mijnenveld meer was, kasten of lades niet meer werden opengetrokken met ingehouden adem.

Zijn overpeinzing werd onderbroken door signorina Elettra, die naar voren boog om het dossier op zijn bureau te leggen.

'Dank u,' zei hij. 'Er is een aantal zaken dat ik u wil vragen uit te zoeken.' Hij schoof het papier naar haar toe en somde ondertussen de punten op.

'Probeer uit te vinden waar het meisje naar school gaat. Als ze hier woont, of bij een van hen, dan moet ze ingeschreven staan op een van de scholen. En dan de grootouders: kijk of je die kunt traceren. Moro's nicht, Luisa Moro – ik heb geen adres van haar – weet dat misschien.' Hij dacht aan de mensen in Siena en vroeg haar de politie daar te bellen om uit te zoeken of het kind bij hen woonde. Ze liep de lijst af met haar vinger terwijl hij sprak. 'En ik zou je willen vragen hetzelfde te doen wat betreft zijn vrouw: vrienden, familie, collega's,' besloot hij.

Ze keek hem aan en zei: 'U laat het er niet bij zitten, hè?'

Hij duwde zijn stoel naar achteren maar stond niet op. 'Het bevalt me helemaal niet, en niets wat ik heb gehoord staat me aan. Niemand heeft me de waarheid verteld en niemand heeft me verteld waarom niet.'

'Wat betekent dat?'

Brunetti glimlachte en bracht het voorzichtig. 'Op dit moment betekent dat alleen maar dat ik graag wil dat u alle gevraagde informatie voor me opzoekt.'

'En als ik dat gedaan heb?' vroeg ze, zonder een zweem van twijfel dat haar dat zou lukken.

'Dan kunnen we misschien een ontkenning gaan bewijzen.'

'Welke ontkenning, meneer?'

'Dat Ernesto Moro geen zelfmoord heeft gepleegd.'

16

Voordat hij de Questura verliet, probeerde hij nog één keer signora Moro te bellen. Hij voelde zich net een opdringerige aanbidder die steeds verbetener wordt naarmate de vrouw niet thuis geeft. Hij vroeg zich af of er niet een wederzijdse bekende was die een goed woordje voor hem zou kunnen doen en besefte dat hij teruggreep naar tactieken uit het verleden, toen zijn pogingen om met een vrouw af te spreken nog voortkwamen uit geheel andere verlangens.

Toen hij de onderdoorgang naar Campo San Bartolomeo naderde, zijn gedachten bij deze verontrustende parallel, registreerde hij ineens iets donkers voor zich. Hij keek op, nog niet helemaal afgestemd op zijn omgeving, en zag vier cadetten van de San Martino vanaf het campo de calle in lopen, armen in elkaar gehaakt, midden op straat alsof het een parade was. De lange donkere capes van hun winteruniform zwierden opzij aan beide flanken en besloegen de volledige breedte van de straat. Twee vrouwen, een oudere en een jongere, drukten zich instinctief tegen het spiegelglas van de bank, een stel toeristen met een plattegrond in de hand deden hetzelfde tegen de ramen van het café aan de andere kant. Met deze vier schipbreukelingen in hun kielzog, rolde de ongebroken golf jongens zijn kant op.

Brunetti richtte zijn ogen op die van hen – jongens niet ouder dan zijn eigen zoon – en de blikken die hij terugkreeg waren wezenloos en meedogenloos als de zon. Zijn rechtervoet aarzelde misschien even, maar zijn wilskracht dwong hem vooruit en hij liep op hen af, zijn tred gelijkmatig, zijn gezicht onverbiddelijk, alsof hij alleen was in de Calle della Bissa, en de hele stad aan hem toebehoorde.

De jongens kwamen dichterbij, en hij herkende de cadet links van het midden als degene die hem had geprobeerd te ondervragen op de school. De atavistische drang van het machtigste mannetje om zijn superioriteit te doen gelden, deed Brunetti twee graden bijdraaien zodat hij recht op de jongen afliep. Hij spande zijn buikspieren en zette zijn ellebogen vast, voorbereid op de impact van contact, maar vlak voor de botsing, maakte de jongen naast Brunetti's doelwit zijn arm los en schoof naar rechts, waardoor een klein gat ontstond waar Brunetti doorheen kon. Toen hij zijn voet in die ruimte zette, zag hij uit zijn ooghoek dat de linkervoet van de jongen die hij herkende een fractie naar links verschoof, met de overduidelijke bedoeling hem te laten struikelen. Met zorg zijn volle gewicht erachter zettend, richtte hij op de enkel van de jongen en voelde een bevredigende stoot toen de punt van zijn schoen doel trof, terugkaatste en op het plaveisel belandde. Zonder zijn pas ook maar enigszins in te houden, beende Brunetti verder het campo op, sloeg links af en liep naar de brug.

Omdat zowel Raffi als Chiara meeat, en omdat hij hen niet wilde laten merken dat hij trots was op dergelijk geniepig gedrag, zei hij niets over zijn ontmoeting met de cadetten en concentreerde hij zich op het eten. Paola had *ravioli di zucca* meegenomen die ze had bereid met in boter gesauteerde saliebladeren en rijkelijk had bestrooid met Parmigiano. Daarna kwam er venkel, geserveerd met gebakken kalfsvlees dat de hele nacht in de koelkast had liggen marineren in een saus van rozemarijn, knoflook, venkelzaad en fijngesneden pancetta.

Terwijl hij aan het eten was, genietend van de verschillende smaken en de aangename tinteling van zijn derde glas Sangiovese, herinnerde hij zich zijn eerdere onrust over de veiligheid van zijn kinderen, en verklaarde zichzelf voor gek. Hij kon de gedachte echter niet volledig van zich afzetten of de spot drijven met de wens dat niets hun rust ooit zou verstoren. Hij wist nooit of het feit dat hij altijd voorbereid was op het ergste het gevolg was van zijn aangeboren pessimisme of van de ervaringen die zijn beroep met zich had meegebracht. In ieder geval bekeek hij geluk altijd door een filter van onrust.

'Waarom eten we nooit meer rundvlees?' vroeg Raffi.

Paola, die een peer schilde, zei: 'Omdat Gianni geen boer kan vinden die hij vertrouwt.'

'Waarin vertrouwt?' vroeg Chiara tussen twee druiven in.

'Dat hij dieren heeft waarvan hij zeker weet dat ze gezond zijn, denk ik,' antwoordde Paola.

'Ik vind het toch niet meer lekker,' zei Chiara.

'Waarom niet? Omdat je er gek van wordt?' vroeg haar broer, waarna hij eraan toevoegde: 'Nóg gekker?'

'Ik denk dat er meer dan genoeg gekkekoeiengrappen aan deze tafel zijn gemaakt,' zei Paola met een ongewoon gebrek aan geduld.

'Nee, niet daarom,' zei Chiara.

'Waarom dan?' vroeg Brunetti.

'O, gewoon,' antwoordde Chiara ontwijkend.

'Gewoon wát?' vroeg haar broer.

'Omdat er geen reden is om ze op te eten.'

'Daar had je vroeger anders geen last van,' kwam Raffi's weerwoord.

'Ik weet dat ik daar vroeger geen last van had. Dat geldt voor zoveel. Maar nu dus wel.' Ze keerde zich naar hem toe en deelde haar genadeslag uit: 'Dat heet volwassen worden, als je daar soms nog nooit van gehoord had.'

Raffi snoof, waarmee hij nieuwe argumenten uitlokte.

'We hoeven ze niet op te eten alleen maar omdat we dat kunnen. Bovendien is het slecht voor het milieu,' verkondigde ze alsof ze een voordracht herhaalde, wat volgens Brunetti hoogstwaarschijnlijk het geval was.

'Wat zou je in plaats daarvan dan willen eten?' vroeg Raffi. 'Courgettes?' Hij richtte zich tot zijn moeder en vroeg: 'Mogen we wel gekkecourgettegrappen maken?' Paola plaatste zich tot Brunetti's bewondering wijselijk boven het gekissebis van haar kinderen en zei alleen maar: 'Zal ik er maar van uitgaan dat dit een aanbod is om de afwas te doen, Raffi?'

Raffi kreunde, maar protesteerde niet. Een Brunetti die minder vertrouwd zou zijn met de uitgekooktheid van de jeugd, zou dit kunnen opvatten als teken dat zijn zoon bereid was verantwoording te nemen voor de zorg voor het huishouden, misschien zelfs als bewijs van ontluikende volwassenheid. Maar de echte Brunetti, een man die gehard was door jarenlange blootstelling aan slinkse criminelen, doorzag wat het werkelijk was: een koelbloedige onderhandeling waarbij acute gehoorzaamheid geruild werd voor een of andere toekomstige beloning.

Toen Raffi over de tafel reikte om zijn moeders bord op te pakken, glimlachte Paola goedkeurend naar hem en stond op. Getuigend van dezelfde ervaring met sluwheid als haar man zei ze: 'Dank je wel voor het aanbod, lieverd, en nee, je mag niet op duikles.'

Brunetti keek hoe ze de kamer verliet en draaide zich toen om om naar het gezicht van zijn zoon te kijken. Raffi was duidelijk van zijn stuk, maar toen hij zag dat zijn vader naar hem keek, verdween die uitdrukking van zijn gezicht en was hij zo sportief om te glimlachen. 'Hoe doet ze dat toch?' vroeg Raffi. 'Altijd hetzelfde liedje.'

Brunetti stond op het punt een afgezaagd verhaal af te steken over moeders die nou eenmaal een gave hebben de gedachten van hun kinderen te kunnen lezen, toen Chiara, die zich over het laatste fruit op de schaal had ontfermd, opkeek en zei: 'Dat komt doordat ze Henry James leest.'

In haar studeerkamer vertelde Brunetti Paola over zijn confrontatie met de cadetten, waarbij hij besloot niets te zeggen over de roes van dierlijke triomf die hij had gevoeld toen zijn voet de enkel van de jongen had geraakt.

'Het is maar goed dat dat hier gebeurd is,' zei ze toen hij uitgesproken was, en voegde eraan toe: 'In Italië.'

'Hoezo? Wat bedoel je?'

'Er zijn genoeg plaatsen waar zoiets je je leven zou kosten.'

'Noem er twee,' zei hij, beledigd dat ze zo achteloos voorbijging aan zijn koene daad.

'Sierra Leone en de Verenigde Staten, om mee te beginnen,' zei ze. 'Maar dat betekent niet dat ik het niet goed vind dat je het gedaan hebt.'

Brunetti bleef lang stil en vroeg toen: 'Valt het op dat ik zo'n hekel aan ze heb?'

'Aan wie?'

'Aan dat soort jongens, met hun welgestelde families met hun goede relaties en hun superieure gevoel.'

'Families als de mijne, bedoel je?' In de beginjaren van hun huwelijk, voordat Brunetti doorhad dat Paola's botte eerlijkheid meestal totaal niet agressief bedoeld was, zou haar vraag hem geschokt hebben. Nu gaf hij gewoon antwoord: 'Ja.'

Ze haakte haar vingers in elkaar en legde haar kin op haar knokkels. 'Ik denk dat dat alleen te zien is voor mensen die je heel goed kennen. Of misschien voor iemand die heel goed oplet op wat je zegt.'

'Zoals jij?' vroeg hij met een glimlach.

'Ja.'

'Waarom denk je dat ze me zo snel irriteren?'

Ze dacht hier even over na; het was niet dat ze dat nooit

eerder had gedaan, maar hij had de vraag nog nooit zo direct gesteld. 'Ik denk dat het deels te maken heeft met je gevoel voor rechtvaardigheid.'

'Niet met jaloezie?' vroeg hij, vissend naar een compliment.

'Nee, in ieder geval geen jaloezie in de gewone zin van het woord.'

Hij leunde achterover op de bank en haakte zijn vingers achter zijn hoofd in elkaar. Hij schoof heen en weer op zoek naar een comfortabele positie, en toen zij zag dat hij die gevonden had, ging ze verder: 'Ik denk dat het deels te wijten is aan je verbolgenheid – niet over het feit dat sommige mensen meer hebben dan anderen, maar dat ze zich niet realiseren of niet willen toegeven dat hun geld hen niet superieur maakt of hun het recht geeft alles te doen waar ze zin in hebben.' Toen hij hier niet op inging, ging ze verder: 'En aan hun onwil om in te zien dat hun grotere rijkdom niet per definitie iets is wat ze verdiend hebben of waar ze recht op hebben.' Ze glimlachte naar hem en zei toen: 'Dat is tenminste waarom ik denk dat je zo'n hekel aan ze hebt.'

'En jij?' vroeg hij. 'Heb jij een hekel aan ze?'

Met een klinkende lach zei ze: 'Ik heb er te veel in de familie om me dat te kunnen veroorloven.' Hij lachte met haar mee en zij voegde eraan toe: 'Dat had ik wel toen ik nog jong was en idealistischer dan nu. Maar toen realiseerde ik me dat ze niet zouden veranderen. En tegen die tijd hield ik al zoveel van een aantal van hen en wist ik dat dat nooit meer over zou gaan, dus ik wist ook dat ik geen andere keus had dan ze te accepteren zoals ze zijn.'

'Liefde boven waarheid?' vroeg hij in een poging ironisch te zijn.

'Liefde boven alles vrees ik, Guido,' zei ze met dodelijke ernst.

Toen hij de volgende ochtend naar de Questura liep, bedacht Brunetti dat hij op zijn minst één anomalie over het hoofd had gezien in dit alles: waarom was de jongen op de school in de kost? Hij was zo opgegaan in de orde en regelmaat van het leven op de academie dat hij bij het doorzoeken van Ernesto's kamer de voor de hand liggende vraag niet gesteld had: in een cultuur die jonge mensen stimuleerde thuis te blijven wonen tot ze trouwden, woonde deze jongen juist niet meer thuis, terwijl beide ouders nota bene in de stad woonden.

Op de Questura botste hij bijna tegen signorina Elettra op die net de voordeur uit kwam. 'Gaat u weg?' vroeg hij.

Ze keek op haar horloge. 'Kan ik iets voor u doen, meneer?' vroeg ze; niet echt een antwoord, maar dat viel hem niet op.

'Ja, zou u een telefoontje voor me kunnen plegen?'

Ze stapte weer naar binnen en vroeg: 'Waar naartoe?'

'De San Martino Academie.'

Zonder de nieuwsgierigheid in haar stem te verbloemen, vroeg ze: 'En wat wilt u dat ik tegen ze zeg?' Ze begon terug te lopen naar de trap die naar haar kantoor leidde.

'Ik wil graag weten of het verplicht is dat de jongens op de school slapen of dat ze ook thuis mogen overnachten als hun ouders in de stad wonen. Ik wil graag weten hoe rigide de regels daar zijn. Misschien kunt u zich voordoen als een ouder die iets meer over de academie wil weten. U kunt zeggen dat uw zoon net klaar is met school en altijd al soldaat heeft willen worden, en dat u als Venetiaans burger uw zoon de gelegenheid wil geven naar de San Martino te gaan, gezien de goede reputatie van de school.'

'En is het de bedoeling dat mijn stem overloopt van trots en vaderlandsliefde als ik die vragen stel?'

'Zorg dat u erin zwelgt,' zei hij.

Ze had het niet beter kunnen doen. Hoewel signorina Elettra het meest beschaafde, zuivere Italiaans sprak dat hij kende, en ook een heel ouderwets Venetiaans dialect, wist ze de twee aan de telefoon perfect te mengen. Ze klonk als wie ze zei dat ze was: de vrouw van een Romeins bankier die net naar het noorden was gestuurd om de Venetiaanse afdeling van een bank te leiden waarvan ze de naam zorgvuldig achterwege liet. Ze liet de secretaresse van de academie wachten tot ze een pen en papier had gevonden, excuseerde zich dat ze die niet naast de telefoon had liggen zoals haar man zei dat ze moest doen, en informeerde vervolgens naar de begindatum van het volgende schooljaar, het beleid ten aanzien van late inschrijvingen en het adres waar aanbevelingsbrieven en schoolresultaten naartoe konden worden gestuurd. Toen de secretaresse haar details wilde verstrekken over lesgeld en de kosten van schooluniformen, bedankte de bankiersvrouw haar met de mededeling dat hun accountant dergelijke zaken afhandelde.

Brunetti luisterde via de speaker mee naar de conversatie en stond versteld van de manier waarop signorina Elettra in haar rol opging. Hij zag helemaal voor zich hoe zij die avond zou thuiskomen na een zware winkeldag om te controleren of de kok wel echte *basilico genovese* had kunnen vinden voor de pesto. Net toen de secretaresse zei dat ze hoopte dat de school de jonge Filiberto en zijn ouders zou bevallen, gooide signorina Elettra er nog uit: 'O ja, nog één vraag. Ik neem aan dat hij 's nachts gewoon thuis kan slapen, toch?'

'Neemt u me niet kwalijk, signora,' zei de secretaresse. 'De jongens worden geacht hier op de school te wonen. Dat is bij het schoolgeld inbegrepen. Waar zou uw zoon anders wonen?'

'Hier bij ons in het palazzo natuurlijk. U kunt toch niet van hem verwachten dat hij met die andere jongens samenwoont? Hij is pas zestien.' De afschuw van de bankiersvrouw had niet groter kunnen zijn als de secretaresse haar gevraagd had haar hartenbloed te geven. 'Natuurlijk zullen we het volledige schoolgeld betalen, maar het is onacceptabel om een kind van die leeftijd bij zijn moeder weg te halen.'

'O,' antwoordde de secretaresse toen ze het eerste deel van signorina Elettra's laatste zin hoorde en het tweede deel doeltreffend negeerde. 'Voor sommige gevallen kan met instemming van de comandante een uitzondering worden gemaakt, hoewel de jongens al om acht uur met de les beginnen.'

'Daar hebben we de boot voor,' was signorina Elettra's laatste troef, die uitgespeeld werd met haar belofte tegen het einde van de week de getekende papieren op te sturen en het inschrijfgeld over te maken, gevolgd door een beleefd goedendag.

Brunetti voelde ineens een ongewone sympathie voor vicequestore Patta: de man maakte eenvoudigweg geen schijn van kans. 'Filiberto?' vroeg hij.

'Dat was zijn vaders keus,' antwoordde signorina Elettra.

'En de uwe? Eustasio?'

'Nee, Eriprando.'

17

Dat er op last van de comandante uitzonderingen op het schoolbeleid mogelijk waren, was hoegenaamd geen verrassing voor Brunetti: waar het de kinderen van welgestelde en machtige mensen betrof, werden de regels maar al te vaak versoepeld om tegemoet te komen aan de grillen van hun ouders. Wat hij niet wist, was tot hoe ver de meegaandheid van de comandante reikte. En hij moest toegeven dat het hem ook niet volledig duidelijk was wat dit te maken kon hebben met Ernesto's dood.

Hij besloot er niet langer naar te gissen en belde signora Moro nog een keer, maar weer werd de telefoon niet beantwoord. In een opwelling – dat besefte hij wel, maar hij deed het toch – besloot hij naar haar appartement te gaan om te zien of een van de buren hem een idee kon geven van waar ze was.

Hij pakte de vaporetto naar San Marco en liep vervolgens terug naar het appartement. Hij drukte op de bel, wachtte, en belde nog een keer. Daarna probeerde hij de bel er links naast, wachtte, en drukte toen op alle andere, omlaagzigzaggend als een bergbeklimmer die van een klif afdaalt. De eerste reactie kwam van een appartement op de eerste verdieping, de bel waarbij de naam Della Vedova stond. Er klonk een vrouwenstem door de intercom en toen hij uitlegde dat hij van de politie was en dringend op zoek was naar signora Moro, sprong de deur open. Toen hij naar binnen ging, knipte het licht in de duistere hal aan en even later riep een vrouwenstem van boven: 'Omhoog, *signore*.'

Hij beklom de treden en zag dat er aan één kant een systeem was bevestigd waarmee een rolstoel naar boven en beneden kon. De verklaring wachtte op hem in de deuropening boven aan de trap: een jonge vrouw in een rolstoel, een enorme grijze kat op haar schoot. Toen hij de overloop bereikt had, glimlachte ze naar hem, schoof de kat opzij en stak haar rechterhand uit. 'Beatrice Della Vedova,' zei ze, 'aangenaam kennis te maken.'

Hij zei zijn naam en functie, waarna ze beide handen op de wielen van haar stoel zette, deze precies een halve slag keerde en zichzelf terug het appartement in rolde. Brunetti volgde haar naar binnen en sloot de deur achter zich.

Ze leidde hem de woonkamer in, waar middenin een tekentafel voor een architect stond die bijna een meter lager was gemaakt, zodat deze de juiste maat had voor haar rolstoel. Het werkblad was bezaaid met waterverfschetsen van bruggen en kanalen, geschilderd in de Day Glo-kleuren waar toeristen zo dol op schenen te zijn. Daarentegen vertoonden de drie afbeeldingen van kerken – de San Zaccaria, de San Martino en de San Giovanni in Bragora – die aan de verste muur hingen grote aandacht voor architectonische details, wat je niet zag in de schilderwerkjes op de tekentafel. De zachte tinten wisten de warme gloed van steen en het lichtspel op het kanaal voor de San Martino en op de gevels van de andere kerken goed te vangen.

Ze draaide zich om en zag dat hij de schetsen aan de muur bekeek. 'Dat is wat ik eigenlijk doe,' zei ze. En vervolgens, met een vage armzwaai naar de stukken op het werkblad: 'En dat is waarvoor ze me betalen.' Ze boog zich voorover naar de kat en fluisterde in zijn oor: 'We moeten je toch Whiskas geven, nietwaar, dikkie?'

De kat stond langzaam op van haar schoot en sprong op de grond met een plof die ongetwijfeld in de hal beneden te horen was. Met zijn staart omhoog liep hij de kamer uit. De vrouw glimlachte naar Brunetti: 'Ik weet nooit of hij beledigd is door mijn opmerkingen over zijn gewicht of dat hij gewoon geen verantwoording wil dragen voor die schilderijen.' Ze liet deze leugen tussen hen in hangen en voegde er toen met een glimlach aan toe: 'Beide standpunten lijken gerechtvaardigd, denkt u niet?'

Brunetti glimlachte op zijn beurt, en zij bood hem een stoel aan. Toen hij ging zitten draaide ze haar stoel zodat ze tegenover hem kwam te zitten. Ze zou eind twintig kunnen zijn, maar de grijze gloed in haar haar maakte haar ouder, net zoals de verticale lijntjes tussen haar wenkbrauwen. Haar ogen waren lichtbruin, haar neus wat te groot voor de rest van haar gezicht, haar mond zo zacht en ontspannen dat deze misplaatst leek in een gezicht dat zo getekend was door wat Brunetti interpreteerde als een geschiedenis van pijn.

'U zei dat u op zoek was naar signora Moro?' hielp ze hem op weg.

'Ja, ik wil haar graag spreken. Ik probeer haar te bellen maar ze is nooit thuis. De laatste keer dat ik haar gesproken heb...'

De vrouw onderbrak hem. 'Wanneer was dat?'

'Een paar dagen geleden. Ze heeft niet gezegd dat ze de stad uit zou gaan.'

'Dat zou ze ook niet doen. Daar iets over zeggen, bedoel ik.'

Brunetti liet de opmerking tot zich doordringen en zei: 'Ik had niet de indruk dat...' Hij viel stil, niet wetend hoe hij dit zou zeggen. 'Ik had niet de indruk dat ze een plek had om heen te gaan.'

Signora of signorina Della Vedova keek hem aan met hernieuwde interesse. 'Waarom zegt u dat?'

'Ik weet het niet. Ik had gewoon heel sterk het gevoel dat

de stad de plek was waar ze thuishoorde en dat ze niet het plan had om ergens heen te gaan. Of de wens.'

Toen Brunetti daar niets meer aan toe te voegen had, antwoordde ze: 'Dat had ze ook niet. Een plek om naartoe te gaan, bedoel ik.'

'Kent u haar goed?' vroeg Brunetti.

Ze keek naar Brunetti en haar gezicht betrok. 'Dit,' zei ze, en tikte met de vingers van haar rechterhand op haar schoot om haar levenloze benen aan te duiden, 'was een ongeluk. Wat Federica is overkomen, was dat niet.'

Brunetti onderdrukte de reactie die dit bij hem opriep en vroeg kalm: 'Bent u daar zo zeker van?'

'Natuurlijk niet,' zei ze, haar stem weer rustig. 'Ik was er niet bij en ik heb niet gezien wat er gebeurd is. Maar Federica zei de twee keer dat ze het erover had "toen ze me neergeschoten hebben..." Mensen die een ongeluk hebben gehad, praten er niet zo over.'

Brunetti twijfelde er niet aan dat deze vrouw wist hoe de slachtoffers van een ongeluk daarover praatten. 'Heeft ze dat twee keer gezegd?'

'Ja, voorzover ik me kan herinneren. Maar het was meer een beschrijving, geen klacht. Ik heb haar nooit gevraagd wat er gebeurd is, ik wou geen bemoeial zijn. Daar heb ik zelf genoeg last van gehad. En ik ging ervan uit dat ze het wel zou zeggen als ze wat kwijt wilde.'

'En heeft ze dat gedaan?'

Ze schudde haar hoofd. 'Nee, het is bij twee keer gebleven.'

'Spreekt u haar vaak?'

'Misschien één keer per week of zoiets. Dan komt ze koffiedrinken of ze komt naar beneden om gewoon even te kletsen.'

'Heeft u haar ooit ontmoet voordat ze hier kwam wonen?'

'Nee. Ik weet natuurlijk wie haar man is. Maar dat weet iedereen wel denk ik. Vanwege zijn rapport, bedoel ik.' Brunetti knikte. 'Ik heb haar leren kennen via Gastone,' zei ze.

'Gastone?'

'De kat. Ze vond hem op een dag voor de voordeur en toen ze die opendeed, liep hij naar binnen. Toen hij naar boven liep en voor mijn deur ging staan, klopte ze aan en vroeg of hij van mij was. Hij glipt hier soms weg en hangt dan op de calle rond totdat iemand de deur opendoet of bij me aanbelt en vraagt of ik de voordeur kan opendoen zodat hij naar binnen kan. Mensen die weten dat hij van mij is.' Haar gezicht ontspande in een glimlach. 'Fijn dat ze dat doen. Het is niet zo makkelijk voor mij om naar beneden te gaan en hem binnen te laten.' Ze zei dit onaangedaan, Brunetti hoorde er geen stille wens in om erop door te willen gaan en ook geen onbewust verzoek om medelijden.

'Wanneer heeft u haar voor het laatst gezien?'

Ze moest er even over nadenken. 'Eergisteren, maar ik heb haar niet echt gezien, ik hoorde haar op de trap. Dat weet ik zeker. Ik had over de dood van de jongen gelezen en toen ze binnenkwam, herkende ik haar voetstappen op de gang. Ik ging naar de deur en stond op het punt die open te doen, maar ik wist niet goed wat ik tegen haar moest zeggen, dus toen liet ik het gaan. Ik heb daar alleen zitten luisteren hoe ze de trap op liep. En toen kwam ze ongeveer een uur later weer naar buiten.'

'En sindsdien?'

'Niets.' Voordat hij iets kon zeggen, voegde ze eraan toe: 'Maar ik slaap aan de achterkant van het appartement en ik slaap heel diep vanwege de pillen die ik slik, dus ze kan nog een keer binnengekomen of weggegaan zijn zonder dat ik het gehoord heb.'

'Heeft ze u gebeld?'

'Nee.'

'Is ze wel vaker twee dagen weg?'

Haar antwoord kwam direct: 'Nee, dat niet. Eigenlijk is ze er bijna altijd, maar ik heb haar niet meer op de trap gehoord en ik heb haar ook niet meer horen lopen in het appartement.' Ze zei dit laatste met een gebaar naar het plafond.

'Heeft u enig idee waar ze naartoe kan zijn?'

'Nee, geen idee. Over dat soort dingen hadden we het niet.' Toen hij verbaasd keek, probeerde ze het duidelijker te omschrijven. 'Ik bedoel, we waren geen vriendinnen, gewoon eenzame vrouwen die eens in de zoveel tijd met elkaar praatten.'

Ook daar zat geen verborgen boodschap in voorzover Brunetti kon opmaken: enkel de waarheid, de onomwonden waarheid. 'En woonde ze alleen?'

'Ja, voorzover ik weet wel.'

'Had ze nooit gasten?'

'Niet dat ik weet.'

'Heeft u nooit een kind gehoord?'

'Bedoelt u haar zoon?'

'Nee, haar dochter.'

'Dochter?' vroeg ze. Haar verbazing zei genoeg. Ze schudde haar hoofd.

'Nooit?'

Weer schudde ze haar hoofd, alsof het idee van een moeder die een van haar kinderen nooit ter sprake bracht te schokkend was voor woorden.

'Had ze het weleens over haar man?'

'Zelden.'

'En hoe? Ik bedoel: hoe sprak ze over hem? Met wrok? Woede?'

Ze dacht even na en antwoordde toen: 'Nee, ze praatte heel gewoon over hem.'

'Liefhebbend?'

Ze zond hem een snelle blik vol onuitgesproken nieuwsgierigheid, en antwoordde toen: 'Nee, zo zou ik het niet noemen. Ze noemde hem gewoon af en toe, vrij neutraal.'

'Kunt u me een voorbeeld geven?' vroeg Brunetti, die zich er een idee van wilde vormen.

'We hadden het een keer over het ziekenhuis.' Ze stopte even, zuchtte, en ging verder: 'We hadden het over de fouten die ze daar maken en zij zei dat het rapport van haar man daar een einde aan had gemaakt, al was het maar voor even.'

Hij wachtte op haar toelichting, maar kennelijk vond ze dat ze genoeg gezegd had. Brunetti kon niets meer bedenken om haar te vragen. Hij stond op. 'Dank u wel, signora,' zei hij, vooroverbuigend om haar een hand te geven.

Ze reageerde met een glimlach en draaide haar rolstoel naar de deur. Brunetti was er als eerste en wilde de deurklink pakken toen zij 'wacht' riep. In de veronderstelling dat haar nog iets belangrijks te binnen geschoten was, draaide Brunetti zich om, maar keek toen omlaag omdat hij iets tegen zijn linkerkuit voelde duwen. Het was Gastone, die om hem heen kronkelde, ineens aanhankelijk tegen deze persoon die de macht had de deur te openen. Brunetti pakte hem op, verbaasd over de absolute massa van het beest. Met een glimlach zette hij hem op de schoot van de vrouw, nam afscheid en liet zichzelf uit, hoewel hij de deur pas dichttrok toen hij er zeker van was dat zich niets meer van Gastone tussen deur en deurpost bevond.

Zoals hij al van plan was geweest sinds het moment dat signora Della Vedova hem verteld had dat er al twee dagen geen teken van leven was van signora Moro, liep Brunetti de trap op naar haar appartement. De deur stelde niet veel voor: de eigenaar van het appartement deed niet aan inbraakpreventie voor zijn huurders. Brunetti haalde zijn portemonnee uit zijn zak en viste er een dun plastic kaartje uit. Vianello had dat een paar jaar geleden in beslag genomen van een inbreker die slordig was geworden onder invloed van zijn succes. Vianello had het meer dan eens gebruikt, altijd in grove overtreding van de wet, en toen hij promoveerde van brigadier tot inspecteur, had hij het aan Brunetti gegeven als erkenning van het feit dat hij de promotie grotendeels te danken had aan diens doorzettingsvermogen en steun. Toentertijd had Brunetti overwogen dat Vianello zichzelf hiermee wilde behoeden voor mogelijke misstappen, maar de kaart had zijn nut sindsdien zozeer bewezen dat Brunetti het ding was gaan waarderen als het geschenk dat het geweest was.

Hij liet hem tussen de deur en deurpost glijden, precies ter hoogte van het slot, en de deur zwaaide open bij het omlaagduwen van de klink. De macht der gewoonte deed hem even stilstaan toen hij net over de drempel was, speurend naar de geur van de dood. Hij rook stof en oude sigarettenrook en een zweem van een of ander bijtend schoonmaakmiddel, maar niet de geur van rottend vlees. Opgelucht sloot hij de deur achter zich en liep naar de zitkamer. Er was niets veranderd sinds hij er de vorige keer was vertrokken: de meubels stonden nog steeds in dezelfde opstelling, het open boek dat omgekeerd op de leuning van de bank lag was er ook nog, nog steeds op dezelfde pagina voorzover hij kon beoordelen.

De keuken was aan kant: geen borden in de gootsteen, en toen hij de deur van de koelkast openfrunnikte met de punt van zijn schoen, vond hij daar geen bederfelijke etenswaren. Hij haalde een pen uit de binnenzak van zijn jasje en trok alle kastjes open; het enige wat hij er vond was een aangebroken blik koffie.

In de badkamer maakte hij het medicijnkastje open met de knokkel van een vinger en vond niets anders dan een potje aspirines, een gebruikte badmuts, een ongeopende fles shampoo, en een pakje kartonnen nagelvijltjes. De handdoeken aan het rek waren droog.

De enige kamer die over was, was de slaapkamer, die Brunetti onwennig betrad: hij had een grondige hekel aan dit aspect van zijn baan. Op het nachtkastje naast het bed was een dun rechthoekje uitgespaard in het stof: ze had een foto weggehaald. Op het dressoir waren er nog twee weg. De lades en kledingkast zaten naar zijn idee echter vol, en onder het bed lagen twee koffers. De schaamte nu voorbij, sloeg hij het dekbed opzij aan de kant van het bed het dichtst bij de deur en tilde het kussen op. Eronder lag een keurig opgevouwen wit mannenoverhemd. Brunetti pakte het op en schudde het los. Het zou Brunetti passen, maar de schouders waren veel te breed voor die van signora Moro en de mouwen zouden ver over haar handen vallen. Net boven het hart van de man die het shirt zou dragen, waren de initialen FM geborduurd met fijn garen dat niets anders dan zijde kon zijn.

Hij vouwde het hemd op en legde het weer onder het kussen, waarna hij het dekbed weer terugsloeg en netjes rechttrok. Hij liep terug door de zitkamer en verliet het appartement. Toen hij de deur van Della Vedova passeerde, vroeg hij zich af of zij aan de andere kant zat met haar kat op schoot, luisterend naar de voetstappen die het leven buiten haar deur voorbijdroegen.

18

Pas toen de kinderen die avond in bed lagen en hij en Paola alleen in de zitkamer zaten – waar zij *Persuasion* voor de honderdzevenentwintigste keer las en hij nadacht over Anna Komnenes bewering dat 'men vriend- en vijandschap moet vergeten zodra men de rol van historicus aanneemt' – toen pas kwam Brunetti terug op zijn bezoek aan het appartement van signora Moro, zij het indirect.

'Paola,' begon hij. Ze gluurde naar hem over de bovenkant van haar boek met een vage, onoplettende blik. 'Wat zou je doen als ik je om een scheiding vroeg?'

Haar ogen waren alweer teruggedwaald naar de pagina voordat hij dit zei, maar nu schoten ze weer naar zijn gezicht, Anne Elliot overlatend aan haar eigen romantische beslommeringen. 'Als je wát?'

'Om een scheiding vroeg.'

Zonder haar stem te verheffen vroeg ze: 'Kun je me voordat ik naar de keuken loop om het broodmes te pakken, zeggen of dit een hypothetische vraag is?'

'Absoluut,' zei hij, beschaamd over hoe goed haar dreiging met geweld hem deed. 'Wat zou je doen?'

Ze legde het boek op zijn kop naast haar neer. 'Waarom wil je dat weten?'

'Dat zal ik je vertellen zodra je mijn vraag hebt beantwoord. Wat zou je doen?'

Ze leek in verlegenheid gebracht. 'Nou?' drong hij aan.

'Als het een echte scheiding zou zijn, zou ik je het huis uitzetten en alles wat van jou was achter je aan gooien.'

Zijn glimlach was zeer gelukzalig. 'Alles?'

'Ja. Alles. Zelfs de dingen die ik leuk vind.'

'Zou je nog in een van mijn hemden willen slapen?'

'Ben je wel goed bij je hoofd?'

'En als het een nepscheiding was?'

'Nep?'

'Om de indruk te wekken dat we gescheiden zijn, terwijl dat niet zo is maar wel zo moet lijken.'

'Dan zou ik je er nog steeds uitzetten, maar dan zou ik alle dingen die ik leuk vind houden.'

'En het hemd? Zou je daarin slapen?'

Ze keek hem lang aan. 'Wil je een serieus antwoord of nog meer onzin?'

'Ik geloof dat ik een serieus antwoord wil,' bekende hij.

'Ja, dan zou ik in je hemd slapen of het op mijn kussen leggen zodat ik op zijn minst je geur bij me zou hebben.'

Brunetti geloofde in de standvastigheid van zijn huwelijk met hetzelfde vertrouwen dat hij in het periodieke systeem der elementen stelde, eigenlijk met meer. Niettemin kon een incidentele bevestiging geen kwaad. Hij was net zo overtuigd van de standvastigheid van het huwelijk van de Moro's, hoewel hij geen idee had wat dat betekende.

'Signora Moro,' begon hij, 'woont gescheiden van haar man.' Paola knikte om aan te geven dat hij haar dat al verteld had. 'Maar onder het kussen van het bed waarin zij alleen slaapt, ligt een van zijn overhemden.'

Paola keek naar links, waar nog een lampje brandde achter het raam op de bovenverdieping van de woning tegenover hen. Na een lange stilte zei ze: 'Aha.'

'Ja,' beaamde hij. 'Dat kun je wel zeggen.'

'Waarom moet het lijken alsof ze gescheiden zijn?'

'Zodat degene die op haar geschoten heeft niet terugkomt om het karwei af te maken lijkt me.'

'Ja, dat klinkt logisch.' Ze dacht hier even over na en vroeg toen: 'En wie kan dat zijn?'

'Als ik dat zou weten, zou ik waarschijnlijk alles begrijpen.'

Automatisch, zonder echt na te denken over wat ze zei, meer uit de macht der gewoonte de waarheid te verkondigen, zei ze: 'Je kunt nooit alles weten.'

'Dan zou ik op zijn minst meer weten dan ik nu doe. En ik zou waarschijnlijk weten wie de jongen vermoord heeft.'

'Het laat je niet los, hè?' vroeg ze zonder een spoor van verwijt.

'Nee.'

'Waarschijnlijk maar beter ook,' beaamde ze.

'Dus jij denkt ook dat hij vermoord is?'

'Dat dacht ik de hele tijd al.'

'Waarom?'

'Omdat ik geloof in jouw intuïtie, en die was in dit geval zo sterk.'

'En als ik ernaast zit?'

'Dan zitten we er samen naast,' zei ze. Ze pakte haar boek op, schoof een boekenlegger tussen de pagina's en deed het dicht. Ze legde het neer en zei: 'Ik kan niet meer lezen.'

'Ik ook niet,' zei hij terwijl hij Anna Komnene op de tafel voor hem neerlegde.

Ze keek hem aan en vroeg: 'Is het goed als ik geen overhemd van je aantrek?'

Hij lachte hard en ze gingen naar bed.

Het eerste wat hij de volgende ochtend deed, was langsgaan bij signorina Elettra, die hij in haar kamer aantrof. Haar bureau was bedolven onder minstens zes boeketten bloemen, die apart waren ingepakt in een puntzak van pastelkleurig papier. Hij wist dat ze een vaste order voor bloemen had lopen bij Biancat op maandag, dus hij vroeg zich af of hij per abuis dacht dat het dinsdag was of dat hij de gebeurtenissen van de dag ervoor op de een of andere manier verzonnen had.

'Zijn die van Biancat?' vroeg hij.

Ze scheurde het papier van twee bossen af en begon dwergzonnebloemen in een groene vaas te zetten. 'Nee, ze komen van Rialto.' Ze deed een stap achteruit, bekeek de schikking en zette er toen nog drie zonnebloemen bij.

'Dus het is toch dinsdag?'

Ze zond hem een verwonderde blik en antwoordde: 'Natuurlijk.'

'De bloemen komen toch altijd op maandag?'

Ze glimlachte, pakte de vaas op en zette hem aan de andere kant van haar computer neer. 'Ja, normaal gesproken wel. Maar de vice-questore doet nogal moeilijk over kantoorkosten, dus aangezien ze daar veel goedkoper zijn, dacht ik ze een tijdje bij Rialto te halen, tot hij ergens door wordt afgeleid.'

'Heeft u ze zelf meegenomen?' vroeg hij, en hij probeerde in te schatten of ze in haar armen pasten.

'Nee, ik heb een boot besteld toen ik me realiseerde hoeveel ik er gekocht had.'

'Een politieboot?'

'Natuurlijk. Een taxirit valt moeilijk te verantwoorden,' zei ze terwijl ze de steel van een anjer afbrak.

'Met het oog op de bezuinigingen,' suggereerde Brunetti.

'Precies.'

Drie andere boeketten belandden samen in een enorme aardewerken vaas en de laatste bos, asters, ging in een kristallen vaas die Brunetti nog nooit eerder gezien dacht te hebben. Toen alle drie de vazen op de plek stonden waar zij ze wilde hebben en de papieren netjes waren opgevouwen en in het mandje voor de papierbak zaten, zei ze: 'Ja, commissario?'

'Heeft u nog iets kunnen vinden over de dochter?'

Signorina Elettra pakte een schrijfblok dat op de hoek van haar bureau lag en sloeg het open. Al lezend begon ze: 'Ze is twee jaar geleden van school gehaald en sindsdien is er geen spoor meer van haar, althans geen bureaucratisch spoor.'

'Door wie van school gehaald?'

'Kennelijk door haar vader.'

'Hoe ging dat?'

'Volgens het archief van de school was 16 november haar laatste schooldag.'

Ze keek hem aan; ze hoefden elkaar er niet aan te herinneren dat signora Moro de week daarvoor was neergeschoten.

'En?' vroeg hij.

'En dat is alles. Op de formulieren in het dossier staat dat de ouders hebben besloten haar naar een privéschool te sturen.'

'Welke?'

'Dat hoefde niet vermeld te worden, zeiden ze.'

'En daar hebben ze niet naar gevraagd?' vroeg hij duidelijk geërgerd. 'Moeten ze niet weten waar een kind blijft?'

'De vrouw die ik sprak zei dat de ouders alleen de juiste formulieren moeten invullen en tekenen in tweevoud,' citeerde signorina Elettra in wat Brunetti interpreteerde als de werktuigelijke stem van degene met wie ze gesproken had.

'Dus een kind kan zomaar verdwijnen zonder dat iemand ernaar vraagt?'

'Mij werd verteld dat de verantwoordelijkheid van de school eindigt zodra de ouders de formulieren hebben ingevuld en het kind door een van hen van school is gehaald.'

'Gaat dat zo makkelijk?' vroeg hij.

Signorina Elettra draaide haar handpalmen omhoog om aan te geven dat zij er ook niets aan kon doen. 'Deze vrouw zei dat ze daar nog niet werkte toen het meisje werd uitgeschreven, dus het enige wat ze kon doen, was uitleggen hoe het werkt.'

'Maar waar is ze dan? Een meisje kan toch niet zomaar verdwijnen?' hield Brunetti vol.

'Ze zou overal kunnen zijn, lijkt me,' zei signorina Elettra en voegde eraan toe: 'Maar niet in Siena.'

Brunetti zond haar een vragende blik.

'Ik heb de politie daar gebeld en ben door de lijsten van de scholen gegaan. Er is geen inschrijving van haar of van een kind van de Ferro's.'

'De moeder is nu ook spoorloos,' zei Brunetti en vertelde haar over zijn bezoek aan haar appartement en de conclusie die hij had getrokken uit de aanwezigheid van het hemd.

Signorina Elettra's gezicht verbleekte en werd net zo abrupt weer rood. 'Zijn hemd?' vroeg ze, en voor hij kon antwoorden nog eens: 'Zijn hemd?'

'Ja,' zei Brunetti. Hij wilde haar vragen wat ze daarvan vond, maar toen hij nog eens naar haar gezicht keek, realiseerde hij zich dat er maar één man was aan wie dit haar deed denken, en hij praatte eroverheen om de pijnlijke stilte te vullen die de gedachte aan zijn afwezigheid veroorzaakte. 'Heeft u enig idee hoe we dat kind kunnen opsporen?' vroeg hij ten slotte. Toen ze hem niet leek te horen, zei hij: 'Er moet toch een manier zijn om haar te vinden. Een landelijk register van schoolinschrijvingen of iets dergelijks?'

Alsof ze van heel ver moest komen, zei signorina Elettra zacht: 'Misschien haar medische dossier, of misschien zit ze bij de padvinderij.'

Voordat ze nog meer suggesties kon doen, viel Brunetti haar in de rede: 'Er zijn natuurlijk grootouders. Die moeten toch een idee hebben van waar ze uithangt.'

'Weet u waar zij zijn?' vroeg signorina Elettra met hernieuwde interesse.

‘Nee, maar de beide Moro’s komen uit Venetië, dus ze wonen ook vast hier in de stad.’

‘Ik zal zien wat ik kan vinden,’ was de enige opmerking die ze zichzelf permitteerde. En toen: ‘Ik heb trouwens uitgevonden hoe het zat met dat meisje dat verkracht zou zijn op de academie.’

‘O ja? Hoe?’

‘Vrienden van vroeger,’ was de enige verklaring die ze gaf. Toen ze zag dat ze Brunetti’s aandacht had, ging signorina Elettra verder. ‘Het meisje was de *fidanzata* van een van de studenten, en hij had haar op een nacht meegenomen naar zijn kamer. Op de een of andere manier was de klassenvertegenwoordiger erachter gekomen en naar zijn kamer gegaan. Ze begon te gillen toen hij binnenkwam en toen heeft iemand de politie gebeld. Maar er is nooit aangifte gedaan en op basis van wat ik gelezen heb in het originele rapport was dat waarschijnlijk ook niet nodig.

‘Ik snap het,’ zei hij, zonder haar te vragen hoe ze dat rapport zo snel had gevonden. *‘Tanto fumo, poco arrosto.’* Zodra de woorden zijn mond uit waren realiseerde hij zich hoe het afdoen van het verhaal op haar over zou komen, dus hij haastte zich eraan toe te voegen: ‘Maar godzijdank voor dat meisje.’

Zonder erg onder de indruk te zijn van zijn vrome medeleven, zei signorina Elettra alleen: ‘Inderdaad,’ en richtte zich weer op haar computer.

19

Brunetti belde naar de agentenkamer en vroeg naar Pucetti, maar kreeg te horen dat hij op patrouille was en er pas de volgende ochtend weer zou zijn. Toen hij opgehangen had, vroeg hij zich af hoe lang het zou duren voordat zijn waardering voor Pucetti's intelligentie tegen de jongeman zou gaan werken. De meeste anderen, zelfs de aartsdomme Alvise en Riverre, zouden zich niet zo snel tegen hem keren: de agenten in uniform waren vrijwel verstoken van jaloezie, althans voorzover Brunetti kon inschatten. Misschien zou Vianello, die dichter bij hem stond qua rang en leeftijd, hier meer toe geneigd zijn.

Iemand als Scarpa daarentegen, zou Pucetti met hetzelfde wantrouwen bekijken als waarmee hij Vianello bejegende. Hoewel Vianello zijn mening al jaren voor zich hield, was het Brunetti duidelijk dat de antipathie tussen de twee mannen acuut en heftig was, van beide kanten. Daarvoor waren er mogelijke motieven te over: de onmin tussen een zuiderling en een noorderling, tussen een alleenstaande man en een gelukkig getrouwde man, tussen iemand die groot genoegen schepte in het overheersen van degenen om hem heen en iemand die alleen maar vreedzaam wilde leven. Brunetti had er nooit iets anders van kunnen maken dan dat de mannen een diepgewortelde afkeer jegens elkaar koesterden.

Even was hij verbolgen over het feit dat zijn professionele leven zo gecompliceerd werd gemaakt door persoonlijke vijandigheden: waarom konden de handhavers van de wet niet boven dergelijke zaken staan? Hij schudde zijn hoofd over zijn eigen dwaze utopisme. Voor je het wist zat hij te wachten op een filosoof-koning. Maar hij hoefde maar aan de huidige regeringsleider te denken om alle hoop op de komst van een filosoof-koning te laten vervliegen.

Verdere bespiegeling werd onmogelijk gemaakt door de komst van Alvise met de laatste tabellen met misdaadcijfers, die hij op Brunetti's bureau neerlegde met de mededeling dat de vice-questore het rapport vóór het einde van de dag nodig had en dat hij cijfers wilde die hij aan de pers kon presenteren zonder zich te hoeven schamen.

'Wat denk je dat dat betekent, Alvise?' kon Brunetti niet nalaten te vragen.

'Dat hij alle zaken heeft opgelost, lijkt mij, meneer,' zei Alvise met een stalen gezicht. Hij salueerde en vertrok, Brunetti achterlatend met het sterke vermoeden dat Lear niet de enige man was met een wijze dwaas in zijn gevolg.

Hij werkte door tijdens de lunch en was tot laat in de middag met cijfers aan het goochelen en nieuwe categorieën aan het verzinnen, tot hij iets had wat zowel de waarheid weergaf als Patta tevreden zou stellen. Toen hij eindelijk op zijn horloge keek, zag hij dat het na zevenen was, hoog tijd om deze beslommeringen te laten voor wat ze waren en naar huis te gaan. In een opwelling belde hij Paola en vroeg haar of ze zin had om uit eten te gaan. Zonder ook maar een moment te aarzelen zei ze dat ze alleen nog wat moest klaarmaken voor de kinderen en hem daarna zou ontmoeten waar hij maar wilde.

'Sommariva?' vroeg hij.

'Zo, zo,' antwoordde ze. 'Waar komt dit vandaan?'

'Ik ben toe aan iets goeds,' zei hij.

'Maria's eten?' vroeg ze.

'Jouw gezelschap,' antwoordde hij. 'Ik zie je daar om acht uur.'

Bijna drie uur later beklommen een met kreeft gevulde Brunetti en zijn met champagne gevulde wederhelft de trap naar hun appartement, zijn tred vertraagd door zijn aangenaam volle maag, de hare door de grappa die ze na het eten had gedronken. Met in elkaar gehaakte armen verheugden ze zich op hun bed en daarna op slapen.

De telefoon ging over toen hij de deur opendeed en Brunetti speelde even met de gedachte om hem niet op te nemen, om wat het ook was te laten wachten tot de volgende morgen. Had hij de tijd gehad om vast te stellen dat de kinderen in hun kamer waren en dat het telefoontje dus niets te maken had met hun veiligheid, dan had hij hem niet opgepakt, maar het vaderschap liet zich gelden en hij nam op na vier keer overgaan.

'Ik ben het, meneer,' zei Vianello.

'Wat is er aan de hand?' reageerde Brunetti instinctief op Vianello's toon.

'Moro's moeder is gewond.'

'Wat?'

Er was ineens een storing op de lijn en Vianello werd overstemd door geruis. Toen de verbinding zich herstelde, hoorde Brunetti alleen nog ' ...geen idee wie.'

'Wie wat?' vroeg Brunetti.

'Het gedaan heeft.'

'Wat gedaan heeft? Ik verstond je niet.'

'Ze is geraakt door een auto, meneer. Ik ben in Mestre, in het ziekenhuis.'

'Wat is er gebeurd?'

'Ze was onderweg naar het treinstation in Mogliano, waar ze woont. Althans, die kant liep ze op. Een auto heeft haar geraakt en omvergereden zonder te stoppen.'

'Heeft iemand het zien gebeuren?'

'Twee mensen. De politie daar heeft met ze gepraat, maar

geen van beiden wist meer te vertellen dan dat het een lichte auto was en dat de bestuurder een vrouw zou kunnen zijn.'

Met een blik op zijn horloge vroeg Brunetti: 'Wanneer is dit gebeurd?'

'Rond zeven uur, meneer. Toen de politie zag dat het de moeder van Fernando Moro was, dacht een van hen aan de dood van de jongen en heeft de Questura gebeld. Ze hebben geprobeerd u te bereiken en hebben daarna mij gebeld.'

Brunetti's blik viel op het antwoordapparaat. Een klein knipperend lichtje gaf de boodschap aan die op hem wachtte. 'Is hij ingelicht?'

'Ze hebben hem het eerst gebeld, meneer. Ze is weduwe en zijn naam en adres zaten in haar tas.'

'En?'

'Hij is hiernaartoe gekomen.' Beide mannen stelden zich voor hoe dat geweest moest zijn voor Moro, maar ze zeiden niets.

'Waar is hij nu?' vroeg Brunetti.

'Hier in het ziekenhuis.'

'Wat zeggen de artsen?' vroeg Brunetti.

'Wat schrammen en kneuzingen, maar niets gebroken. De auto moet haar net geschampt hebben. Maar ze is tweeënzeventig, dus de artsen hebben besloten haar een nachtje hier te houden.' Na een pauze voegde Vianello eraan toe: 'Hij is net vertrokken.'

Er viel een lange stilte. Uiteindelijk zei Vianello in reactie op Brunetti's onuitgesproken vraag: 'Ja, misschien is dat een goed idee. Hij was erg aangeslagen.'

Brunetti was zich er deels van bewust dat zijn instinctieve wens om van Moro's zwakte te profiteren niet minder laaghartig was dan Vianello's aanmoediging om dat te doen. Toch weerhield dit hem niet. 'Hoe lang geleden?' vroeg Brunetti.

'Ongeveer vijf minuten. Met een taxi.'

Uit het achterste gedeelte van het appartement klonken vertrouwde geluiden: Paola die in de badkamer bezig was en daarna door de gang liep naar hun slaapkamer. Brunetti's verbeelding nam een vlucht en zweefde boven de stad en het vasteland; hij zag een taxi rijden door de lege straten van Mestre en over de lange brug naar het Piazzale Roma. Een man stapte uit, reikte naar binnen om de chauffeur geld te geven, waarna hij zich omdraaide en naar de *imbarcadero* van lijn 1 liep. 'Ik ga wel,' zei Brunetti en hing op.

Paola sliep al toen hij de slaapkamer in keek. Er viel een baan licht over haar benen. Hij schreef een briefje, maar kon niet bedenken waar hij dat achter moest laten. Uiteindelijk legde hij het op het antwoordapparaat, waar het knipperende lichtje nog altijd om aandacht vroeg.

Terwijl Brunetti door de stille stad wandelde, nam zijn fantasie weer een vlucht, maar dit keer zag hij een man in een donker pak en grijze overjas die van San Polo naar de Accademia-brug liep. Hij keek toe hoe de man voor het museum langs liep en zich een weg baande door de smalle *calli* van de Dorsoduro. Aan het einde van de onderdoorgang naast de San Gregorio-kerk stak hij de brug over naar de brede riva voor de Salute. Moro's huis, aan zijn rechterhand, was donker hoewel alle luiken open waren. Brunetti liep langs het kanaal en hield stil bij het begin van de brug die over het smalle kanaal naar de voordeur leidde van Moro's huis. Vanaf daar kon hij Moro zien terugkomen, of hij nu te voet was, met de taxi of met lijn 1. Hij keerde zich om en keek over het stille water naar de wanordelijke koepels van San Marco en de gevlekte muren van het Palazzo Ducale, en bedacht hoe hun schoonheid hem geruststelde. Hoe vreemd dat was: niets anders dan een samenspel van lijnen en kleuren, en hij voelde zich beter dan voordat hij ernaar gekeken had.

Hij hoorde het gepruttel van de motor van de vaporetto

die eraan kwam en vervolgens kwam de punt van de boot vanachter de muur van een gebouw te voorschijn. Het geluid veranderde van toonhoogte en de boot gleed naar de imbarcadero. Een bemanningslid gooide met moeiteloze precisie de tros uit en draaide die in een eeuwenoude knoop om de metalen paal. Er kwamen een paar mensen van de boot, maar geen Moro. Het metaal maakte een schrapend geluid bij het dichttrekken van het hek; met een nonchalante ruk schoot het touw los en de boot ging verder.

Twintig minuten later kwam er weer een boot, maar ook hier kwam Moro niet vanaf. Brunetti begon te vermoeden dat de dokter besloten had naar zijn moeders huis in Mogliano te gaan, toen er links van hem voetstappen naderden. Moro kwam uit de smalle calle tussen de huizen aan de overkant van het kleine campo. Brunetti stak de brug over en bleef aan het einde staan, vlak bij de voordeur van Moro's huis.

De dokter kwam zijn kant op, handen diep in de zakken van zijn jas, hoofd gebogen alsof hij extra goed moest opletten waar hij zijn voeten neerzette. Toen hij nog maar een paar meter van Brunetti verwijderd was, stopte hij en voelde eerst met zijn linkerhand en toen met zijn rechterhand in de zakken van zijn broek. Bij de tweede poging haalde hij er een sleutelbos uit, maar hij keek ernaar alsof hij niet echt begreep wat het was of wat hij ermee moest doen.

Hij richtte zijn hoofd op en zag Brunetti. Zijn gezichtsuitdrukking veranderde niet maar Brunetti was er zeker van dat Moro hem herkende.

Brunetti liep naar de andere man toe, sprak zonder nadenken, verbaasd over de kracht van zijn eigen woede: 'Laat je ze nu ook je vrouw en je dochter vermoorden?'

Moro zette een stap achteruit en liet de sleutels uit zijn handen vallen. Hij hief een arm op en schermde zijn gezicht ermee af, alsof Brunetti's woorden een zuur waren waartegen hij zijn ogen moest beschermen. Maar toen, met een snelheid waar Brunetti van stond te kijken, sprong Moro naar voren en greep met beide handen naar zijn kraag. Hij schatte de afstand verkeerd in, en de nagels van zijn wijsvingers groeven zich in de huid van Brunetti's nek.

Hij trok Brunetti naar zich toe met zo'n venijnige ruk dat hij hem een halve stap naar voren sleurde. Brunetti spreidde zijn armen in een poging zijn evenwicht te bewaren, maar het was de kracht in Moro's handen die voorkwam dat hij viel.

De dokter trok hem dichter naar zich toe, schudde hem heen en weer zoals een hond een rat schudt. 'Blijf erbuiten,' siste Moro waarbij hij in zijn gezicht spetterde. 'Zij waren het niet. Wat weet u ervan?'

Brunetti, die op Moro steunde, hervond zijn evenwicht en toen de dokter hem op armlengte hield, nog altijd in een ferme greep, deed hij een stap naar achteren en sloeg zijn handen omhoog, waarmee hij de dokters greep verbrak en zichzelf bevrijdde. Instinctief bracht hij zijn handen naar zijn nek: zijn vingers voelde kapotte huid en het begin van pijn.

Hij leunde voorover tot zijn gezicht gevaarlijk dicht bij dat van de dokter was. 'Ze zullen ze vinden. Ze hebben je moeder gevonden. Wil je dat ze ze allemaal vermoorden?'

Weer hief de dokter zijn hand op in een poging Brunetti's woorden af te weren. Als een robot stak hij ook de andere hand omhoog, een blinde man nu, een in het nauw gedreven man, op zoek naar een veilige schuilplaats. Hij wendde zich af en strompelde met stramme knieën naar de deur van zijn huis. Moro leunde gebroken tegen de muur en klopte op zijn zakken, op zoek naar zijn sleutels die op de grond lagen. Hij tastte diep in zijn zakken, keerde ze binnenstebuiten. Er vielen munten en kleine papiertjes op straat. Toen hij alle zakken gehad had, liet Moro zijn hoofd op zijn borst zakken en begon te snikken.

Brunetti bukte zich en pakte de sleutels op. Hij liep naar de dokter toe en pakte zijn rechterhand, die slap langs zijn zij hing. Hij draaide de handpalm van de dokter naar boven, legde de sleutels erop en vouwde de vingers eroverheen.

Langzaam, als iemand die al jaren aan artritis lijdt, maakte Moro zich los van de muur en stopte een sleutel, en toen nog een sleutel en nog een sleutel in het slot, tot hij de juiste vond. Met veel lawaai maakte het slot vier wentelingen. Moro duwde de deur open en verdween naar binnen. Zonder te kijken of het licht binnen aanging, draaide Brunetti zich om en begon naar huis te lopen.

20

Toen Brunetti de volgende dag verdwaasd wakker werd, tikte de regen dof tegen de slaapkamerramen en lag Paola niet meer naast hem. Ze was nergens in het appartement te bekennen en er was ook geen spoor van de kinderen. Een blik op de klok bracht de verklaring: iedereen was allang begonnen aan zijn dagelijkse bezigheden. Toen hij de keuken binnen liep constateerde hij dankbaar dat Paola de percolator had gevuld en klaargezet op het fornuis. Hij staarde uit het raam terwijl hij op de koffie wachtte en toen die klaar was ging hij ermee naar de zitkamer. Hij stond door de regen naar de klokkentoren van de San Polo te kijken en nam kleine slokjes van zijn koffie. Toen die op was, ging hij weer naar de keuken om nog meer koffie te zetten. Dit keer ging hij in de zitkamer op de bank zitten, legde zijn in pantoffels gestoken voeten op tafel en staarde door de glazen deuren die toegang boden tot het terras, zich niet echt bewust van de daken daarachter.

Hij begon na te denken over wie 'zij' konden zijn. Moro was zo overdonderd geweest door Brunetti's aanval dat hij zich niet verdedigd had en niet had geprobeerd om Brunetti's verwijzing naar deze naamloze 'zij' te ontkennen of af te doen als iets wat hij niet begreep. De eerste mogelijkheid die Brunetti te binnen schoot – wat voor de hand lag als je ook maar iets van Moro's carrière wist – was iemand bij de gezondheidsdienst, het doelwit van Moro's beschuldiging van geïnstitutionaliseerde corruptie en hebzucht. Hij sloot zijn ogen, legde zijn hoofd achterover tegen de leuning van de bank en probeerde zich te herinneren wat er terecht was gekomen van de mannen die de leiding hadden gehad over de provinciale gezondheidsdienst ten tijde van het Moro-rapport.

Een van hen was verdwenen in de privaatrechtelijke praktijk, de ander was met pensioen gegaan en de derde had in de nieuwe regering een onbeduidende portefeuille gekregen die ging over de veiligheid van transport of hulpmaatregelen bij natuurrampen, Brunetti wist niet meer welke. Hij wist wel nog dat – zelfs toen ze geconfronteerd werden met het schandaal en de verontwaardiging over de grove plundering van de publieke schatkist die uit het rapport bleek – de reactie van de regering zo traag was als de treurmars uit *Saul*. Er waren jaren voorbijgegaan: de ziekenhuizen werden niet gebouwd, de officiële statistieken werden niet aangepast, en de verantwoordelijken voor het bedrog hadden vrij ongestoord hun weg vervolgd.

Brunetti besefte dat, in Italië, schandalen dezelfde houdbaarheidsperiode hadden als verse vis: op dag drie kon je er niets meer mee. Het een omdat het was gaan stinken, het ander omdat het dan juist niet meer stonk. Wat voor straf of vergelding 'zij' ook voor de auteur van het rapport in petto zouden hebben, het zou jaren geleden zijn uitgevoerd: vergelding die pas zes jaar later kwam, zou andere eerlijke officials niet ontmoedigen de aandacht te vestigen op de beleidsmatige onrechtmatigheden.

Nu die mogelijkheid was weggestreept, richtte Brunetti zijn aandacht op Moro's medische carrière. Hij probeerde de aanslagen op zijn familie te zien als het werk van een wraaklustige patiënt, maar verwierp die gedachte onmiddellijk weer. Brunetti geloofde niet dat wat Moro was overkomen een soort straf was, anders was hij wel persoonlijk aangevallen: het was een dreigement. De oorzaak van de aanslagen op zijn familie moest te maken hebben met wat Moro nu deed of met wat hij ontdekt had toen zijn vrouw werd neergeschoten. De aanslagen zouden heel goed een herhaaldelijke gewelddadige poging kunnen zijn om de publicatie van een tweede Moro-rapport te voorkomen. Wat Brunetti opmerkelijk vond toen hij weer aan Moro's reactie van vorige avond dacht, was niet zozeer dat de dokter niet ontkend had dat 'zij' bestonden, maar vooral dat hij zo stellig had beweerd dat 'zij' niet verantwoordelijk waren voor de aanslagen.

Brunetti nam een slok van zijn koffie maar die was inmiddels koud. Toen pas hoorde hij dat de telefoon overging. Hij zette het kopje neer en liep de gang in om hem op te pakken.

'Brunetti,' zei hij.

'Ik ben het,' zei Paola, 'lig je nog in bed?'

'Nee, ik ben allang op.'

'Ik heb je het afgelopen halfuur drie keer gebeld. Waar was je, onder de douche?'

'Ja,' loog Brunetti.

'Lieg je?'

'Ja.'

'Wat was je dan aan het doen?' vroeg Paola nu echt bezorgd.

'Ik zat op de bank en keek uit het raam.'

'Goed om te weten dat je je dag zo productief begonnen bent. Zitten en kijken of zitten en kijken en denken?'

'En denken.'

'Waarover?'

'Moro.'

'En?'

'En ik denk dat ik iets heb ontdekt wat ik niet eerder heb gezien.'

'Wil je het me vertellen?' vroeg ze, maar hij kon de haast in haar stem horen.

'Nee, ik moet er nog wat beter over nadenken.'

'Vanavond dan?'

'Goed.'

Ze wachtte even en zei toen met een stem die rechtstreeks uit een Braziliaanse soapopera kwam: 'We hebben nog iets af te maken van gisteravond, meneertje.'

Met een schok herinnerde zijn lichaam zich de onafgemaakte kwestie, maar voor hij iets kon zeggen, lachte ze en hing op.

Hij verliet het appartement een halfuur later, een paar brogues met rubberzolen aan zijn voeten en een donkere paraplu boven zijn hoofd. Zijn gang werd vertraagd door de paraplu, waarmee hij tussen de andere mensen op straat door laveerde. De regen leek de horde toeristen te hebben teruggebracht, niet verdreven. Hij wilde dat er een andere manier was om naar zijn werk te gaan, zonder verstrikt te raken in het smalle gezigzag van de Ruga Rialto. Hij sloeg rechts af na de Sant' Aponal en liep naar beneden naar het Canal Grande. Toen hij uit de onderdoorgang kwam, legde er net een *traghetto* aan bij de riva. Toen de passagiers van boord waren, stapte hij aan boord en gaf de gondoliere een van de euromunten waar hij nog steeds niet aan gewend was, in de hoop dat het genoeg was. De jongeman gaf hem een paar muntjes terug, en Brunetti ging naar de achterkant van de gondel, waarbij hij zijn knieën van rubber liet worden om zo zijn balans te bewaren bij het wiegen van de boot.

Toen er dertien mensen, eentje met een doorweekte Duitse herder, op de gondel stonden, allemaal schuilend onder paraplu's die bijna een ononderbroken scherm boven hun hoofden vormden, duwden de gondolieri af en brachten hen snel naar de overkant. Zelfs in deze regen zag Brunetti nog mensen zonder paraplu boven op de brug staan, met hun rug naar hem toe, terwijl anderen hen op de foto zetten.

De gondel gleed naar de houten trap en iedereen verliet

de boot achter elkaar. Brunetti wachtte tot de gondoliere op de voorsteven een boodschappenwagentje aanreikte aan een mevrouw. Een van de wielen raakte de zijkant van de trap en de shopper viel terug naar de gondoliere, die hem bij het handvat opving en weer omhooghield. Opeens sprong de hond terug in de boot en pakte iets wat ooit een tennisbal was geweest. De bal stevig tussen zijn kaken geklemd, sprong hij terug op de kade en rende achter zijn baas aan.

Brunetti realiseerde zich dat hij net getuige was geweest van een reeks overtredingen. Het aantal mensen op de boot had het wettelijk toegestane maximum overschreden. Er was waarschijnlijk een wet die voorschreef dat paraplu's moesten worden ingeklapt bij het oversteken van het kanaal, maar daar was hij niet zeker van dus die liet hij gaan. De hond droeg geen muilkorf en was niet aangelijnd. Twee Duits sprekende mensen hadden alleen wisselgeld gekregen nadat ze erom gevraagd hadden.

Op weg naar zijn kamer stopte Brunetti even bij de agentenkamer en vroeg Pucetti om boven te komen. Toen ze allebei zaten, vroeg Brunetti: 'Wat ben je nog meer te weten gekomen?'

Duidelijk verbaasd over de vraag, zei Pucetti: 'Bedoelt u over de school, meneer?'

'Natuurlijk.'

'Bent u dan nog steeds geïnteresseerd?'

'Ja, waarom zou ik dat niet zijn?'

'Maar ik dacht dat het onderzoek gesloten was.'

'Wie heeft je dat verteld?' vroeg Brunetti, hoewel hij een sterk vermoeden had.

'Hoofdinspecteur Scarpa, meneer.'

'Wanneer?'

Pucetti keek opzij, probeerde het zich te herinneren. 'Gisteren, meneer. Hij kwam onze kamer binnen en zei tegen me dat de Moro-zaak gesloten was en dat ik op Tronchetto was gezet.'

'Tronchetto?' vroeg Brunetti, niet in staat zijn verbijstering te verbergen over het feit dat een politieman eropuit gestuurd werd om te patrouilleren op een parkeerplaats. 'Waarom?'

'Er zijn meldingen binnengekomen over die kerels die bij de ingang staan en toeristen boottochtjes naar het centrum aanbieden.'

'Meldingen van wie?'

'Er was een klacht van iemand op de Amerikaanse ambassade in Rome. Hij zei dat hij tweehonderd euro voor een tochtje naar San Marco had betaald.'

'Wat deed hij op Tronchetto?'

'Hij probeerde te parkeren, meneer. En toen wees een van die kerels met zo'n nepuniform en witte pet hem een plek aan en bood hem een taxi aan die hem rechtstreeks naar zijn hotel in de stad kon brengen.'

'En hij heeft het betaald?'

Pucetti haalde zijn schouders op en zei: 'U weet hoe Amerikanen zijn, meneer. Hij had geen idee wat er aan de hand was. Dus ja, hij heeft betaald, maar toen hij het aan de mensen in het hotel vertelde, zeiden zij dat hij opgelicht was. Blijkt dat hij iets belangrijks is bij de ambassade, dus hij heeft met Rome gebeld, en zij hebben ons vervolgens gebeld om een klacht in te dienen. En daarom gaan we daar nu steeds heen, om te voorkomen dat het weer gebeurt.'

'Hoe lang ben je dit al aan het doen?'

'Ik ben er gisteren geweest, meneer, en ik moet er over een uur weer zijn,' zei Pucetti. In reactie op Brunetti's gezichtsuitdrukking voegde hij eraan toe: 'Het was een bevel.'

Brunetti besloot geen opmerking te maken over de volgzaamheid van de jonge politieman. In plaats daarvan zei hij: 'Het onderzoek naar de dood van de zoon van Moro loopt nog steeds, dus je kunt Tronchetto vergeten. Ik wil dat je weer teruggaat om met een van die jongens te praten, met Ruffo. Ik denk dat je hem al eerder gesproken hebt.' Brunetti had de naam van de jongen gezien in Pucetti's verslag en herinnerde zich de opmerking dat de jongen uitzonderlijk nerveus was geweest tijdens het gesprek. Pucetti knikte bij de naam en Brunetti ging verder: 'Liever niet op school als het kan. En niet in uniform.'

'Ja, meneer. Ik bedoel: nee, meneer,' zei Pucetti, en haastte zich te vragen: 'En de hoofdinspecteur?'

'Dat regel ik wel,' antwoordde Brunetti.

Pucetti stond meteen op en zei: 'Ik ga erheen zodra ik me verkleed heb, meneer.'

Nu moest Brunetti hoofdinspecteur Scarpa nog afhandelen. Hij speelde met het idee om de hoofdinspecteur naar zijn kamer te laten komen, maar het leek hem beter om onaangekondigd bij hem binnen te vallen, dus liep hij twee trappen af naar het kantoor dat Scarpa zichzelf had toegeëigend. De ruimte had jaren gefunctioneerd als opslagkamer, een plek waar ze hun paraplu's en laarzen en jassen achterlieten die ze nodig hadden als het weer ineens omsloeg of bij de plotselinge komst van *acqua alta*. Een aantal jaar geleden was er als bij toverslag een bank verschenen, en sindsdien benutten degenen in de nachtdienst hem nog wel om een uurtje te slapen. Volgens de verhalen was er ooit een vrouwelijke commissario op diezelfde sofa ingewijd in de geneugten van overspel. Drie jaar geleden echter had vice-questore Patta opdracht gegeven de laarzen, paraplu's en jassen weg te halen; de volgende dag verdween de bank, die plaatsmaakte voor een bureau met een blad van spiegelglas, ondersteund door dikke metalen poten. Niemand met een lagere rang dan die van commissario had een eigen kamer in de Questura, maar vice-questore Patta had zijn assistent achter dat glazen bureau geïnstalleerd. Er was officieel geen discussie gevoerd over zijn rang, maar het commentaar was niet van de lucht geweest.

Brunetti klopte op de deur en ging naar binnen na Scarpa's *'Avanti!'* Er volgde een onbestendig moment waarin Brunetti aanschouwde hoe Scarpa omging met de komst van een van zijn superieuren. Scarpa's eerste, instinctieve reactie was zijn handen op de rand van zijn bureau te zetten om zijn stoel achteruit te schuiven en op te staan. Maar toen zag Brunetti hem reageren, niet alleen omdat hij besefte om welke superieur het ging, maar ook uit territoriumdrift, en de hoofdinspecteur transformeerde de beweging tot een handeling die hem alleen maar rechter op zijn stoel deed zitten. 'Goedemorgen, commissario,' zei hij. 'Wat kan ik voor u doen?'

Brunetti negeerde Scarpa's poging tot een gracieuze armzwaai naar de stoel voor zijn bureau. Hij bleef bij de deur staan en zei: 'Ik zet Pucetti op een speciale opdracht.'

Scarpa's gezicht vertrok in iets wat misschien als glimlach bedoeld was. 'Pucetti heeft al een speciale opdracht, commissario.'

'Tronchetto, bedoelt u?'

'Ja. Wat daar aan de hand is, is bijzonder schadelijk voor het imago van de stad.'

Brunetti droeg zijn betere ik op dat hij de dissonantie tussen het standpunt en het Palermitaanse accent waarin het verwoord werd moest negeren, en antwoordde: 'Ik geloof niet dat ik uw bezorgdheid om het imago van de stad deel, hoofdinspecteur, dus ik geef hem een nieuwe opdracht.'

Weer diezelfde beweging met zijn lippen. 'En u heeft hiervoor toestemming van de vice-questore neem ik aan?'

'Ik kan me niet voorstellen dat een onbeduidend detail als de toewijzing van een politieagent de vice-questore bijster interesseert,' antwoordde Brunetti.

'Integendeel, commissario, ik denk dat de vice-questore

uiterst geïnteresseerd is in alles wat de politie aangaat in deze stad.'

Brunetti had er genoeg van en vroeg: 'Wat betekent dat?'

'Precies wat ik zei, meneer. Dat de vice-questore hierover graag op de hoogte wordt gehouden.' Als een tenor met registerproblemen, zwabberde Scarpa's stem heen en weer tussen beschaafd en vals.

'Bedoelt u dat u hem dat gaat vertellen?' vroeg Brunetti.

'Mocht de gelegenheid zich voordoen,' antwoordde Scarpa onderkoeld.

'Natuurlijk,' antwoordde Brunetti al even onderkoeld.

'Is dat alles wat ik voor u doen kan, commissario?'

'Ja,' zei Brunetti en verliet het kantoor voordat hij in de verleiding kwam nog meer te zeggen. Brunetti wist vrijwel niets van hoofdinspecteur Scarpa of van wat hem bewoog: geld was waarschijnlijk een goede gok. De gedachte haalde een opmerking naar boven die Anna Komnene over Robert Guiscard had gemaakt: 'Als een man eenmaal de macht heeft gegrepen, vertoont zijn zucht naar geld exact dezelfde kenmerken als koudvuur, want als koudvuur zich eenmaal in het lichaam heeft gemanifesteerd, rust het niet tot het dat volledig overgenomen en uitgewoond heeft.'

Er lag een oude gewonde vrouw in het ziekenhuis in Mestre, en hij moest zich bezighouden met moddergevechten met Patta's protegé en met het doorgronden van de beweegredenen van de hoofdinspecteur. Hij liep de trap op, innerlijk kokend van woede over Scarpa, maar tegen de tijd dat hij weer in zijn kamer was, wist hij dat zijn woede in wezen gericht was op zijn eigen onkunde om de aanslag op Moro's moeder te zien aankomen. Het maakte Brunetti weinig uit dat dit volledig onterecht was; op de een of andere manier had hij het gevaar moeten zien aankomen en iets moeten doen om haar te beschermen.

Hij belde het ziekenhuis, sloeg de scherpe, autoritaire toon aan die hij geleerd had te gebruiken bij contact met stompzinnige bureaucratieën, maakte zijn rang bekend en vroeg doorverbonden te worden met de afdeling waar signora Moro behandeld werd. Het duurde even voordat de telefoon werd doorgeschakeld en toen de dienstdoende verpleegster met hem sprak, was ze vriendelijk en behulpzaam en vertelde hem dat de arts signora Moro nog tot de volgende dag wilde houden, maar dat ze daarna naar huis mocht. Nee, er was geen sprake van ernstig letsel; ze moest eerder een extra dagje blijven vanwege haar leeftijd dan vanwege haar toestand.

Gesterkt door dit geruststellende teken van menselijkheid, bedankte Brunetti haar, beëindigde het telefoontje en belde onmiddellijk met de politie in Mogliano. Degene die het onderzoek leidde, vertelde hem dat er die ochtend een vrouw op de Questura was gekomen die had bekend dat zij de auto had bestuurd die signora Moro geraakt had. In paniek was ze doorgereden, maar na een slapeloze nacht, waarin ze getergd werd door zowel angst als spijt, was ze naar de politie gegaan om schuld te bekennen.

Toen Brunetti de ander vroeg of hij de vrouw geloofde, kreeg hij een verbaasd 'natuurlijk', waarna de man zei dat hij weer aan het werk moest en ophing.

Moro had dus gelijk gehad met zijn bewering dat 'zij' niets de maken hadden met de aanslag op zijn moeder. Zelfs dat woord, 'aanslag', was geheel zijn eigen verzinsel, realiseerde Brunetti zich. Maar waarom had Moro dan zo woest gereageerd op Brunetti's zinspeling? En belangrijker nog, vanwaar die toestand van radeloze wanhoop gisteravond, die zo buiten alle proportie was voor een man die net gehoord had dat zijn moeder niet ernstig gewond was?

21

Het feit dat hij weer wat had gedaan om hoofdinspecteur Scarpa tegen zich in het harnas te jagen, zou Brunetti dwars moeten zitten, maar hij kon zich er niet druk om maken: onverbiddelijke antipathie kende geen gradaties. Hij vond het alleen vervelend dat Pucetti de dupe zou kunnen worden van Scarpa's woede, want de hoofdinspecteur was er niet de man naar om uit te halen, althans niet openlijk, naar degenen boven hem. Hij vroeg zich af of andere mensen zich ook zo gedroegen, doof en blind voor de werkelijke verplichtingen van hun beroep in hun roekeloze streven naar succes en persoonlijke macht, hoewel Paola hem er allang van verzekerd had dat de toestanden waarin de faculteit van Engelse letterkunde verwikkeld was, veel barbaarser waren dan wat beschreven werd in *Beowulf* of de bloedigste Shakespearetragedies.

Hij wist dat ambitie geaccepteerd werd als een natuurlijke menselijke eigenschap en had al tientallen jaren aangezien hoe anderen iets najaagden wat zij definieerden als succes. Ook al wist hij maar al te goed dat deze verlangens als volledig normaal werden beschouwd, de passie en energie waarmee men dit nastreefde, bleven hem verbazen. Paola had ooit gezegd dat hij bij zijn geboorte een essentieel stukje gemist moest hebben, want het enige waarnaar hij leek te verlangen, was geluk. Haar opmerking had hem dwarsgezeten totdat zij had uitgelegd dat dat juist een van de redenen was waarom ze met hem getrouwd was.

Hierover nadenkend, liep hij signorina Elettra's kamer in. Toen ze opkeek, zei hij zonder inleiding: 'Ik wil graag meer weten over de mensen op de academie.'

'Wat wilt u precies weten?'

Hij dacht even na en zei toen: 'Ik denk dat ik eigenlijk wil weten of een van hen in staat is om die jongen te vermoorden en zo ja, waarom.'

'Er zouden zoveel redenen kunnen zijn,' antwoordde zij, en voegde eraan toe: 'Als u tenminste wilt geloven dat hij vermoord is.'

'Nee, dat wil ik niet geloven. Maar als het wel zo was, wil ik weten waarom.'

'Wilt u meer weten over de jongens of over de docenten?'

'Maakt niet uit. Beiden.'

'Het lijkt me sterk dat die samengespannen hebben.'

'Hoezo?' vroeg hij.

'Omdat ze waarschijnlijk andere motieven hebben.'

'Zoals?'

'Ik druk me niet goed uit,' begon ze, haar hoofd schuddend. 'Ik denk dat de docenten serieuze redenen zouden hebben, volwassen redenen.'

'Zoals?'

'Gevaar voor hun carrière. Of de school.'

'En de jongens?'

'Omdat hij onuitstaanbaar was.'

'Lijkt me nogal een triviale reden om iemand voor te vermoorden.'

'Maar aan de andere kant worden mensen om de meest triviale redenen vermoord.'

Dat kon hij niet ontkennen. Na een tijdje vroeg hij: 'In welk opzicht zou hij onuitstaanbaar zijn geweest?'

'Ik zou bij god niet weten waar jongens van die leeftijd niet tegen kunnen. Iemand die te agressief is, of niet agressief genoeg. Iemand die te slim is en anderen voor gek zet. Of een opschepper, of...'

Brunetti viel haar in de rede. 'Dat lijken me nog steeds triviale redenen. Zelfs voor tieners.'

Totaal niet beledigd, zei ze: 'Dat is het enige wat ik kan bedenken.' Met een knik naar het toetsenbord zei ze: 'Laat me er even induiken en zien wat ik kan vinden.'

'Waar gaat u dan zoeken?'

'Klassenlijsten en daarna familieleden. Faculteitslijsten en daarna weer hetzelfde. En die dan weer naast... naast andere lijsten leggen.'

'Hoe bent u aan die lijsten gekomen?'

Parmantig haalde ze diep adem. 'Het is niet dat ik ze heb, meneer, maar ik kan ze krijgen.' Ze keek naar hem en wachtte op zijn reactie. Hij gaf zich gewonnen, bedankte haar en vroeg haar hem zo snel mogelijk alle informatie te geven die ze kon vinden.

In zijn kamer probeerde hij zich alles wat hij ooit gehoord of gelezen had over de academie te herinneren. Toen dat niets opleverde, richtte hij zijn aandacht op het leger in het algemeen, met de gedachte dat de meesten op de faculteit oud-officieren van een of ander legeronderdeel waren.

Er begon hem iets te dagen, een vage herinnering die weigerde helder te worden. Als een scherpschutter die zijn blik 's nachts bijstelt, probeerde hij zich te focussen, niet op het doelwit dat maar niet wilde verschijnen, maar op wat ernaast of achter stond. Iets over het leger, over jongemannen in het leger.

De herinnering kreeg gestalte: een incident van jaren geleden, toen twee soldaten – paratroepers, dacht hij – de opdracht hadden gekregen uit een helikopter te springen; hij meende ergens in voormalig Joegoslavië. Onwetend dat de helikopter honderd meter boven de grond hing, waren ze de dood in gesprongen. Onwetend en niet ingelicht door de andere mannen in de helikopter die het wel wisten, maar die lid waren van een ander militair korps. En met die herinnering kwam er nog een boven, een jongeman die dood werd aangetroffen na een parachutesprong, wellicht het slachtoffer van een uit de hand gelopen nachtelijke ontgroeningsgrap. Voorzover hij wist, was geen van beide zaken ooit opgelost, was er geen bevredigende verklaring gevonden voor de totaal onnodige dood van deze drie jongemannen.

Hij herinnerde zich eveneens een ochtend aan het ontbijt van een aantal jaar terug, toen Paola opkeek van de krant die melding maakte van het aanbod van de toenmalige premier om Italiaanse troepen te sturen ter ondersteuning van een bondgenoot in een of ander oorlogszuchtige aangelegenheid. 'Hij wil troepen sturen,' zei ze. 'Is dat een aanbod of een dreigement, denk je?'

Slechts een van Brunetti's goede vrienden had voor een carrière in het leger gekozen, maar met hem had hij de laatste jaren nauwelijks meer contact, dus die wilde hij niet bellen. Hij had bovendien geen flauw benul wat hij hem zou moeten vragen. Of het leger werkelijk zo corrupt en incompetent was als iedereen wel niet dacht? Nee, dat was niet echt een vraag die hij kon stellen, althans niet aan een dienstdoend generaal.

Zijn enige optie waren zijn vrienden bij de pers. Hij belde er een in Milaan, maar toen hij het antwoordapparaat kreeg, liet hij geen naam of boodschap achter. Hetzelfde gebeurde toen hij een andere vriend in Rome belde. Bij de derde poging, toen hij Beppe Avisani in Palermo belde, werd de telefoon opgenomen na twee keer overgaan.

'Avisani.'

'*Ciao*, Beppe. Ik ben het, Guido.'

'Ah, goed om je stem te horen,' zei Avisani. Ze besteedden

een paar minuten aan het uitwisselen van het soort informatie dat vrienden geven en krijgen als ze elkaar al een tijd niet gesproken hebben, hun toon wellicht een tikje formeel door het gedeelde bewustzijn dat ze de ander meestal alleen nog spraken wanneer een van de twee om informatie verlegen zat.

Nadat alles wat over families gezegd moest worden gezegd was, vroeg Avisani: 'Wat kan ik voor je doen?'

'Ik ben bezig met het onderzoek naar de dood van de zoon van Moro,' antwoordde Brunetti, en wachtte op het antwoord van de journalist.

'Dus toch geen zelfmoord?' vroeg hij, zonder er verder zalvende woorden aan te wijden.

'Dat is wat ik uit wil zoeken,' antwoordde Brunetti.

Zonder te aarzelen opperde Avisani: 'Als het geen zelfmoord was, dan is de voor de hand liggende reden de vader, dan heeft het iets met hem te maken.'

'Zover was ik al, Beppe,' zei Brunetti, zonder een zweem van sarcasme.

'Ach natuurlijk, sorry.'

'Het rapport is te lang geleden verschenen,' zei Brunetti, ervan overtuigd dat iemand die al twintig jaar politiek verslaggever was zijn redenatie zou volgen en het rapport ook zou verwerpen als mogelijk motief. 'Weet jij waar hij mee bezig was toen hij in het parlement zat?'

Er viel een lange stilte waarin Avisani de gedachtegang achter Brunetti's vraag volgde. 'Je hebt waarschijnlijk gelijk,' zei hij uiteindelijk, en daarna: 'Heb je even?'

'Natuurlijk. Hoezo?'

'Ik heb dat ergens in een dossier zitten.'

'In de computer?'

'Waar anders?' vroeg de verslaggever met een lach. 'In een la?'

Brunetti lachte op zijn beurt ook, alsof hij de vraag bedoeld had als grap.

'Wacht even,' zei Avisani. Brunetti hoorde een klik toen de telefoon werd neergelegd op een harde ondergrond.

Hij keek uit het raam terwijl hij wachtte zonder een poging te doen de warboel aan informatie in zijn hoofd te ordenen. Hij verloor de tijd uit het oog, maar het duurde veel langer dan 'even' voordat Avisani terug was.

'Guido?' vroeg hij. 'Ben je er nog?'

'Ja.'

'Ik heb niet veel over hem. Hij zat er drie jaar, of iets korter dan dat, voor hij ontslag nam, maar werd behoorlijk goed op de achtergrond gehouden.'

'Gehouden?'

'De partij die hij vertegenwoordigde koos hem omdat hij toentertijd populair was, en ze wisten dat ze met hem konden winnen, maar toen hij eenmaal gekozen was en ze een idee kregen van zijn werkelijke opvattingen, hielden ze hem zo goed mogelijk buiten beeld.'

Brunetti had het vaker zien gebeuren dat eerlijke mensen gekozen werden in een systeem dat ze hoopten te hervormen, maar dat zij vervolgens tot de ontdekking kwamen dat ze er geleidelijk door opgeslokt werden, als insecten door een vleesetende plant. Omdat Avisani nog veel meer gezien had dan hij, trok Brunetti een blocnote naar zich toe en zei alleen: 'Ik wil graag weten in welke commissies hij gezeten heeft.'

'Ben je op zoek naar wat ik denk – naar iemand die hij boos gemaakt kan hebben?'

'Ja.'

Avisani maakte een langgerekt geluid, dat Brunetti opvatte als speculatief bedoeld. 'Ik zal je vertellen wat ik heb. Er was een pensioencommissie voor boeren,' begon Avisani, wat hij vervolgens afdeed met een achteloos 'dat is niets, dat zijn allemaal onbeduidende types.' En toen: 'En eentje die ging over al dat spul dat naar Albanië werd gestuurd.'

'Had het leger daarmee te maken?' vroeg Brunetti.

'Nee. Volgens mij werd dat geregeld door particuliere liefdadigheidsinstellingen. Caritas, dat soort organisaties.'

'Wat nog meer?'

'Het postkantoor.'

Brunetti snoof.

'En militaire verwerving,' zei Avisani met onverholen interesse.

'Wat houdt dat in?'

Er viel een pauze voordat hij antwoordde: 'Waarschijnlijk het onderzoeken van de contracten met de bedrijven die het leger bevoorraden.'

'Onderzoeken of bepalen?' vroeg Brunetti.

'Onderzoeken, zou ik zeggen. Het was eigenlijk een subcommissie, wat betekent dat ze alleen maar aanbevelingen mochten doen aan de hoofdcommissie. Denk je dat dat het is?' vroeg hij.

'Ik weet niet eens of er een "het" is,' antwoordde Brunetti ontwijkend, die zichzelf eraan moest herinneren dat zijn vriend lid was van de pers.

Met moeite zijn geduld bewarend, zei Avisani: 'Dat vraag ik als nieuwsgierige vriend, Guido, niet als verslaggever.'

Brunetti lachte opgelucht. 'Het is een betere gok dan de postbodes. Die zijn niet bijster gewelddadig.'

'Nee, dat zijn ze alleen in Amerika,' zei Avisani.

Er hing even een ongemakkelijke stilte tussen hen in, waarin ze zich beiden bewust waren van de tegenstrijdige belangen tussen hun beroep en hun vriendschap. Uiteindelijk zei Avisani: 'Wil je dat ik dit verder uitzoek?'

Niet goed wetend hoe hij het moest verwoorden, zei Brunetti: 'Als je dat met de nodige tact kunt.'

'Ik leef nog omdat ik de zaken tactvol aanpak, Guido,' zei hij zonder grappig te willen zijn. Hij nam op niet al te vriendelijke toon afscheid en hing op.

Brunetti belde naar beneden naar signorina Elettra en zei toen ze opnam: 'Ik zou graag nog iets willen toevoegen aan uw...' maar kon geen woord bedenken voor wat signorina Elettra deed. 'Aan uw onderzoek,' zei hij.

'Ja, meneer?' vroeg zij.

'Militaire verwerving.'

'Kunt u iets specifieker zijn?'

'Inkomsten en uitgaven,' begon hij, en het lag op zijn tong iets te herhalen wat Paola altijd verkondigde. Hij negeerde het en ging verder: 'Voor het leger. Dat was een van de commissies waar Moro in zat.'

'Och hemel,' slaakte ze, 'hoe kwam dat zo?'

Bij het horen van haar oprechte verbazing, vroeg Brunetti zich af hoeveel tijd het hem zou kosten om haar reactie uit te leggen aan een buitenlander. Haar reactie ging uit van Moro's eerlijkheid, en haar verbazing ging over het feit dat een eerlijke man in een commissie was gezet die besluiten nam die van invloed waren op de toewijzing van substantiële bedragen uit de staatskas.

'Ik heb geen idee,' antwoordde hij. 'Misschien kunt u uitvinden wie er verder met hem in de commissie zat.'

'Absoluut, meneer. Overheidsdocumenten zijn zeer gemakkelijk te verkrijgen,' zei ze, hem in het ongewisse latend over de criminele lading van dat werkwoord.

Hij keek op zijn horloge en vroeg: 'Zal ik eerst even gaan lunchen of kan ik beter wachten?'

'Ik zou zeggen lunchen, meneer,' adviseerde ze en weg was ze.

Hij liep naar Testiere, waar de eigenaar altijd een tafel voor hem regelde. Hij nam een vis-antipasto en daarna een stuk gegrilde tonijn, waarvan Bruno bezwoer dat hij vers was. Gezien de aandacht die Brunetti eraan besteedde, had de vis net zo goed bevroren of gevriesdroogd kunnen zijn. Iedere andere dag zou Brunetti zich schamen voor het gebrek aan aandacht voor zo'n exquise maaltijd, maar vandaag werd hij volledig in beslag genomen door zijn poging het verband te ontdekken tussen Moro's professionele leven en het leed dat zijn familie trof, en het maal werd dus genuttigd maar niet geproefd.

Hij stopte bij de deur van signorina Elettra's kantoor en zag dat ze voor het raam stond dat uitkeek op het kanaal dat naar het Bacino leidde. Ze ging zo op in waar ze naar keek dat ze hem niet hoorde binnenkomen, en hij bleef staan om haar niet te laten schrikken. Haar armen hield ze kruislings voor haar borst en ze leunde met een schouder tegen het raamkozijn, het ene been voor het andere. Hij zag haar en profil en terwijl hij stond te kijken, liet ze haar hoofd zakken en sloot haar ogen net een tel langer dan nodig. Ze deed ze weer open, haalde zo diep adem dat hij haar borsten omhoog zag gaan, en draaide toen weer weg van het raam. En zag dat hij naar haar stond te kijken.

Er gingen drie seconden voorbij. Paola had hem ooit verteld dat de Ieren op momenten dat troost nodig was vaak zeiden 'het spijt me van je zorgen', en dit lag op zijn lippen toen zij een stap naar haar bureau deed, probeerde te glimlachen en zei: 'Ik heb alles,' maar op een toon van iemand die niets had.

Er gingen weer drie seconden voorbij en toen liep hij ook naar haar bureau, in stilzwijgende overeenstemming dat ze zouden negeren wat net gebeurd was.

Hij zag twee stapels papier. Ze bleef staan en wees naar de eerste met de woorden: 'Dat is een lijst van studenten met vaders in het leger of de regering – dat is alles wat ik heb uitgezocht voor de studenten. En daaronder ligt een lijst van docenten aan de faculteit, in welke eenheid van het leger ze hebben gezeten en de laatste rang die ze hadden. En daaronder een lijst van de mannen die in de commissie voor militaire verwerving hebben gezeten met dottor Moro.'

De nieuwsgierigheid won het van het gezond verstand en hij vroeg: 'Oké. Vertelt u me alstublieft waar u dit allemaal gevonden heeft.' Toen ze niet antwoordde, stak hij zijn rechterhand op en zei: 'Ik beloof bij elk familielid dat u zou kiezen dat ik nimmer zal herhalen wat u me vertelt, het zal vergeten op het moment dat u het me verteld heeft, en onder geen beding iets zal loslaten aan hoofdinspecteur Scarpa, ongeacht welke middelen hij daarvoor inzet.'

Ze nam dit in overweging. 'Wat als hij verschrikkelijke dreigementen hanteert?'

'Zoals wat – me uitnodigen voor een drankje?'

'Erger nog. Een diner.'

'Ik zal sterk zijn.'

Ze capituleerde. 'Er is een manier om militaire personeelsbestanden in te zien. Het enige wat je nodig hebt, is de code en het dienstnummer van de persoon.' Omdat ze dit uit eigen beweging vertelde, vroeg Brunetti niet hoe ze aan de code of de nummers kwam. 'Het parlement is té makkelijk,' zei ze met verachting in haar stem. 'Daar kan een kind nog inbreken.' Hij nam aan dat ze het over de computerbestanden had, niet over het gebouw.

'En de lijsten van de scholen?' vroeg hij.

Ze zond hem een lange, speculatieve blik, en hij knikte om zijn gelofte van stilzwijgen te hernieuwen. Ze zei: 'Die heeft Pucetti gestolen toen hij daar was; hij heeft ze aan mij gegeven voor het geval ze van pas zouden komen.'

'Hebt u de tijd gehad ernaar te kijken?'

'Even. Sommige namen komen op meerdere lijsten voor.'

‘Zoals?’

Ze trok een vel papier uit de eerste stapel en wees op twee namen die ze al geel gearceerd had. ‘*Maggiore* Marcello Filippi en *colonello* Giovanni Toscano.’

‘Vertel het me maar,’ zei hij, ‘dat gaat sneller.’

‘De maggiore zat zevenentwintig jaar in het leger en ging drie jaar geleden met pensioen. In de zes jaar voordat hij met pensioen ging, had hij de leiding over de inkoopafdeling voor de paratroepers. Zijn zoon is derdejaars student aan de academie.’ Ze wees naar de tweede naam. ‘De colonello was militair adviseur voor de parlementaire commissie waarin Moro zat. Hij geeft nu les op de academie. Hij was op een seminar in Parijs in de week dat de jongen stierf.’

‘Is dat niet een terugval in status, om van een zetel in het parlement over te stappen op een docentschap op een militaire academie in de provincie?’

‘De colonello is na tweeëntwintig jaar militaire dienst in enig diskrediet met pensioen gegaan,’ zei signorina Elettra. ‘Althans,’ corrigeerde ze zichzelf onmiddellijk, ‘dat is het idee dat ik kreeg bij het lezen van interne rapporten.’

Interne rapporten, herhaalde Brunetti in zichzelf. Waar lag voor haar de grens? ‘Wat staat daarin?’

‘Dat bepaalde leden van de commissie zich niet geheel en al tevreden toonden over het functioneren van de colonello. Een van hen ging zelfs zo ver dat hij suggereerde dat de colonello geenszins onpartijdig was in het advies dat hij de commissie gaf.’

‘Moro?’

‘Ja.’

‘Aha.’

‘Precies.’

‘Niet onpartijdig in welke zin?’ vroeg Brunetti.

‘Dat stond er niet, maar dat ligt voor de hand, toch?’

'Ik denk het.' Als de colonello partijdig was op een manier die de commissie niet aanstond, moest dat gaan over het bevoordelen van de bedrijven die het leger bevoorraadden, en de eigenaren daarvan. Brunetti's aangeboren cynisme gaf hem in dat het ook nog weleens zo zou kunnen zijn dat Toscano steekpenningen kreeg van andere bedrijven dan de bedrijven die de parlementariërs in de commissie betaalden. Het wonderlijke hier was niet dat hij partijdig was – waarom zou hij anders een dergelijke positie willen bekleden? – maar dat hij was... Brunetti moest zich inhouden om geen 'gepakt' te zeggen, zelfs in zijn gedachten. Het was opmerkelijk dat hij gedwongen was om met pensioen te gaan, want Brunetti kon zich niet voorstellen dat een man in zijn positie zo stilletjes zou vertrekken. Hoe doorzichtig of excessief was zijn partijdigheid wel niet geweest als het tot zijn vertrek had geleid?

'Komt hij uit Venetië, de colonello?' vroeg hij.

'Nee, maar zijn vrouw wel.'

'Wanneer zijn ze hier gekomen?'

'Twee jaar geleden. Toen hij met pensioen ging.'

'Heeft u enig idee hoeveel hij verdient als docent aan de academie?'

Signorina Elettra wees weer naar het papier. 'Alle salarissen staan rechts naast hun namen.'

'Waarschijnlijk krijgt hij ook nog een militair pensioen,' zei Brunetti.

'Dat staat er ook bij,' antwoordde ze.

Brunetti keek naar het papier en zag dat de som van het pensioen van de colonello en zijn salaris op de academie veel hoger was dan zijn eigen salaris als commissario. 'Niet slecht, zou ik zeggen.'

'Ze zullen het desondanks wel zwaar hebben,' merkte ze op.

'Zijn vrouw?'

'Rijk.'

'Wat doceert hij?'

'Geschiedenis en militaire theorie.'

'En hij houdt er een specifiek politiek standpunt op na dat hij uitdraagt in zijn geschiedenislessen?'

Ze glimlachte om zijn zorgvuldig gekozen woorden en antwoordde: 'Daar kan ik nog geen antwoord op geven, meneer. Ik heb een vriend wiens oom daar wiskunde doceert, en hij heeft beloofd om het hem te vragen.'

'Het is waarschijnlijk geen verrassing wat zijn ideeën zijn,' vervolgde ze, 'maar je kunt het maar beter checken.'

Hij knikte. Geen van hen maakte zich enige illusies over de politieke standpunten en evenmin over de blik op de historie van een man die tweeëntwintig jaar in het leger had gediend. Maar net als signorina Elettra leek het Brunetti het beste om dit te verifiëren.

'En de twee mannen?' vroeg hij. 'Hebben die ooit iets samen gedaan in het leger?'

Ze glimlachte weer, alsof ze dit keer blij was met zijn scherpzinnigheid, en trok de tweede stapel papieren naar zich toe. 'Het lijkt erop dat terwijl de colonello advies uitbracht aan de parlementaire commissie, de net gepensioneerde maggiore bij de raad van bestuur van Edilan-Forma zat.'

'En dat is?' vroeg hij.

'Een bedrijf in Ravenna dat uniformen, laarzen en rugzakken aan het leger levert, en ook nog wat andere dingen.'

'Wat voor andere dingen?'

'Het is me nog niet gelukt om in hun computer in te breken,' zei ze, er duidelijk nog van uitgaand dat deze hele conversatie onder dezelfde vrijstelling viel. 'Maar zo te zien leveren ze alles wat soldaten kunnen aantrekken of dragen. Het lijkt er ook op dat ze als onderaannemers fungeren voor bedrijven die voedsel en drank aan het leger verkopen.'

'En waar komt dit allemaal op neer?' vroeg Brunetti.

'Miljoenen, meneer, miljoenen en miljoenen. Het is een enorme geldbron, of dat kan het zijn. Het leger spendeert tenslotte ongeveer zeventien miljard euro per jaar.'

'Maar dat is belachelijk,' flapte hij eruit.

'Niet voor iemand die de kans krijgt daar iets van mee te pikken,' zei ze.

'Edilan-Forma?'

'Maar desondanks,' antwoordde ze, en pakte de informatie die ze had verzameld er weer bij, 'heeft de commissie op een zeker moment de contracten met Edilan-Forma onderzocht omdat een van de commissieleden daar vragen over gesteld had.'

Hoewel hij de noodzaak er nauwelijks van inzag, vroeg Brunetti: 'Moro?'

Zij knikte.

'Wat voor vragen?'

'In de parlementaire notulen wordt gesproken over de prijzen van een aantal items en ook over de bestelde hoeveelheden,' zei ze.

'En wat is er gebeurd?'

'Toen het commissielid ontslag nam, zijn de vragen niet opnieuw gesteld.'

'En de contracten?'

'Die zijn allemaal verlengd.'

Was hij gek, vroeg hij zich af, dat hij dit zo normaal en makkelijk te volgen vond? Of waren ze allemaal gek, iedereen in het land? Feit was dat de papieren op signorina Elettra's bureau maar op één manier gelezen konden worden. De staatskas was een grabbelton, en publieke verspilling het ultieme voorrecht van het gezag. Moro, stomme en broodeerlijke Moro, had gewaagd hier vraagtekens bij te plaatsen. Brunetti twijfelde er geen moment meer aan dat Moro's vragen al beantwoord waren, niet aan hem, maar aan zijn familie.

'Als u er nog niet mee begonnen bent, kunt u dan wat meer opzoeken over Toscano en Filippi?'

'Daar was ik net mee begonnen toen u binnenkwam, meneer,' zei ze. 'Maar mijn vriend in Rome, degene die met de militaire dossiers werkt, is voor een paar dagen naar Livorno gestuurd, dus ik heb pas eind deze week toegang tot hun documenten.'

Zonder haar eraan te herinneren dat ze bij het raam stond toen hij binnenkwam, met een droevige blik op haar verleden of heden zonder ook maar ergens aan te beginnen, bedankte Brunetti haar en ging terug naar zijn kamer.

22

Met een beroep op zijn wilskracht slaagde Brunetti erin op de Questura te blijven tot het een normale tijd was om naar huis te gaan. Hij bezigde zichzelf met het lezen en aftekenen van rapporten, besloot vervolgens om er steeds eentje over te slaan, en daarna twee, hoewel hij met zorg 'GB' onder aan elk rapport schreef, ook op de rapporten die hij niet had gelezen. Terwijl hij zijn ogen langs woorden, kolommen met getallen, eindeloze reeksen feiten en cijfers liet glijden, die evenveel met elkaar te maken hadden als Anna Anderson met Tsaar Nicolaas II, bleven Brunetti's gedachten hangen bij Moro.

Vlak voordat hij vertrok, belde hij Avisani in Palermo.

Weer nam de journalist de telefoon op met zijn naam.

'Ik ben het, Beppe,' zei Guido.

'De dag is nog niet eens voorbij, Guido. Gun me wat tijd,' zei de journalist stekelig.

'Ik bel je niet om te zeuren, Beppe, geloof me. Ik wil graag twee namen aan de lijst toevoegen,' begon Brunetti. Voordat Avisani kon weigeren, zei hij: 'Colonello Giovanni Toscano en maggiore Marcello Filippi.'

Na lange tijd zei Avisani: 'Zo, zo. Waar zout is, is peper, waar olie, azijn, waar rook, vuur.'

'En waar Toscano, Filippi, neem ik aan?' vroeg Brunetti.

'Zeer zeker. Hoe ben je over die twee gestruikeld?'

'Moro,' zei Brunetti eenvoudig. 'Ze waren beiden gelieerd aan de commissie waar Moro in zat toen hij uit het parlement stapte.'

'Ah, ja. Verwerving,' zei Avisani, waarbij hij het woord uitrekte alsof de klank ervan hem goeddeed.

'Weet jij daar iets van?' vroeg Brunetti, hoewel hij er zeker van was dat zijn vriend dat deed.

'Ik weet dat colonello Toscano werd aangespoord zijn positie als adviseur van de parlementaire commissie op te geven en dat hij vrij snel daarna besloot zich terug te trekken uit het leger.'

'En Filippi?'

'Ik schat in dat de maggiore tot de conclusie is gekomen dat zijn positie te bedenkelijk was geworden.'

'Welke positie was dat?'

'Echtgenoot van de nicht van de directeur van het bedrijf dat de voornaamste toeleverancier van de paratroepers was.'

'Edilan-Forma?' vroeg Brunetti.

'Je bent flink bezig geweest,' zei Avisani bij wijze van compliment.

In werkelijkheid was het signorina Elettra was die zo bezig was geweest, maar het leek hem beter dit niet op te biechten aan iemand van de pers. 'Heb je hierover geschreven?' vroeg Brunetti.

'Keer op keer, Guido,' verzuchtte Avisani gelaten.

'En?'

'En wat verwacht je van de mensen? Dat ze doen alsof het ze verbaast, alsof ze hun eigen zaakjes anders aanpakken? Weet je nog wat die komiek op de tv zei toen ze met het Mani Pulite-onderzoek begonnen?'

'Dat we allemaal schuldig waren aan de corruptie en dat iedereen een paar dagen de cel in moest?' vroeg Brunetti, terugdenkend aan Grillo's bezeten oproep aan zijn medeburgers. Hij was een komiek, Grillo, dus mensen mochten erom lachen, maar wat hij die avond had gezegd, was geenszins grappig geweest.

'Ja,' zei Avisani, die daarmee Brunetti's aandacht weer trok. 'Ik schrijf hier al jaren artikelen over, hierover en over andere overheidsinstellingen die voornamelijk bestaan om geld door te sluizen naar vrienden en familie. En het kan niemand wat schelen.' Hij gaf Brunetti de kans te reageren, en herhaalde toen: 'Het kan niemand wat schelen omdat iedereen denkt dat hij vroeg of laat misschien ook de kans krijgt om gemakkelijk geld te verdienen, dus iedereen heeft er belang bij dat het systeem blijft zoals het is. En dat doet het.'

Aangezien Brunetti wist dat dit waar was, zag hij geen reden tegen de beweringen van zijn vriend in te gaan. Terugkomend op Avisani's eerste reactie, vroeg hij: 'Is dat het enige wat hen verbindt?'

'Nee. Ze zijn tegelijkertijd afgestudeerd aan de academie van Modena.'

'En daarna?' vroeg Brunetti.

'Dat weet ik niet. Ik vraag me af of het er iets toe doet. Wat telt, is dat ze elkaar goed kenden en dat ze uiteindelijk beiden betrokken waren bij de verwerving.'

'En zijn ze allebei gepensioneerd?'

'Ja, vrijwel rond dezelfde tijd.'

'Waar zit Filippi, weet je dat?' vroeg Brunetti.

'Ik denk dat hij in Verona woont. Wil je dat ik hem natrek?'

'Ja.'

'In hoeverre?'

'Zo ver mogelijk.'

'En ik neem aan dat je me op de gebruikelijke wijze betaalt?' vroeg Avisani met een lach.

'Waardeer je de kookkunsten van mijn vrouw soms niet?' vroeg Brunetti met gespeelde verontwaardiging. Voordat Avisani antwoord kon geven, zei hij: 'Ik wil niet dat je er te veel gedoe van hebt, Beppe.'

Dit keer was het de journalist die lachte. 'Guido, als ik me zorgen zou maken over gedoe of hachelijke situaties, zou ik dit werk waarschijnlijk niet kunnen doen.'

'Dankjewel, Beppe,' zei Brunetti, en de hartelijke lach waarmee de ander ophing bevestigde dat hun vriendschap nog net zo goed was als altijd.

Hij ging naar beneden en hoewel hij de onweerstaanbare aantrekkingskracht van signorina Elettra en haar computer probeerde te negeren, slaagde hij daar niet in. Het licht in haar kamer was niet aan en het donkere scherm van de computer deed vermoeden dat ze nog niet gevonden had wat hij haar gevraagd had. Er was niets meer wat hij doen kon zonder haar bureau te doorzoeken, dus hij ging naar huis naar zijn familie en zijn avondmaal.

De volgende morgen was hij voor achten op de Questura, en toen zijn omweg langs signorina Elettra's kamer hem leerde dat zij er nog niet was, liep hij verder naar de agentenkamer, waar hij Pucetti met een tijdschrift aan een bureau trof. De jongeman stond op toen hij Brunetti zag. 'Goedemorgen, commissario. Ik hoopte al dat u vroeg zou zijn.'

'Wat heb je gevonden?' vroeg Brunetti. Hij was zich vaag bewust van een beweging achter zich en hij zag de reflectie ervan op Pucetti's gezicht, waarvan de glimlach verdween. 'Alleen deze formulieren, meneer,' zei hij, en reikte over zijn bureau naar het bureau ernaast, waar hij twee stapels papier vanaf pakte. 'Ik denk dat deze uw handtekening behoeven,' zei hij op neutrale toon.

Zijn toon imiterend, zei Brunetti: 'Ik moet even naar Bocchese beneden. Kun je deze naar boven brengen en ze voor me op mijn bureau leggen?'

'Natuurlijk, meneer,' zei Pucetti, die eerst één stapel en toen de andere boven op zijn tijdschrift legde en er een recht blok van klopte. Toen hij dat oppakte, was het tijdschrift verdwenen.

Brunetti keerde zich naar de deur en zag dat de doorgang versperd werd door hoofdinspecteur Scarpa. 'Goedemorgen, hoofdinspecteur,' zei Brunetti neutraal. 'Is er iets wat ik voor u kan doen?'

'Nee, meneer,' antwoordde de hoofdinspecteur. 'Ik wilde Pucetti spreken.'

Er trok een dankbaar verraste uitdrukking over Brunetti's gezicht. 'Ach, wat fijn dat u me eraan herinnert, hoofdinspecteur: er is iets wat ik Pucetti moet vragen.' Hij richtte zich tot de jongeman: 'Je kunt op me wachten in mijn kantoor. Ik ben zo klaar bij Bocchese.' Met een vriendelijke glimlach naar de hoofdinspecteur, zei Brunetti: 'U weet dat Bocchese graag vroeg begint,' daarmee suggererend dat iedereen op de Questura dit wist, hoewel het algemeen bekend was dat Bocchese het eerste uur van zijn dag doorbracht met het lezen van *La Gazzetta dello Sport* en het afschuiven van weddenschappen in drie verschillende landen via zijn e-mailadres op de Questura.

Zwijgend ging de hoofdinspecteur opzij om zijn superieur te laten passeren. Brunetti wachtte net buiten de deur tot Pucetti naast hem stond en sloot toen de deur van de kamer achter hen.

'Ach, ik denk dat Bocchese ook nog wel even kan wachten,' verzuchtte Brunetti. Toen ze in zijn kamer waren, sloot Brunetti de deur achter hen en terwijl hij zijn jas uitdeed en die in de kast hing, zei hij: 'Wat heb je ontdekt?'

Pucetti hield de papieren onder zijn arm geklemd en zei: 'Ik denk dat er iets aan de hand is met die Ruffo-jongen, meneer. Ik ben er gisteren heen gegaan en heb in het café verderop in de straat van de school rondgehangen; toen hij daar binnenkwam, heb ik hallo gezegd. Ik heb hem een kop koffie aangeboden, maar ik kreeg de indruk dat hij nerveus werd van ons gesprek.'

'Of van gezien worden terwijl hij met jou in gesprek was,' opperde Brunetti. Toen Pucetti dat beaamde, vroeg Brunetti: 'Waarom denk je dat er iets met hem aan de hand is?'

'Volgens mij had hij gevochten.' Zonder te wachten op een vraag van Brunetti, ging Pucetti verder: 'Allebei zijn handen waren geschaafd en de knokkels van zijn rechterhand waren opgezwollen. Toen hij zag dat ik ernaar keek, probeerde hij ze achter zijn rug te verbergen.'

'En verder?'

'Hij bewoog zich anders, alsof hij stijf was.'

'Wat heeft hij je verteld?' vroeg Brunetti toen hij achter zijn bureau ging zitten.

'Hij zei dat hij, nu hij de tijd heeft gehad erover na te denken, beseft dat het waarschijnlijk toch zelfmoord was,' zei Pucetti.

Brunetti zette zijn ellebogen op het bureau en legde zijn kin op zijn gevouwen handen. Hij hield zijn mond om te horen wat Pucetti verteld was, maar ook om te horen hoe hij er zelf over dacht.

Ten overstaan van zijn stilzwijgende superieur opperde Pucetti: 'Dat gelooft hij niet echt, meneer, dat denk ik tenminste niet.'

'Waarom niet?'

'Hij leek bang, en hij klonk alsof hij iets herhaalde wat hij uit zijn hoofd had moeten leren. Ik vroeg hem waarom hij nu toch dacht dat het zelfmoord was, en hij zei dat dat was omdat Moro zich vreemd had gedragen de afgelopen weken.' Pucetti wachtte even en vervolgde toen: 'Exact het tegenovergestelde van wat hij me de eerste keer heeft verteld. Het was alsof hij op een teken van mij zat te wachten dat ik hem geloofde.'

'En heb je hem dat gegeven?' vroeg Brunetti.

'Natuurlijk, meneer. Als hij dat nodig heeft om zich veilig te voelen, en dat denk ik, dan kan hij dat maar beter krijgen.'

'Waarom denk je dat, Pucetti?'

'Omdat hij zich dan ontspant, en als hij zich ontspant wordt hij des te banger als we weer met hem praten.'

'Hier, bedoel je?'

'Beneden, ja. Met een groot iemand erbij in de kamer.'

Brunetti keek op naar de jongeman en glimlachte.

Het lag voor de hand om Vianello te kiezen voor de rol van krachtpatser, een man die uitblonk in de kunst van het verbergen van zijn wezenlijk goede natuur achter uitdrukkingen die konden variëren van ontstemd tot furieus. Hij kreeg echter niet de kans om zijn repertoire op cadet Ruffo los te laten, want toen de inspecteur en Pucetti een uur later op de San Martino Academie aankwamen, was de cadet niet in zijn kamer, en de jongens op zijn verdieping wisten ook niet waar hij uithing. Het was de comandante die, toen hun vragen hen uiteindelijk naar zijn kantoor hadden geleid, opheldering gaf door ze te vertellen dat cadet Ruffo verlof had gekregen om zijn familie te bezoeken en minstens twee weken niet meer op de academie werd verwacht.

Toen ze hem ernaar vroegen, hield de comandante zich op de vlakte over de exacte reden van cadet Ruffo's verlof; hij zei iets over 'familieaangelegenheden', alsof dat hun nieuwsgierigheid zou stillen.

Vianello wist dat de studentenlijst in bezit was van signorina Elettra, een lijst die het adres van Ruffo's ouders zeker zou bevatten, dus het was puur uit nieuwsgierigheid naar de reactie van de comandante dat hij naar de lijst vroeg. Die weigerde en benadrukte dat het adres van studenten vertrouwelijke informatie betrof. Vervolgens kondigde hij aan dat hij naar een vergadering moest en vroeg hen te vertrekken.

Toen de twee mannen terug waren op de Questura en verslag van hun bezoek hadden uitgebracht aan Brunetti, vroeg hij Pucetti: 'Wat was je algemene indruk van de cadetten?'

'Ik zou graag zeggen dat ze bang waren, net zoals Ruffo de laatste keer dat ik hem sprak, maar dat waren ze niet. Sterker nog, ze leken boos dat ik ze iets vroeg, bijna alsof ik niet het recht had om met ze te praten.' De jonge agent haalde zijn schouders op alsof hij niet goed wist hoe hij dit allemaal moest verklaren. 'Ik bedoel, ze zijn allemaal zeven of acht jaar jonger dan ik, maar ze deden alsof ze tegen een kind praatten, of tegen iemand die hun zou moeten gehoorzamen.' Hij keek onthutst.

'Bijvoorbeeld een gewone voetsoldaat?'

Het niet volgend, vroeg Pucetti: 'Neemt u me niet kwalijk, meneer?'

'Alsof ze tegen een gewone voetsoldaat praatten. Was dat de toon die ze aansloegen?'

Pucetti knikte. 'Ja, dat denk ik, alsof ik hun moest gehoorzamen en geen vragen mocht stellen.'

'Maar dat verklaart nog niet waarom ze niets wilden zeggen,' kwam Vianello tussenbeide.

'Daar is meestal maar één reden voor,' zei Brunetti.

Voordat Vianello kon vragen wat hij bedoelde, flapte Pucetti eruit: 'Omdat ze allemaal weten waar Ruffo uithangt en ze niet willen dat wij met hem praten.'

Opnieuw schonk Brunetti de jongeman een bemoedigende glimlach.

Tegen drie uur die middag zaten ze in een onherkenbare politiewagen die geparkeerd stond op honderd meter afstand van de oprit van het opgegeven thuisadres van cadet Ruffo: een melkboerderij aan de rand van Dolo, een klein stadje halverwege Venetië en Padova. Het stenen huis, lang en plat en aan één kant verbonden met een grote schuur, stond een eindje van een met populieren omzoomde weg vandaan. Er liep een grindweggetje naartoe vanaf de weg, maar de recente regenbuien hadden dat veranderd in een smalle strook modder tussen stukken dood gras waar modderige plassen op stonden. Er was nergens een boom te zien, hoewel hier en daar stronken in het veld stonden die verraadden waar ze omgehakt waren. Het kostte Brunetti – die stijf en koud in de auto zat – moeite om zich toch een ander seizoen dan dit voor de geest te halen, maar hij vroeg zich toch af wat het vee zou doen zonder bescherming tegen de zomerzon. Toen herinnerde hij zich hoe zelden koeien nog de wei in gingen op de boerderijen in de nieuwe Veneto: ze stonden doorgaans op stal, gereduceerd tot bewegingsloze radertjes in de grote melkproductiemachine.

Het was koud; er waaide een gure wind uit het noorden. Eens in de zoveel tijd zette Vianello de motor aan en de verwarming hoog, tot het zo heet in de auto werd dat een van de andere twee een raampje moest opendoen.

Na een halfuur zei Vianello: 'Ik denk niet dat het veel zin heeft om hier te zitten wachten tot hij komt opdagen. Waarom gaan we niet gewoon vragen of hij er is?'

Zoals het zijn inferieure positie betaamde, zowel qua rang als qua locatie op de achterbank, zei Pucetti niets en liet het aan Brunetti over om te antwoorden.

Brunetti zat zich al een tijdje hetzelfde af te vragen, en Vianello's uitval was genoeg om hem te overtuigen. 'Je hebt gelijk,' zei hij. 'Laten we gaan kijken of hij er is.'

Vianello startte de motor en zette de auto in zijn versnelling. Langzaam, met wielen die af en toe slipten bij gebrek aan vaste grond, reden ze door de modder en kiezels naar het huis. Toen ze dichterbij kwamen, werden de tekenen van het landleven steeds duidelijker. Een verlaten rubberband, zo groot dat hij alleen van een tractor kon zijn, stond tegen de voorkant van een schuur. Links van de deur van het huis stond een rij rubberlaarzen in ongelijke paren van zwart en bruin, lang en kort. Twee grote honden kwamen achter het huis vandaan en renden op hen af, laag bij de grond en stil, en daarom angstaanjagend. Ze stopten op twee meter afstand van de auto, beide aan de passagierskant en bleven daar staan staren, hun lippen dreigend teruggetrokken, maar nog altijd stil.

Brunetti kon maar een paar bekende rassen herkennen en hij dacht iets van een Duitse herder in deze honden te zien, maar verder kon hij er weinig van maken. 'Nou?' vroeg hij Vianello.

Geen van de anderen zei iets, dus Brunetti duwde zijn deur open en zette een voet op de grond, waarbij hij met zorg een stukje droog gras uitkoos. De honden deden niets. Hij zette zijn andere voet op de grond en duwde zichzelf uit de auto. De honden verroerden zich niet. Zijn neusgaten werden overvallen door de scherpe geur van koeienurine en hij zag dat de plassen voor de deuren van wat hem de schuur leek donker, schuimend bruin waren.

Hij hoorde een autodeur opengaan, daarna nog een, en toen stond Pucetti naast hem. Bij het zien van de twee mannen naast elkaar, weken de honden een stukje achteruit. Vianello liep voor de auto langs en de honden trokken zich nog verder terug, tot ze bij de hoek van het gebouw stonden. Vianello stampte opeens met zijn rechtervoet en zette een grote stap hun kant op, en ze verdwenen om de hoek van het gebouw, nog altijd zonder een kik te geven.

De mannen liepen naar de voordeur waarop een enorme ijzeren ring dienstdeed als klopper. Brunetti tilde die op en liet hem tegen de metalen plaat vallen die op de deur gespijkerd zat. Hij genoot van het gewicht ervan in zijn hand en daarna van de krachtige galmende klap die het gaf. Toen er niets gebeurde, deed hij dit nog een keer. Even later hoorden ze een stem die van binnenuit iets riep wat ze niet konden verstaan.

De deur werd opengedaan door een kleine vrouw met donker haar in een vormeloze grijze wollen jurk met daaroverheen een dik groen vest dat duidelijk met de hand was gebreid – een onhandige hand. Omdat ze korter was dan zij, deed ze een stap achteruit en hield haar hoofd achterover om hen goed te kunnen bekijken. Brunetti zag dat er iets niet klopte in de verhoudingen van haar gezicht: het linkeroog trok omhoog naar haar slaap, terwijl haar linkermondhoek juist omlaaghing. Haar huid leek zo zacht als die van een baby en vertoonde geen rimpels, hoewel ze al een flink eind in de veertig moest zijn.

'Sì?' vroeg ze na een tijdje.

'Woont Giuliano Ruffo hier?' vroeg Brunetti.

Het leek alsof ze een andere taal sprak, zo lang duurde het voordat ze de betekenis van zijn woorden leek te vatten. Brunetti keek toe en dacht dat hij haar het woord 'Giuliano' zag vormen met haar lippen, alsof dat haar zou helpen de vraag te beantwoorden.

'*Momento*,' zei de vrouw; ze had grote moeite met de medeklinkers. Ze draaide zich om en liet het aan hen over om de deur dicht te doen. Voor hetzelfde geld, dacht Brunetti, hadden ze nu het hele huis kunnen leegroven of als ze daar zin in hadden iedereen kunnen vermoorden en wegrijden zonder gestoord te worden, zelfs niet door de honden.

De drie mannen vulden de hal en bleven daar staan wachten tot de vrouw terugkwam of tot er iemand kwam die hun vragen beter kon beantwoorden. Na een paar minuten hoorden ze voetstappen naar hen toekomen van achter uit het huis. De vrouw in het groene vest kwam terug met achter haar nog een vrouw, jonger, in een vest van dezelfde wol, maar gebreid met een vastere hand. De gelaatstrekken en ook de houding van deze vrouw waren verfijnder: donkere ogen die onmiddellijk de zijne zochten, welgevormde lippen paraat om te spreken, en een belangstellende houding maakten op Brunetti een algehele indruk van helderheid en licht.

'Sì?' zei ze. Zowel haar toon als haar gezichtsuitdrukking gaf aan dat ze niet alleen antwoord wenste, maar ook een verklaring.

'Ik ben commissario Guido Brunetti, signora. Ik zou Giuliano Ruffo graag willen spreken. Volgens onze gegevens woont hij hier.'

'Waar wilt u hem over spreken?' vroeg de tweede vrouw.

'Over de dood van een van de cadetten in zijn jaar.'

Tijdens deze uitwisseling van informatie ging de eerste vrouw naast Brunetti staan, haar mond open, en haar gezicht ging heen en weer van de een naar de ander terwijl hij met de jongere vrouw sprak; ze leek alleen geluid te registreren. Brunetti zag haar en profil en zag dat de onbeschadigde kant van haar gezicht leek op dat van de andere vrouw. Zussen waarschijnlijk, of misschien nichtjes.

'Hij is er niet,' zei de jongere vrouw.

Brunetti had hier het geduld niet voor. 'Dan is hij in overtreding van zijn verlof van de academie,' zei hij, denkend dat dat nog weleens waar kon zijn ook.

'De academie kan de pot op,' antwoordde ze fel.

'Des te meer reden om met ons te praten,' reageerde hij.

'Zoals ik al zei, hij is hier niet.'

Plotseling kwaad, zei Brunetti: 'Ik geloof u niet.' Hij realiseerde zich hoe het leven op het platteland was: de saaiheid van het werk, die alleen doorbroken werd door de hoop dat een van de buren getroffen zou worden door een of ander nieuw drama. 'Als u wilt, kunnen we vertrekken en weer terugkomen met drie auto's met gillende sirenes en rode flitslichten om uw erf mee vol te zetten en dan aan alle buren gaan vragen of ze weten waar hij is.'

'Dat doet u toch niet,' zei ze, veel dichter bij de waarheid dan ze zich realiseerde.

'Laat me dan met hem praten,' zei Brunetti.

'Giuliano,' zei de eerste vrouw tot ieders verrassing.

'Het is in orde, Luigina,' zei de jongere vrouw, terwijl ze een hand op haar onderarm legde. 'Deze mannen komen Giuliano opzoeken.'

'Giuliano,' herhaalde de oudere vrouw met dezelfde, matte monotone stem.

'Ja, *cara*. Ze zijn vrienden van hem, ze komen op bezoek.'

'Vrienden,' herhaalde de vrouw met een scheve glimlach. Ze liep naar de kolos Vianello, die hoog achter zijn collega's opdoemde. Ze stak haar rechterhand omhoog en legde haar platte hand midden op zijn borst. Ze hief haar gezicht op naar het zijne en zei: 'Vriend.'

Vianello legde zijn hand op de hare en zei: 'Zo is het, signora. Vrienden.'

23

Er volgde een zeer ongemakkelijk moment, in ieder geval voor Brunetti, Pucetti en de jongere vrouw. Vianello en Luigina bleven verbonden door haar hand op zijn borst, terwijl Brunetti zich tot de andere vrouw richtte en zei: 'Signora, ik moet Giuliano echt spreken. U heeft het woord van mijn inspecteur, we zijn vrienden.'

'Waarom zou ik u vertrouwen?' vroeg ze.

Brunetti keerde zich een slag naar Vianello, die nu zachtjes op de hand van de andere vrouw klopte. 'Omdat zij dat doet,' zei hij.

De jongere vrouw maakte aanstalten te protesteren, maar liet dat varen voordat ze het eerste woord had uitgesproken. Brunetti kon aan haar gezicht aflezen dat ze de waarheid van zijn opmerking onderkende. Haar lichaam ontspande en ze vroeg: 'Waarover moet u hem spreken?'

'Zoals ik al zei, signora, over de dood van de cadet.'

'Alleen daarover?' Haar blik was net zo helder en direct als haar vraag.

'Ja.' Hij had het daarbij kunnen laten, maar voelde de druk van Vianello's belofte. 'Als het goed is wel. Maar dat weet ik pas als ik hem spreek.'

Opeens haalde Luigina haar hand van Vianello's borst. Ze wendde zich tot de andere vrouw en zei: 'Giuliano.' Nadat ze de naam had uitgesproken, volgde een nerveuze grijns, die iets deed met haar mond en ook met Brunetti's mededogen.

De jongere vrouw ging dicht bij haar staan en nam haar

rechterhand in beide handen. 'Het is in orde, Luigina. Giuliano zal niets gebeuren.'

De vrouw moet begrepen hebben wat zij hoorde, want de grijns veranderde in een grote glimlach en ze klapte in haar handen met onverbloemde blijdschap. Ze draaide zich om om het huis in te lopen, maar voor ze een stap kon zetten, legde de jongere vrouw een hand op haar arm om haar tegen te houden. 'Maar die meneer moet Giuliano alleen spreken,' begon ze en keek opzichtig op haar horloge. 'En terwijl hij dat doet, kun jij de kippen eten geven. Daar is het tijd voor.' Brunetti wist weinig van het boerenleven, maar hij wist wel dat kippen niet midden op de dag gevoerd werden.

'Kippen?' vroeg Luigina, verward door de plotselinge verandering van onderwerp.

'Heeft u kippen, mevrouw?' vroeg Vianello buitengewoon enthousiast, en hij deed een stap naar voren zodat hij recht voor haar kwam te staan. 'Wilt u die aan mij laten zien?' vroeg hij.

Weer die scheve glimlach bij het vooruitzicht haar vriend de kippen te laten zien.

Vianello wendde zich tot Pucetti en zei: 'De signora gaat ons de kippen laten zien, Pucetti.' Zonder op Pucetti's antwoord te wachten, legde Vianello een hand op de arm van de vrouw en begon met haar naar de voordeur te lopen. 'Hoeveel...?' hoorde Brunetti de inspecteur beginnen, en toen, alsof hij zich realiseerde dat tellen waarschijnlijk te hoog gegrepen was voor deze vrouw, switchte hij naadloos naar: ' ...keer heb ik al naar kippen willen kijken.' Hij wendde zich tot Pucetti: 'Kom op, we gaan naar de kippen kijken.'

Toen ze alleen waren, vroeg Brunetti aan de vrouw: 'Mag ik vragen wie u bent, signora?'

'Ik ben Giuliano's tante.'

'En de andere signora?' vroeg hij.

‘Zijn moeder.’ Toen Brunetti dit niet met een vraag beantwoordde, voegde ze eraan toe: ‘Ze heeft een aantal jaar geleden een ongeluk gehad, toen Giuliano nog een kind was.’

‘En daarvoor?’ vroeg Brunetti.

‘Wat bedoelt u? Of ze normaal was?’ vroeg ze. Ze probeerde kwaad te klinken, waar ze niet volledig in slaagde.

Brunetti knikte.

‘Ja, toen wel. Net zo normaal als ik. Ik ben haar zus, Tiziana.’

‘Dat dacht ik al,’ zei hij. ‘Jullie lijken erg op elkaar.’

‘Zij was de mooiste van ons twee,’ zei ze droevig. ‘Hiervoor.’ Als hij kon afgaan op de verwaarloosde schoonheid van deze vrouw, dan moest Luigina inderdaad beeldschoon geweest zijn.

‘Mag ik vragen wat er gebeurd is?’

‘U bent toch van de politie?’

‘Ja.’

‘Betekent dat dat u de dingen voor zich moet houden?’

‘Als ze losstaan van de zaak die ik onderzoek wel.’ Brunetti vertelde haar niet dat het meer een kwestie was van wat hij niet wilde onthullen dan van wat hij niet mocht onthullen, maar ze nam genoegen met zijn antwoord.

‘Haar man heeft haar neergeschoten. En daarna schoot hij op zichzelf,’ zei zij. Toen Brunetti niet reageerde, ging ze verder: ‘Hij wilde eerst haar van het leven beroven en daarna zichzelf. Maar hij faalde, althans bij Luigina.’

‘Waarom deed hij dat?’

‘Hij dacht dat ze een affaire had.’

‘Was dat zo?’

‘Nee.’ Haar antwoord liet geen ruimte voor twijfel. ‘Maar hij was een jaloerse man, altijd. En gewelddadig. We hebben haar allemaal gewaarschuwd om niet met hem te trouwen, maar ze deed het toch.’ Na een lange pauze zei ze: ‘Liefde,’ alsof ze naar de ziekte werd gevraagd die haar zus kapot had gemaakt.

'Hoe lang geleden is dit gebeurd?'

'Acht jaar. Giuliano was tien.' De vrouw sloeg ineens haar armen over elkaar, klemde haar handen om haar bovenarmen alsof ze daar houvast zochten.

Toen hij eraan dacht, schokte het idee hem zo dat hij begon te praten voordat hij besefte hoe pijnlijk de vraag voor haar zou zijn. 'Waar was Giuliano?'

'Nee, hij was er niet bij,' antwoordde ze. 'Hij heeft hem in ieder geval niets aangedaan.'

Brunetti wilde weten hoe ernstig de andere vrouw beschadigd was, maar herkende dit als schaamteloze nieuwsgierigheid, dus hij vroeg er niet naar. Luigina's gedrag en asymmetrische gezicht waren bewijs genoeg van wat er over was; de vitaliteit van deze vrouw was genoeg om een idee te krijgen van wat verdwenen was.

Terwijl ze verder het huis in liepen, vroeg Brunetti: 'Waarom is hij van school weggegaan?'

'Hij zei...' begon ze, maar haar stem stokte. Brunetti merkte dat ze het vervelend vond dat ze het hem niet kon uitleggen. 'Ik denk dat u dat beter aan Giuliano kunt vragen.'

'Had hij het daar naar zijn zin?'

'Nee. Nooit.' Een direct, fel antwoord.

'Waarom ging hij er dan heen, of waarom bleef hij?'

Ze stopte en draaide zich om om hem aan te kijken en hij zag dat haar ogen, die eerst donker hadden geleken, in werkelijkheid amberkleurige vlekjes hadden en leken te glanzen, zelfs in het zwakke licht in de gang.

'Weet u iets over de familie?'

'Nee, niets,' zei hij, en hij had meteen spijt dat hij signorina Elettra niet gevraagd had om hun privacy verder te schenden en hun geheimen te ontrafelen. Dan was dit allemaal een stuk minder verrassend geweest en dan had hij geweten naar welke informatie hij op zoek was. Weer sloeg ze haar armen over elkaar en draaide ze zich om. 'Heeft u daar dan niets over gelezen?'

'Nee, niet dat ik me kan herinneren.' Hij vroeg zich af hoe hij dit geval had kunnen missen, het moest breed uitgemeten zijn in de pers.

'Het is gebeurd toen ze in Sardegna zaten, op de marinebasis daar,' zei ze, alsof dat alles zou verklaren. 'En de schoonvader van mijn zus heeft het stil kunnen houden.'

'Wie is dat, haar schoonvader?' vroeg Brunetti.

'Ammiraglio Giambattista Ruffo,' zei ze.

Brunetti herkende de naam onmiddellijk: de man die bekendstond als 'Admiraal van de Koning' wegens zijn openlijke monarchistische sentimenten en meningen. Brunetti dacht dat Ruffo uit Genova kwam, had een vage herinnering aan de verhalen die al jaren de ronde deden over de man. Ruffo was wegens verdienste opgeklommen in de marine, waarbij hij zijn ideeën voor zich had gehouden, maar eenmaal verzekerd van zijn hoge rang – en Brunetti dacht dat dit ongeveer vijftien jaar geleden was – had hij er geen geheim meer van gemaakt dat hij vond dat de monarchie in ere hersteld moest worden. De poging van het ministerie van Defensie om Ruffo tot zwijgen te brengen had hem een soort acute faam gebracht, want hij weigerde zijn verklaringen in te trekken. De serieuzere kranten, als die al bestonden in Italië, werden het verhaal snel beu, en lieten het verder over aan die tijdschriften waarvan de cover wekelijks gewijd was aan een van de vele aspecten van de vrouwelijke anatomie.

Gezien zijn faam was het niet verwonderlijk dat zijn zoons zelfmoord niet ontaard was in een mediafestijn, maar Brunetti kon zich de zaak zelfs helemaal niet herinneren. 'Hoe heeft hij dat stil kunnen houden?' vroeg Brunetti.

'In Sardegna, op de marinebasis, was hij de bevelhebber,' begon ze.

'Bedoelt u de admiraal?' onderbrak Brunetti haar.

'Ja. Omdat het zich allemaal daar afspeelde, kon de pers erbuiten gehouden worden.'

'Hoe is het gedocumenteerd?' vroeg Brunetti, wetend dat onder dergelijke omstandigheden bijna alles mogelijk was.

'Dat hij is omgekomen bij een ongeval, en dat Luigina daarbij ernstig gewond is geraakt.'

'Is dat alles wat ze gezegd hebben?' vroeg hij, verbaasd over zijn eigen argeloosheid dat hij dit vreemd vond.

'Natuurlijk. De marinepolitie deed het onderzoek en een arts van de marine deed de autopsie. Luigina was niet eens zwaar gewond door de kogel. Die raakte haar in haar arm. Maar ze is op haar hoofd gevallen. Dat heeft de schade veroorzaakt.'

'Waarom vertelt u me dit?' vroeg Brunetti.

'Omdat Giuliano niet weet wat er werkelijk gebeurd is.'

'Waar was hij?' vroeg Brunetti. 'Toen het gebeurde, bedoel ik.'

'Daar. Maar in een ander gedeelte van het huis, met zijn grootouders.'

'En heeft niemand het hem ooit verteld?'

Ze schudde haar hoofd. 'Volgens mij niet. Tot nu toe in ieder geval niet.'

'Waarom zegt u dat?' vroeg hij. Hij merkte dat de zekerheid ineens uit haar stem was verdwenen.

Ze wreef met haar rechterhand over haar slaap, net bij de haargrens. 'Ik weet het niet. Hij vroeg ernaar, deze keer toen hij thuiskwam. Ik ben bang dat ik het niet goed aangepakt heb. In plaats van hem gewoon te vertellen wat we hem altijd verteld hebben over het ongeluk, heb ik gevraagd waarom hij dat wilde weten.' Ze stopte met praten en keek naar de vloer, haar vingers nog steeds druk in de weer bij de haargrens.

'En?' drong Brunetti aan.

'En toen hij geen antwoord gaf, zei ik dat hij allang wist wat er gebeurd was, dat het een vreselijk ongeluk is geweest waarbij zijn vader is omgekomen.' Ze stopte weer.

'Geloofde hij u?'

Ze schudde de vraag van zich af als een koppig kind dat weigert een vervelend onderwerp te bespreken.

Brunetti wachtte af, hij herhaalde de vraag niet. Uiteindelijk zei ze, terwijl ze haar ogen opsloeg naar de zijne: 'Ik weet niet of hij me geloofde of niet.' Ze stopte, overwoog hoe ze dit moest uitleggen, en ging toen verder: 'Toen hij jonger was, vroeg hij er vaak naar. Het was als een soort koorts die steeds sterker werd, tot hij me er weer naar móest vragen, ook al had ik hem al zo vaak verteld wat er gebeurd was. En dan was het een tijdje goed, maar daarna begon het weer. Dan had hij het over zijn vader of stelde vragen over hem, of over zijn grootvader, tot hij er niet meer tegen kon en weer naar zijn vaders dood vroeg.' Ze sloot haar ogen en liet haar handen langs haar zij vallen. 'En ik vertelde hem steeds dezelfde afgezaagde leugen. Tot ik die niet meer kon horen.'

Ze draaide zich van hem weg en begon weer naar de achterkant van het huis te lopen. Haar volgend, waagde Brunetti nog een laatste vraag: 'Leek hij dit keer anders te reageren?'

Ze liep door, maar hij zag haar schouders ineens op en neer gaan om de vraag van zich af te schudden. Een paar stappen verder bleef ze voor een deur staan, maar ze draaide zich niet om om hem aan te kijken. 'Elke keer dat hij het vroeg, bedaarde hij weer nadat ik hem verteld had wat er gebeurd was, maar dit keer niet. Hij geloofde me niet. Hij gelooft me niet meer.' Ze verklaarde niet waarom ze dat dacht, en Brunetti vond het niet nodig om ernaar te vragen: de jongen zou een veel betrouwbaardere bron zijn.

Ze deed een deur open die uitkwam op weer een lange gang, stopte bij de tweede deur rechts en klopte aan. Hij ging bijna onmiddellijk open en Giuliano Ruffo kwam de gang in. Hij zag zijn tante en glimlachte; daarna keerde hij zich naar Brunetti en herkende hem. De glimlach verdween, laaide een hoopvol moment weer op en stierf toen weg.

'*Zia*,' noemde hij haar. 'Wat is er?' Toen zij niet antwoordde, zei de jongen tegen Brunetti: 'U bent degene die in mijn kamer was.' Toen Brunetti knikte, vroeg hij: 'Wat wilt u deze keer?'

'Hetzelfde wat ik de vorige keer wilde: praten over Ernesto Moro.'

'Wat wilt u over hem weten?' vroeg Giuliano neutraal. Brunetti vond dat de jongen wel wat meer onder de indruk zou mogen zijn van het feit dat de politie hem helemaal naar zijn huis was gevolgd om met hem over Ernesto Moro te praten. Opeens was hij zich bewust van de ongemakkelijke situatie, zoals ze daar met zijn drieën in de onverwarmde gang stonden, de vrouw zwijgend terwijl Brunetti en de jongen elkaar bestookten met vragen. Alsof ze zijn gedachten raadde, wees de vrouw naar de kamer achter haar neef en zei: 'Zullen we ergens naartoe gaan waar het warmer is om te praten?'

Als het een commando was geweest, had de jongen niet sneller kunnen reageren. Hij ging terug naar binnen en liet de deur voor hen open. Bij het binnenkomen moest Brunetti denken aan de onnatuurlijke orde van Giuliano's kamer op de academie, maar alleen omdat hij hier het tegenovergestelde aantrof: kleren lagen kriskras op het bed en op de radiator, cd's lagen kwetsbaar en naakt zonder hoesje op het bureau, laarzen en schoenen verspreid op de vloer. Het enige wat hem verbaasde was het ontbreken van de geur van sigaretten, terwijl hij een aangebroken pakje op het bureau zag liggen en nog eentje op het tafeltje naast het bed.

Giuliano liep naar de leunstoel voor het raam, pakte de kleren op die daaroverheen hingen, en zei tegen zijn tante dat ze daar kon zitten. Hij gooide de kleren op het voeteinde van zijn bed bij een spijkerbroek die daar al lag. Hij knikte naar de stoel voor zijn bureau om aan te geven dat Brunetti daar kon zitten en ging zelf op het bed zitten waar hij net een stukje had vrijgemaakt.

Brunetti begon: 'Giuliano, ik weet niet wat je verteld is of wat je gelezen hebt, en het kan me niet schelen wat jij aan anderen verteld hebt. Ik geloof niet dat Ernesto zelfmoord heeft gepleegd; ik geloof niet dat hij daar het type voor was, en ik denk ook dat hij geen enkele reden had om dat te doen.' Hij pauzeerde, wachtte of de jongen of zijn tante iets te zeggen had.

Geen van beiden deed dat, dus hij ging verder: 'Dat betekent of dat hij is omgekomen bij een of ander ongeluk of dat iemand hem vermoord heeft.'

'Hoe bedoelt u, een ongeluk?' vroeg Giuliano.

'Een uit de hand gelopen geintje, iets wat hij uithaalde of wat iemand anders met hem uithaalde. Als dat het geval was, denk ik dat de betrokkenen in paniek geraakt zijn en het eerste hebben gedaan wat hen te binnen schoot: doen alsof het zelfmoord was.' Hij stopte daar, in de hoop dat de jongen het zou beamen, maar Giuliano bleef zwijgen.

'En anders,' vervolgde Brunetti, 'is hij om redenen die ik niet begrijp vermoord, met opzet of, wederom, omdat er iets is misgegaan of uit de hand is gelopen. En dan is het net zo gegaan: degene die het gedaan heeft wilde het op zelfmoord laten lijken.'

'Maar de kranten zeggen dat het zelfmoord was,' kwam de tante tussenbeide.

'Dat zegt niets, zia,' zei de jongen tot verbazing van Brunetti.

In de stilte die na deze uitwisseling viel, zei Brunetti: 'Ik ben bang dat hij gelijk heeft, signora.'

De jongen legde beide handen plat op het bed en liet zijn hoofd hangen alsof hij de wirwar van schoenen en laarzen op de vloer bestudeerde. Brunetti zag hoe zijn handen zich tot vuisten balden en zich daarna weer ontvouwden. Hij keek op, leunde ineens opzij en pakte het pakje sigaretten van het tafeltje naast hem. Hij hield het stevig in zijn rechterhand, als een talisman of de hand van een vriend, maar maakte geen aanstalten er een sigaret uit te pakken. Hij pakte het over in zijn linkerhand en haalde er ten slotte toch een sigaret uit. Hij ging staan, gooide het pakje op het bed en liep naar Brunetti, die roerloos bleef zitten.

Giuliano pakte een plastic wegwerpaansteker van zijn bureau en liep naar de deur. Zonder iets te zeggen verliet hij de kamer en sloot de deur achter zich.

Zijn tante zei: 'Ik heb hem gevraagd niet in huis te roken.'

'Houdt u niet van de geur?' vroeg Brunetti.

Ze trok een geplet pakje sigaretten uit de zak van haar vest, hield dat omhoog en zei: 'Juist het tegenovergestelde. Maar Giuliano's vader was een zware roker, dus mijn zus associeert de geur met hem: we roken allebei alleen buiten om haar niet van streek te maken.'

'Komt hij wel terug?' vroeg Brunetti; hij had geen poging gedaan om Giuliano ervan te weerhouden de kamer te verlaten en was er volledig van overtuigd dat de jongen zich niet zou laten dwingen iets tegen zijn zin in te onthullen.

'Hij kan nergens anders heen,' zei zijn tante niet onvriendelijk.

Het bleef een tijdje stil, tot Brunetti vroeg: 'Wie runt de boerderij?'

'Ik. Met een man uit het dorp.'

'Hoeveel koeien heeft u?'

'Zeventien.'

'Is dat voldoende om van rond te komen?' vroeg Brunetti, die benieuwd was hoe de familie kon overleven, hoewel hij moest toegeven dat hij zo weinig van het boerenbedrijf wist dat het aantal koeien hem niets zei over rijkdom of de mogelijkheid die te vergaren.

'Er is een trustfonds van Giuliano's grootvader,' lichtte ze toe.

'Is die dood?'

'Nee.'

'Hoe kan er dan een fonds zijn?'

'Dat heeft hij opgericht toen zijn zoon is overleden. Voor Giuliano.'

Brunetti vroeg: 'Wat levert dat op?' Toen ze geen antwoord gaf, voegde hij eraan toe: 'Als ik vragen mag.'

'Ik kan u niet beletten iets te vragen,' zei ze vermoeid.

Na een tijdje besloot ze kennelijk de vraag te beantwoorden. 'Giuliano ontvangt elke vier maanden een bedrag,' vertelde ze hem.

Een zekere aarzeling aan het einde van haar verklaring deed Brunetti vragen: 'Zijn er voorwaarden aan verbonden?'

'Zolang hij actief een carrière nastreeft in het leger, zal hij het blijven ontvangen.'

'En als hij daarmee ophoudt?'

'Dan houdt het ook op.'

'Zijn inschrijving op de academie?'

'Is een deel van het streven.'

'En nu?' vroeg hij met een armzwaai naar de onmilitaire chaos in Giuliano's kamer.

Ze haalde haar schouders op, een gebaar dat kenmerkend voor haar leek te zijn, en antwoordde toen: 'Zolang hij nog officieel met verlof is, ziet men dat als...' Haar stem stierf weg.

'Streven?' gokte Brunetti, en hij was blij met haar glimlach.

Toen ging de deur open en Giuliano kwam de kamer binnen, gevolgd door de geur van sigarettenrook. Hij liep terug naar het bed en Brunetti zag dat zijn schoenen een modderig spoor achterlieten op de vloer. Hij ging zitten, zijn handen plat naast zich op het bed en zei: 'Ik weet niet wat er gebeurd is.'

'Is dat de waarheid of is dat wat je besloten hebt om me te vertellen toen je buiten was?' vroeg Brunetti vriendelijk.

'Het is de waarheid.'

'Heb je helemaal geen idee?' vroeg Brunetti. De jongen gaf geen teken dat hij de vraag zelfs maar gehoord had, dus Brunetti stelde een nog hypothetischer vraag: 'Of van wat er gebeurd zou kunnen zijn?'

Na een hele tijd, het hoofd nog steeds gebogen en zijn ogen nog steeds op zijn schoenen, zei de jongen: 'Ik kan niet meer terug.'

Brunetti twijfelde hier geen moment aan: iedereen die hem had gehoord zou hem geloven. Maar hij was benieuwd naar de reden van de jongen. 'Waarom niet?'

'Ik kan geen soldaat worden.'

'Waarom niet, Giuliano?' vroeg hij.

'Ik heb het niet in me. Het is er gewoon niet. Het lijkt allemaal zo stom: de orders en het in de rij staan en allemaal hetzelfde doen op hetzelfde moment. Het slaat nergens op.'

Brunetti keek naar de tante van de jongen, maar die zat bewegingsloos naar haar neef te staren en negeerde Brunetti. Toen de jongen weer sprak, richtte Brunetti zijn aandacht weer op hem. 'Ik wilde er niet heen, maar mijn opa zei dat mijn vader het zo gewild had.' Hij keek op naar Brunetti, die zijn blik beantwoordde maar niets zei.

'Dat is niet waar, Giuliano,' kwam zijn tante tussenbeide. 'Hij heeft altijd een hekel gehad aan het leger.'

'Waarom zat hij er dan in?' snauwde Giuliano, zonder een

poging te doen om zijn woede te verbergen.

Na een lange tijd, alsof ze eerst wilde inschatten wat het effect van haar woorden zou zijn, antwoordde ze: 'Om dezelfde reden als jij: om je opa blij te maken.'

'Die is nooit blij,' mompelde Giuliano.

Er daalde een stilte over hen neer. Brunetti wendde zich af en keek uit het raam, maar het enige wat hij zag waren uitgestrekte moddervelden met hier en daar een boomstronk.

Het was de vrouw die de stilte uiteindelijk verbrak. 'Je vader had altijd architect willen worden, dat heeft je moeder me tenminste verteld. Maar zijn vader, jouw grootvader, stond erop dat hij militair werd.'

'Net zoals alle andere Ruffo's,' gooide Giuliano eruit met onverholen verachting.

'Ja,' beaamde ze. 'Ik denk dat dat een van de redenen was dat hij ongelukkig was.'

'Hij heeft zelfmoord gepleegd, hè?' vroeg Giuliano tot schrik van beide volwassenen.

Brunetti richtte zijn blik weer op de vrouw. Ze keek naar hem, daarna naar haar neef, en zei uiteindelijk: 'Ja.'

'En daarvoor had hij geprobeerd om *mamma* te vermoorden?'

Zij knikte.

'Waarom heb je me dat nooit verteld?' vroeg de jongen met geknepen stem en tegen het huilen aan.

De tranen welden ook in haar ogen op en begonnen over haar gezicht te biggelen. Ze klemde haar lippen op elkaar, niet in staat tot praten, en schudde haar hoofd. Uiteindelijk stak ze haar rechterhand omhoog, handpalm naar haar neef, alsof ze hem om geduld vroeg tot ze haar spraak weer zou hervinden. Er verstreek nog meer tijd en toen zei ze: 'Ik was bang.'

'Waarvoor?' vroeg de jongen.

'Om je te kwetsen,' zei ze.

'Alsof een leugen dat niet doet,' zei hij, maar hij klonk verward, niet kwaad.

Ze draaide haar handpalm naar boven en spreidde haar vingers; uit het gebaar sprak onzekerheid en op een vreemde manier ook hoop.

'Hoe is het gegaan?' vroeg Giuliano. Toen ze niet antwoordde, drong hij aan: 'Vertel het me alsjeblieft, zia.'

Brunetti zag haar worstelen om weer wat te kunnen zeggen. Uiteindelijk zei ze: 'Hij was jaloers op je moeder en beschuldigde haar ervan dat ze een affaire had.' Toen de jongen hier niet nieuwsgierig naar leek, ging ze verder. 'Hij schoot haar neer en daarna zichzelf.'

'Is dat waarom mamma is zoals ze is?'

Zij knikte.

'Waarom heb je me dat niet verteld? Ik dacht altijd dat het een ziekte was waar jij me niets over durfde te vertellen.' Hij stopte en toen, alsof hij voortgedreven werd door de stroom van zijn eigen bekentenissen, voegde hij eraan toe: 'Dat het in de familie zat. En dat het mij ook zou overkomen.'

Het werd haar te veel en ze liet haar tranen de vrije loop, zonder geluid te maken, op af en toe een diepe hap adem na.

Brunetti richtte zijn aandacht op de jongen en vroeg: 'Wil je me vertellen wat jij denkt dat er gebeurd is, Giuliano?'

De jongen keek naar Brunetti, naar de huilende vrouw, en weer terug naar Brunetti. 'Ik denk dat ze hem vermoord hebben,' zei hij uiteindelijk.

'Wie?'

'De anderen.'

'Waarom?' vroeg Brunetti, die besloot de vraag wie dat dan waren voor later te bewaren.

'Vanwege zijn vader en omdat hij me probeerde te helpen.'

'Wat zeiden ze over zijn vader?' vroeg Brunetti.

'Dat hij een verrader was.'

'Een verrader waarvan?'

'*La patria,*' antwoordde de jongen. Brunetti had de woorden nog nooit met zo veel verachting horen uitspreken.

'Vanwege zijn rapport?'

De jongen schudde zijn hoofd. 'Ik weet het niet. Dat zeiden ze niet. Ze bleven alleen steeds tegen hem zeggen dat zijn vader een verrader was.'

Toen Giuliano een rustpunt leek te hebben bereikt, hield Brunetti hem op gang met de vraag: 'Hoe heeft hij geprobeerd je te helpen?'

'Een van hen begon over mijn vader. Hij zei dat hij wist wat er gebeurd was en dat mijn moeder een hoer was. Dat het helemaal geen ongeluk was, en dat ze gek was geworden toen mijn vader zelfmoord had gepleegd omdat het haar schuld was.'

'En wat deed Moro toen?'

'Hij sloeg hem, degene die dat zei, Paolo Filippi. Hij sloeg hem neer en brak een van zijn tanden.'

Brunetti wachtte, wilde hem niet onder druk zetten, bang dat dat de stroom van openbaringen zou stoppen.

Giuliano ging verder: 'Daarmee hield het even op, maar toen begon Filippi Ernesto te bedreigen, en een stel van zijn vrienden ging meedoen.' Brunetti's aandacht verscherpte bij de naam Filippi, de derdejaars student wiens vader het leger bevoorraadde.

'Wat is er gebeurd?'

'Ik weet het niet. Ik heb die nacht niets gehoord, de nacht dat hij stierf. Maar de volgende dag gedroegen ze zich vreemd – bezorgd en blij tegelijk, als kinderen die een geheim delen of een geheime club hebben.'

'Heb je iets gezegd? Iemand iets gevraagd?'

'Nee.'

'Waarom niet?'

Giuliano keek Brunetti recht aan en zei: 'Ik was bang,' en Brunetti was onder de indruk van de moed die hij toonde door dat te zeggen.

'En sindsdien?'

Giuliano schudde zijn hoofd weer. 'Ik weet het niet. Ik ben niet meer naar de lessen gegaan en ben het grootste deel van de tijd in mijn kamer gebleven. De enige mensen met wie ik gepraat heb, waren u en die politieman in het café, die aardige.'

'Waarom ben je vertrokken?'

'Een van hen, niet Filippi maar een van de anderen, zag me met de politieman praten die hij herkende als de agent die vragen had gesteld op de academie, en toen zei Filippi dat ik maar beter kon uitkijken als ik met de politie praatte...' Zijn stem stierf weg zonder de zin af te maken. Hij haalde diep adem en ging verder: 'Hij zei dat ik op mijn tellen moest passen en dat praten met de politie kon leiden tot zelfmoord, en daarna lachte hij.' Hij wachtte even om te zien wat het effect van zijn woorden op Brunetti was, en zei toen: 'Dus toen ben ik vertrokken. Ik ben gewoon weggelopen en naar huis gegaan.'

'En je gaat ook niet meer terug,' viel zijn tante hem tot beider verrassing in de rede. Ze stond op, deed twee stappen naar haar neef en stopte. Ze keek naar Brunetti en zei: 'Genoeg. Alstublieft, zo is het genoeg.'

'Goed,' zei Brunetti en hij stond op. Even overwoog hij om de jongen te vertellen dat hij een officiële verklaring moest afleggen, maar dit was niet het moment om hem ergens toe te dwingen, zeker niet met zijn tante erbij. In de toekomst konden ze ontkennen dat deze conversatie had plaatsgevonden of ze konden het toegeven. Wat ze zouden kiezen, deed niet ter zake voor Brunetti: het ging hem om de informatie die hij had vergaard.

Toen ze weer terugliepen naar de hal aan de voorkant van het huis hoorde hij de diepe, geruststellende basklanken van Vianello's stem, afgewisseld met een licht, vrouwelijk gekweel. Toen Brunetti en de anderen de kamer binnen kwamen, draaide Giuliano's moeder zich om om hen te begroeten, haar gezicht stralend van blijdschap. Vianello stond midden in de kamer, een rieten mand vol bruine eieren in zijn rechterhand. Giuliano's moeder wees naar Vianello en zei: 'Vriend.'

24

Op de terugweg naar Venetië legde Brunetti uit dat hoewel ze nu genoeg hadden om de jongen van Filippi naar het bureau te laten komen voor ondervraging, hij liever had dat ze hun energie wijdden aan wat ze konden vinden over zijn vader.

Vianello verbaasde hem met het voorstel om de volgende dag een paar uur te besteden aan een kijkje op het internet om te zien wat hij daar kon vinden. Brunetti onthield zich van commentaar op het woord 'kijkje', dat klonk als een klassieke signorina Elettra; hij bedacht wat voor opluchting het zou zijn als iemand anders dan signorina Elettra, iemand bij wie hij minder in het krijt stond wegens verleende gunsten, degene zou zijn om gevoelige informatie te achterhalen.

'Hoe ga je dat doen?' vroeg hij Vianello.

Zonder zijn blik van de weg te halen die druk was met verkeer naar Venetië, zei Vianello: 'Op dezelfde manier waarop signorina Elettra dat doet: eerst kijken wat ik kan vinden en daarna kijken wat mijn vrienden kunnen vinden.'

'Zijn dat dezelfde vrienden als zij heeft?' vroeg Brunetti.

Bij deze vraag haalde Vianello zijn ogen even van de weg en permitteerde zich een snelle blik Brunetti's kant op. 'Dat zou kunnen.'

'Dan gaat het misschien toch sneller als we het signorina Elettra vragen,' opperde een verslagen Brunetti.

Dat deed hij de volgende ochtend. Hij liep haar kamer in en vroeg of haar militaire vriend al terug was uit Livorno en zo ja, of hij haar een blik in hun dossiers zou gunnen. Alsof ze bij het opstaan had geweten dat ze die dag met het leger te maken zou krijgen, droeg signorina Elettra een donkerblauwe trui met patjes op de schouders die deden denken aan epauletten.

'U draagt toch niet toevallig ook een zwaard?' vroeg Brunetti.

'Nee, meneer,' antwoordde zij, 'dat zit altijd zo in de weg overdag op het werk.' Met een glimlach tikte ze een snelle reeks toetsen op haar computer in, wachtte even en zei toen: 'Hij begint er nu aan te werken.'

Brunetti ging terug naar zijn kamer.

Hij las twee kranten onder het mom van werk terwijl hij op haar wachtte, pleegde een paar telefoontjes, die hij niet anders probeerde te verantwoorden dan als het onderhouden van contact met mensen die hem op een dag zouden kunnen voorzien van informatie.

Toen er tegen lunchtijd nog steeds geen teken was van signorina Elettra, verliet hij de Questura zonder haar te bellen, maar hij belde wel naar Paola om te zeggen dat hij niet thuiskwam voor de lunch. Hij ging naar Da Remigio en at *insalata di mare* en *coda di rospo* in tomatensaus, en maakte zichzelf wijs dat – omdat hij maar een *quartino* van hun witte huiswijn dronk en zich beperkte tot één glaasje grappa – het een lichte lunch was en hij dus die avond nog wat substantieels mocht eten.

Op weg naar zijn eigen kamer keek hij de kamer van signorina Elettra in, maar ze was er niet meer. De schrik sloeg hem om het hart; hij was bang dat ze de rest van de dag niet meer zou terugkomen en dat hij tot de volgende dag moest wachten om meer te weten te komen over Filippi. Maar ze stelde hem niet teleur. Om halfvier, net toen hij overwoog om naar beneden te gaan en Vianello te vragen om in de computer te duiken, kwam ze zijn kamer binnen met wat papieren in haar hand.

'Filippi?' vroeg hij.

'Is dat niet de naam van een veldslag?'

'Ja. Daar werden Brutus en Cassius bij verslagen.'

'Door Marcus Antonius?' vroeg ze, wat hem totaal niet verraste.

'En Octavianus,' vulde hij aan omwille van de volledigheid. 'Die verder vocht, als ik het goed heb, om Antonius te verslaan.'

'U heeft het goed,' zei ze terwijl ze de papieren op zijn bureau legde, en eraan toevoegde: 'Een verraderlijk volkje, soldaten.'

Hij knikte naar de papieren. 'Volgt die conclusie daaruit of uit de slag bij Filippi?'

'Beide,' antwoordde ze. Ze deelde mee dat ze de Questura over een uur zou verlaten omdat ze een afspraak had en verliet zijn kantoor.

Het waren zo te zien niet meer dan een stuk of tien blaadjes, maar ze bevatten een toereikende samenvatting van de opmars van beide mannen door de rangen van het leger. Na zijn afstuderen aan de San Martino Academie, was Filippi doorgegaan naar de officiële militaire academie in Mantova, waar hij zich ontpopte tot een middelmatige cadet. Filippi studeerde af in de middenmoot en begon een carrière die maar weinig van doen had met strijd en alle gevaren van dien. In zijn beginjaren werkte hij als technisch specialist bij een tankbataljon. Hij maakte promotie en zat drie jaar in de staf van de militair attaché in Spanje. Hij maakte opnieuw promotie en werd benoemd tot hoofd inkoop voor een regiment van paratroepers, wat hij bleef doen tot zijn pensioen. Terugblikkend op Filippi's eerste benoeming, bleef Brunetti's aandacht haken bij het woord 'tank', en zijn gedachten vlogen meteen naar zijn vader en de woede waarin hij kon ontsteken bij het horen van dat woord. Gedurende twee oorlogsjaren, terwijl het leger rondzwalkte onder het commando van generaal Cavallero, ex-directeur van de Ansaldo-fabriek voor oorlogstuig, had Brunetti's vader een van hun tanks bestuurd. Meer dan eens had hij gezien hoe de mannen van zijn bataljon aan stukken werden geschoten omdat de pantserbekleding als glas uit elkaar was gespat onder vijandelijk vuur.

Toscano had een vergelijkbare onstrijdlustige loopbaan gehad. Net als Filippi was hij moeiteloos opgeklommen, alsof hij voortgeblazen werd door bolwangige beschermengeltjes. Na jaren van dienst zonder ooit gestoord te worden door het geluid van razend geweervuur, was colonello Toscano benoemd tot militair adviseur van het parlement, de positie van waaruit hij twee jaar geleden onder druk met pensioen was vertrokken. Hij werkte nu als docent geschiedenis en militaire theorie op de San Martino Academie.

Onder de twee pagina's met het briefhoofd van het leger lagen er nog twee met een overzicht van de bezittingen van Filippi en Toscano en hun familieleden, evenals kopieën van hun meest recente bankafschriften. Misschien hadden beiden een rijke vrouw getrouwd, misschien kwamen beiden uit rijke families, misschien waren beiden al die jaren heel zuinig omgegaan met hun inkomsten. Misschien.

Jaren geleden, toen hij Paola voor het eerst ontmoette, had Brunetti zichzelf opgelegd dat hij haar maar eens in de paar dagen mocht bellen in de hoop dat ze dan niet meteen merkte hoe geïnteresseerd hij was en in de even zo ijdele hoop zijn mannelijke superioriteit te bewaren, zoals hij dat toen noemde. De herinnering aan deze wonderlijke beperking kwam bij hem boven toen hij Avisani's nummer in Palermo intoetste.

Maar Avisani reageerde even hoffelijk op Brunetti's stem als Paola al die jaren geleden had gedaan. 'Ik wilde je al bellen, Guido, maar het is hier een gekkenhuis. Niemand schijnt te weten wie de baas is over de regering.'

Brunetti was verwonderd over het feit dat een ervaren verslaggever als hij nog de moeite nam hier adem aan te verspillen, maar hij zei alleen: 'Ik dacht: ik bel je even om te zeuren.'

'Dat is niet nodig,' antwoordde Avisani met een lach. 'Ik heb alle dossiers doorzocht, maar het enige wat ik kon vinden – afgezien van wat ik je de vorige keer verteld heb – was dat beiden, zowel Filippi als Toscano, een enorme hoeveelheid aandelen hebben in Edilan-Forma.'

'Wat houdt "enorm" in?'

'Als je al in euro's kunt denken misschien tien miljoen per persoon.'

Brunetti maakte een laag brommend, belangstellend geluid en vroeg toen: 'Enig idee hoe ze eraan gekomen zijn?'

'Die van Toscano zijn eigenlijk van zijn vrouw. Ze staan tenminste op haar naam.'

'Je zei dat Filippi getrouwd was met een nicht van de premier.'

'Ja, dat is zo. Maar de aandelen staan op zijn naam, niet de hare. Het schijnt dat hij betaald werd in aandelen toen hij in het bestuur zat.'

Een tijdlang zei geen van beiden iets, tot Brunetti uiteindelijk de stilte doorbrak met de woorden: 'Het is in beider belang dat de prijs van de aandelen niet zakt.'

'Precies,' beaamde Avisani.

'En een parlementair onderzoek zou nou net dat effect kunnen hebben.'

Dit keer was het de journalist die met een geluid antwoordde, al was dit eerder een grom dan een brom.

'Heb je gekeken hoe de aandelen het doen?' vroeg Brunetti.

'Zo solide als het maar kan, sterker nog, ze stijgen voortdurend en de dividenden stromen gestaag binnen.'

De lijn viel stil, maar beiden hoorden de ander in gedachten rekenen en conclusies trekken. Uiteindelijk zei Avisani met haast in zijn stem: 'Ik moet gaan, Guido. Misschien worden we morgen wel wakker zonder regering.'

'Het is jammer dat we Tommaso d'Aquino niet meer in ons midden hebben,' merkte Brunetti kalm op.

Confuus vroeg Avisani: 'Wat?' En veranderde dat vervolgens in: 'Waarom?'

'Dan had hij dat kunnen toevoegen aan zijn bewijsmateriaal voor het bestaan van God.'

Weer een onbeduidend geluid en Avisani was weg.

Maar hoe, vroeg Brunetti zich af, kon hij doordringen tot de wereld van de cadetten? Hij was allang van mening dat het geen toeval was dat de maffia tot in het Vaticaan was doorgedrongen, want beide vergden dezelfde trouw van hun volgelingen en beide bestraften verraad met de dood, stoffelijk dan wel onstoffelijk. De derde in deze drie-eenheid van verknipte trouw was ongetwijfeld het leger: misschien maakte het feit dat ze dood zaaiden onder hun vijanden het makkelijker om dat ook te doen onder hun eigen aanhang.

Hij bleef lange tijd zitten, zijn blik verdelend over de muur van zijn kantoor en de gevel van de San Lorenzo, maar op geen van beide oppervlakten vond hij een manier om de code van San Martino te kraken. Uiteindelijk pakte hij de telefoon en belde Pucetti. Toen de politieagent opnam, vroeg Brunetti: 'Hoe oud is Filippi?'

'Achttien, meneer.'

'Mooi zo.'

'Waarom?'

'Dan kunnen we hem alleen spreken.'

'Zal hij geen advocaat willen?'

'Niet als hij denkt dat hij slimmer is dan wij.'

'En hoe wilt u hem dat laten denken?'

'Ik laat hem ophalen door Alvise en Riverre.'

Brunetti was blij met het feit dat Pucetti zich onthield van gelach of commentaar, en zag de discretie van de jongeman als een teken van zowel intelligentie als goedheid.

Toen Brunetti een uur later naar beneden ging, trof hij Paolo Filippi in de verhoorkamer, op een stoel aan het hoofd van de rechthoekige tafel, met zijn gezicht naar de deur. De jongeman zat kaarsrecht op de stoel, zijn ruggengraat minstens tien centimeter van de rugleuning verwijderd, zijn handen zorgvuldig samengevouwen op de tafel voor hem, als een generaal die zijn staf bijeen heeft geroepen en hun komst ongeduldig afwacht. Hij droeg zijn uniform en had zijn pet – keurig gevouwen handschoenen erbovenop – rechts van hem neergelegd. Hij keek naar Brunetti toen hij en Vianello binnenkwamen maar zei niets bij wijze van begroeting. Brunetti herkende hem onmiddellijk als de jongen wiens enkel hij zo vreugdevol geraakt had, en zag dat die herkenning wederzijds was.

Hij nam een voorbeeld aan Filippi's zwijgen en liep naar een kant van de tafel, Vianello naar de andere. Brunetti had een dik blauw dossier bij zich, dat hij voor zich neerlegde toen hij ging zitten. Zonder aandacht te besteden aan de jongen stak hij zijn hand uit en zette de microfoon aan, waarna hij de datum en de namen van de drie mensen in de kamer vermeldde. Hij draaide zich naar de jongen toe en vroeg Filippi op een zo vormelijk mogelijke toon of hij prijs stelde op een advocaat, in de hoop dat het de jongeman in de oren zou klinken als het soort aanbod dat een dapper man zou afslaan.

'Natuurlijk niet,' zei de jongen, op de verveelde, superieure toon van een middelmatige acteur in een slechte oorlogsfilm. Brunetti was in stilte dankbaar voor de arrogantie van de jeugd.

Snel dreunde Brunetti op dezelfde formele toon de standaard vragen op over zijn naam, leeftijd en woonplaats en vroeg de jongen vervolgens wat hij deed.

'Ik ben student, natuurlijk,' antwoordde Filippi, alsof het ondenkbaar was dat iemand van zijn achtergrond en leeftijd iets anders zou kunnen zijn.

'Op de San Martino Academie?' vroeg Brunetti.

'Dat weet u toch?' zei de jongen.

'Het spijt me, maar dat is geen antwoord,' zei Brunetti rustig.

Op norse toon zei de jongen: 'Ja.'

'In welk jaar zit je?' vroeg Brunetti, hoewel hij het antwoord al wist en de informatie niet relevant achtte. Hij wilde weten of Filippi geleerd had vragen te beantwoorden zonder discussie.

'Het derde.'

'Heb je alle drie de jaren op de academie doorgebracht?' vroeg Brunetti.

'Natuurlijk.'

'Past het in de familietraditie?'

'Wat, de academie?'

'Ja.'

'Natuurlijk. De academie en daarna het leger.'

'Zit je vader dan ook in het leger?'

'Zat. Hij is gepensioneerd.'

'Wanneer was dat?'

'Drie jaar geleden.'

'Heb je enig idee waarom je vader gepensioneerd is?'

Geïrriteerd vroeg de jongen: 'Over wie wilt u nou iets weten, over mij of mijn vader? Als het om hem gaat, waarom laat u hem dan niet komen zodat u het hem zelf kunt vragen?'

'Alles op zijn tijd,' zei Brunetti kalm en herhaalde vervolgens: 'Heb je enig idee waarom je vader gepensioneerd is?'

‘Waarom gaan mensen met pensioen?’ kaatste de jongen boos terug. ‘Hij had er genoeg jaren op zitten en wilde eens wat anders doen.’

‘In de raad van bestuur van Edilan-Forma gaan zitten?’

De jongen wuifde de mogelijkheid weg met een handgebaar. ‘Ik weet niet wat hij wilde. Dat moet u hem vragen.’

Alsof dit de voor de hand liggende volgende stap was, vroeg Brunetti: ‘Kende je Ernesto Moro?’

‘De jongen die zelfmoord heeft gepleegd?’ vroeg Filippi, wat Brunetti een overbodige vraag leek.

‘Ja.’

‘Ja, ik kende hem, hoewel hij in het jaar na mij zat.’

‘Zaten jullie weleens bij elkaar in de les?’

‘Nee.’

‘Sportten jullie samen?’

‘Nee.’

‘Hadden jullie gezamenlijke vrienden?’

‘Nee.’

‘Weet je hoeveel studenten er op de academie zitten?’ vroeg Brunetti.

De vraag verwarde Filippi, die zijn hoofd draaide en een snelle blik op de zwijgende Vianello wierp, alsof de andere man misschien wist waarom deze vraag gesteld werd.

Toen Vianello hem niet tegemoet kwam, zei de jongen: ‘Nee. Hoezo?’

‘Het is een kleine school, met minder dan honderd studenten.’

‘Als u dat wist, waarom vraagt u het me dan?’ Het verheugde Brunetti dat het de jongen irriteerde dat hem een vraag gesteld werd waarop de politie het antwoord duidelijk al wist.

Filippi’s vraag negerend, zei Brunetti: ‘Ik begrijp dat het een goede school is.’

'Ja. Ze hebben een streng toelatingsbeleid.'

'En ze zijn erg duur,' merkte Brunetti neutraal op.

'Natuurlijk,' zei Filippi zonder zijn trots te verbergen.

'Geven ze de voorkeur aan de zonen van voormalige studenten?'

'Dat mag ik hopen,' zei Filippi.

'Waarom?'

'Omdat ze dan de juiste mensen krijgen.'

'En dat zijn?' vroeg Brunetti vriendelijk nieuwsgierig, zich ervan bewust dat als zijn eigen zoon de woorden 'de juiste mensen' zou gebruiken, hij het gevoel zou hebben dat hij gefaald had als ouder.

'Wie?' vroeg Filippi.

'De juiste mensen.'

'De zonen van officieren natuurlijk.'

'Natuurlijk,' herhaalde Brunetti. Hij deed het dossier open en keek naar het bovenste vel papier, dat niets van doen had met Filippi of Moro. Hij keek naar Filippi, weer naar het papier en toen weer naar de jongen. 'Weet je nog waar je was in de nacht dat cadet Moro werd...' begon hij, opzettelijk aarzelend na het laatste woord voordat hij dat corrigeerde in 'stierf?'

'In mijn kamer, neem ik aan.'

'Neem je aan?'

'Waar zou ik anders zijn?'

Brunetti veroorloofde zichzelf een blik naar Vianello, die bijna onmerkbaar knikte. Brunetti sloeg langzaam de pagina om en bekeek de volgende.

'Was er iemand bij je in de kamer?'

'Nee.' Het antwoord kwam onmiddellijk.

'Waar was je kamergenoot?'

Filippi stak zijn hand uit en verschoof de opgevouwen handschoenen tot ze recht van de punt aan de voorkant naar de achterkant van de pet liepen. 'Hij moet er geweest zijn,' zei de jongen uiteindelijk.

'Aha,' zei Brunetti. Alsof hij de verleiding niet kon weerstaan, wisselde hij een blik met Vianello. De inspecteur gaf weer een miniem knikje. Brunetti keek weer naar het papier en vroeg uit zijn blote hoofd: 'Zijn naam is Davide Cappellini, toch?'

Filippi, die niet liet merken dat hij verrast was, antwoordde: 'Ja.'

'Is hij een goede vriend van je?' vroeg Brunetti.

'Ik denk het,' zei Filippi zo stuurs als alleen tieners dat kunnen.

'Is dat alles?'

'Wat?'

'Dat je het denkt. Dat je het niet zeker weet.'

'Natuurlijk weet ik het zeker. Wat zou hij anders zijn als we al twee jaar een kamer delen?'

'Precies,' liet Brunetti zich ontglippen en richtte zijn aandacht weer op de papieren. Hij realiseerde zich dat het lang duurde voordat hij vroeg: 'Doen jullie dingen samen?' En toen, voordat Filippi kon vragen wat hij bedoelde, verduidelijkte hij: 'Jij en je kamergenoot, cadet Cappellini?'

'Wat bedoelt u?'

'Doen jullie dingen samen,' herhaalde Brunetti. 'Studeren? Sporten? Andere dingen?'

'Wat voor andere dingen?' vroeg Filippi achterdochtig.

'Jagen?' was de suggestie waar Vianello hen alle twee mee overviel.

Het was bijna alsof hij de aanwezigheid van de andere politieman was vergeten, met zo'n ruk draaide Filippi zijn hoofd naar Vianello en vroeg, zijn stem een octaaf hoger: 'Wát?'

'Vissen? Jagen?' vroeg Vianello met nieuwsgierige onschuld, en voegde eraan toe: 'Voetballen?'

Filippi stak een hand uit naar de handschoenen, maar beheerste zichzelf en vouwde beide handen samen op het tafelblad voor hem. 'Ik wil er een advocaat bij hebben,' zei hij.

Vriendelijk, alsof Filippi om een glas water had gevraagd, zei Brunetti: 'Maar natuurlijk.' Hij leunde naar voren, vermeldde de tijd en zei in de microfoon dat het vraaggesprek werd onderbroken.

25

Toen hij zei dat hij geen advocaat kende, werd de jongen alleen gelaten in een kamer waar hij zijn vader mocht bellen. Een paar minuten later kwam hij naar buiten en zei dat zijn vader er over ongeveer een uur zou zijn met een advocaat. Brunetti belde een agent om de jongen terug te brengen naar de kamer waar hij verhoord was en vertelde Filippi dat hij daar met rust gelaten zou worden tot zijn vader er was. Beleefd vroeg Brunetti of hij iets wilde eten of drinken, maar de jongen bedankte. De manier waarop hij dat deed, deed Brunetti denken aan een acteur in een B-film die de zakdoek afsloeg die hem werd aangeboden door de bevelhebber van het vuurpeloton.

Zodra de jongen was weggeleid, vroeg Brunetti aan Vianello om majoor Filippi en de advocaat op te wachten en het moment dat ze de jongen te spreken kregen zo lang mogelijk uit te stellen.

Hij belde Pucetti en zei tegen hem dat hij naar beneden moest gaan en bij de boot op hem moest wachten, dat hij er zo aankwam.

'Waar gaat u naartoe?' onderbrak een verbaasde Vianello hem.

'Terug naar de academie. Ik wil met die jongen van Cappellini praten voordat zij hem bereiken,' zei Brunetti. 'Laat ze zo lang als ze willen alleen met de jongen praten. Als het moet, laat je ze hem meenemen. Probeer het alleen zo lang mogelijk te rekken. Doe wat je kunt om ze op te houden.' Hij was al weg voordat Vianello hier iets op kon zeggen.

De politieboot lag voor de Questura, de schipper liet de motor op volle toeren razen in reactie op Pucetti's opwinding. Pucetti had de trossen al losgemaakt en stond op de kade, de boot dicht bij de pier houdend. Brunetti sprong aan boord, een seconde later gevolgd door Pucetti, die zijn evenwicht verloor op de al varende boot en zichzelf weer in balans moest brengen met een hand op Brunetti's schouder. Volle kracht vooruit spurtte de boot het Bacino op, stak dat over en draaide de open mond van het Canale della Giudecca op. De schipper gebruikte op last van Pucetti alleen het blauwe flitslicht, niet de sirene.

De aanvankelijke kick die dit gaf, werd op de voet gevolgd door Brunetti's schaamte voor het feit dat hij, omringd door dood en bedrog, nog steeds erg kon genieten van zoiets simpels als snelheid. Hij wist dat dit geen schoolvakantie was, geen wilde achtervolging om de dieven in hun kraag te grijpen, maar toch genoot hij intens van de gierende wind en het ritmische stampen van de boeg op de golven.

Hij keek naar Pucetti en zag tot zijn opluchting de reflectie van zijn eigen emoties op het gezicht van de jongere man. Ze flitsten andere boten voorbij. Brunetti zag hoofden keren en hen nakijken in hun spurt over het kanaal. Al veel te snel draaide de schipper de Rio di Sant'Eufemia op, zette de motor in zijn achteruit en gleed geruisloos naar de linkeroever van het kanaal. Toen hij en Pucetti van boord sprongen, vroeg Brunetti zich af of hij te overhaast had besloten om deze zachtaardige jongeman met hem mee te nemen in plaats van iemand als Alvise die, al was hij even fatsoenlijk, op zijn minst het professionele voordeel had eruit te zien als een schurk.

'Ik wil deze jongen angst inboezemen,' zei Brunetti toen ze over de riva naar de school toe liepen.

'Niets eenvoudiger dan dat, meneer,' antwoordde Pucetti.

Terwijl ze over het schoolplein liepen, voelde Brunetti aan een soort beweging of onrust rechts van hem, waar Pucetti zich bevond. Zonder in te houden, wierp hij een snelle blik opzij en was zo verbaasd dat hij bijna stopte. Op de een of andere manier waren Pucetti's schouders gegroeid, en had hij het loopje van een bokser of bouwvakker aangenomen. Zijn kin vooruitgestoken op een nek die ineens veel dikker leek. Pucetti's handen waren gekromd, alsof ze wachtten op het commando om er vuisten van te maken, en elke voetstap die hij zette, behelsde een dreigement dat de aarde het niet moest wagen hem iets in de weg te leggen.

Pucetti's ogen speurden het plein af, zijn aandacht sprong met roofdierachtige haast van de ene cadet naar de andere. Zijn mond zag er hongerig uit en zijn ogen waren volledig gespeend van de warmte en humor die er normaal in te lezen vielen.

Brunetti hield automatisch zijn tred in om Pucetti voor te laten gaan, als een cruiseschip in Antarctica dat opzijgaat om een ijsbreker te laten passeren. De paar cadetten op het schoolplein vielen stil toen ze voorbijkwamen.

Pucetti nam de treden naar de slaapkamers met twee tegelijk, Brunetti volgde in een lager tempo. Bij de deur van Filippi's kamer hief Pucetti zijn vuist en sloeg twee keer op de deur, en snel daarop nog twee keer. Vanuit het einde van de gang hoorde Brunetti de kreet uit de kamer en zag Pucetti de deur vervolgens met zo'n ruk openen dat deze tegen de muur sloeg.

Toen Brunetti bij de deur was aangekomen, stond Pucetti net binnen, zijn handen inmiddels ter hoogte van zijn middel en zijn schouders zagen er zo mogelijk nog breder uit.

Een dunne blonde jongen met een pokdalige huid bevond zich op het bovenste bed, half zittend, half liggend, maar tegen de muur gedrukt, zijn benen ingetrokken alsof hij bang was om ze zo dicht bij Pucetti's tanden in de lucht te laten hangen. Toen Brunetti binnenkwam, stak Cappellini een hand omhoog, maar hij gebruikte die om Brunetti dichterbij te wenken, niet om hem tegen te houden.

'Wat wilt u?' vroeg de jongen, niet in staat zijn panische angst te verbergen.

Bij die vraag draaide Pucetti zijn hoofd langzaam naar Brunetti en hief zijn kin omhoog, alsof hij Brunetti vroeg of hij het bed op moest klimmen om de jongen omlaag te smijten.

'Nee, Pucetti,' zei Brunetti op een toon die hij normaliter tegen een hond zou aanslaan.

Pucetti liet zijn handen zakken, maar niet heel ver, en draaide zijn hoofd weer naar de jongen op het bed. Hij trapte de deur dicht met zijn hiel.

In de galmende stilte vroeg Brunetti: 'Cappellini?'

'Ja, meneer.'

'Waar was je de nacht dat cadet Moro vermoord werd?'

Zonder na te denken flapte de jongen eruit: 'Ik heb het niet gedaan.' Zijn stem was hoog en hij was te bang om te beseffen wat hij net had toegegeven. 'Ik heb hem met geen vinger aangeraakt.'

'Maar je weet ervan,' zei Brunetti op vastberaden toon, alsof hij herhaalde wat iemand anders hem al verteld had.

'Ja. Maar ik had er niets mee te maken,' zei de jongen. Hij duwde zich verder naar achteren op het bed, maar zijn rug en schouders waren al plat tegen de muur gedrukt en hij kon nergens heen, er was geen ontsnapping mogelijk.

'Wie was het?' vroeg Brunetti, die zich moest inhouden om Filippi's naam niet te noemen. Toen de jongen aarzelde, eiste hij: 'Zeg op.'

Cappellini aarzelde, probeerde in te schatten of het huidige gevaar groter was dan dat waarmee hij al te maken had.

Klaarblijkelijk kreeg Brunetti het voordeel van de twijfel, want hij zei: 'Filippi. Het was allemaal zijn idee.'

Bij deze bekentenis liet Pucetti zijn handen zakken en Brunetti voelde hoe zijn lichaam zich ontspande en de dreiging die van zijn aanwezigheid uitging, wegebde. Hij twijfelde er niet aan dat als hij zijn ogen van Cappellini af zou halen, hij zou zien dat Pucetti weer geslonken was tot zijn normale grootte.

De jongen kalmeerde, althans enigszins. Hij liet zichzelf iets lager op het bed zakken, strekte zijn benen uit en liet een van zijn voeten over de rand bungelen. 'Hij haatte hem, Filippi. Ik weet niet waarom, maar dat deed hij altijd al, en hij zei tegen ons dat we hem ook moesten haten, dat hij een verrader was. Zijn familie was een familie van verraders.' Toen hij zag dat Brunetti hier niet op reageerde, voegde Cappellini eraan toe: 'Dat is wat hij tegen ons zei. De vader ook. Moro.'

'Weet je waarom hij dat zei?' vroeg Brunetti, die zijn stem nu wat vriendelijker liet klinken.

'Nee, meneer. Hij zei het gewoon.'

Hoe graag Brunetti ook wilde weten wie de anderen waren, hij was zich ervan bewust dat die vraag de vaart eruit zou halen, dus in plaats daarvan vroeg hij: 'Klaagde Moro hierover of verzette hij zich ertegen?' Toen hij Cappellini's aarzeling zag, voegde hij eraan toe: 'Toen Filippi hem een verrader noemde?'

De vraag leek Cappellini te verbazen. 'Natuurlijk. Er waren een paar aanvaringen en Moro sloeg hem een keer, maar toen kwam er iemand tussenbeide die ze uit elkaar trok.' Cappellini haalde zijn rechterhand door zijn haar, duwde zich toen met twee handen omhoog en liet zijn hoofd omlaagzinken tussen zijn schouders. Er viel een lange stilte. Pucetti en Brunetti hadden net zo goed van steen kunnen zijn.

‘Wat is er die nacht gebeurd?’ drong Brunetti uiteindelijk aan.

‘Filippi kwam laat binnen. Ik weet niet of hij toestemming had of dat hij zijn sleutel gebruikt had,’ verklaarde Cappellini terloops, alsof hij verwachtte dat ze hiervan op de hoogte waren. ‘Ik weet niet bij wie hij geweest was. Misschien zijn vader. Hij leek op de een of andere manier altijd kwader als hij op bezoek was geweest bij zijn vader. Maar goed, toen hij hier binnenkwam…’ Cappellini viel stil en zwaaide met zijn hand naar de ruimte voor zich, dezelfde ruimte die nu gevuld werd door de roerloze lichamen van de twee politiemannen. ‘Hij begon over Moro te praten, over wat een verrader hij was. Ik lag al te slapen en wilde het niet horen, dus zei dat hij zijn kop moest houden.’

Hij zei zo lang niets meer dat Brunetti uiteindelijk moest vragen: ‘En wat gebeurde er toen?’

‘Hij sloeg me. Hij kwam hier naast het bed staan en sloeg me. Niet erg hard, begrijpt u. Meer een soort stomp op mijn schouder om me te laten zien hoe kwaad hij was. En hij bleef maar zeggen wat een klootzak Moro was, en wat een verrader.’

Brunetti hoopte dat de jongen zou doorgaan. Dat deed hij. ‘En toen vertrok hij. Hij keerde zich gewoon om en liep de kamer uit, de gang op, misschien om Maselli en Zanchi te halen. Ik weet het niet.’ De jongen stopte en staarde naar de grond.

‘En wat gebeurde er toen?’

Cappellini keek op naar Brunetti. ‘Ik weet het niet. Ik ben weer in slaap gevallen.’

‘Wat is er gebeurd, Davide?’ vroeg Pucetti.

Zonder waarschuwing begon Cappellini te huilen, althans er begonnen tranen over zijn wangen te stromen. Zonder die weg te vegen, sprak hij door de tranen heen. ‘Hij kwam later terug. Ik weet niet hoeveel later, maar ik werd wakker toen hij binnenkwam. En ik wist dat er iets mis was. Alleen al door de manier waarop hij binnenliep. Hij probeerde me niet wakker te maken of zo. Misschien juist het tegenovergestelde. Maar iets maakte me wakker, het was alsof de hele kamer geladen was. Ik ging rechtop zitten en deed het licht aan. En daar stond hij, en hij zag eruit alsof hij net iets verschrikkelijks had gezien. Ik vroeg hem wat er aan de hand was, maar hij zei dat er niets was en dat ik weer moest gaan slapen. Maar ik wist dat er iets mis was.'

De tranen gleden over zijn gezicht omlaag, alsof ze niets met zijn ogen te maken hadden. Hij snikte niet en hij deed nog steeds geen poging om ze weg te vegen. Ze stroomden over zijn wangen en vielen op zijn hemd, dat donker werd.

'Ik denk dat ik weer in slaap ben gevallen, en het eerstvolgende wat ik meekreeg, was dat er mensen door de gang renden en schreeuwden en veel lawaai maakten. Daar werd ik wakker van. Toen kwam Zanchi binnen die Filippi wakker maakte en iets tegen hem zei. Ze zeiden niets tegen mij, maar Zanchi keek me op zo'n manier aan dat ik wist dat ik niets kon zeggen.'

Hij stopte weer, en de twee politiemannen keken toe hoe zijn tranen bleven komen. Hij knikte naar Pucetti. 'En toen kwamen jullie allemaal en begonnen jullie vragen te stellen, en ik deed wat alle anderen deden: zeggen dat ik niets wist.'

Pucetti maakte een vriendelijk sussend gebaar in de lucht met zijn rechterhand. De jongen tilde een hand op en veegde de tranen weg van de rechterkant van zijn gezicht, maar negeerde de rest. 'Ik kon niet anders.' Hij gebruikte de binnenkant van zijn elleboog om alle tranen weg te vegen. Toen zijn gezicht weer te voorschijn kwam, zei hij: 'En daarna was het te laat om nog iets te zeggen. Tegen wie dan ook.'

De jongen keek naar Pucetti, toen weer terug naar Brunetti en tot slot naar zijn handen, die samengeknepen in zijn schoot lagen. Brunetti keek naar Pucetti, maar geen van beiden waagde het iets te zeggen.

Achter de deur gingen voetstappen voorbij, die na een minuut of wat weer terugkwamen maar niet stilhielden. Uiteindelijk vroeg Brunetti: 'Wat zeggen de andere jongens?'

Cappellini schudde de vraag met een schouderophalen van zich af.

'Weten ze het, Davide?' vroeg Pucetti.

Weer dat schouderophalen, maar toen zei hij: 'Ik weet het niet. Niemand heeft het erover. Het is bijna alsof het nooit gebeurd is. De docenten praten er ook niet over.'

'Ik dacht dat er een soort dienst is gehouden,' zei Pucetti.

'Ja, maar die sloeg nergens op. Er werden gebeden gelezen en zo. Maar niemand zei iets.'

'Hoe gedraagt Filippi zich sindsdien?' vroeg Brunetti.

Het was alsof de jongen daar nog niet over had nagedacht. Hij richtte zijn hoofd op, en zowel Brunetti als Pucetti kon zien dat zijn eigen antwoord hem verraste: 'Gewoon hetzelfde. Niet anders dan anders. Alsof er niets is gebeurd.'

'Heeft hij er iets over gezegd tegen jou?' vroeg Pucetti.

'Nee, niet echt. Maar de volgende dag, ik bedoel de dag dat ze hem vonden, toen jullie allemaal op school kwamen en vragen begonnen te stellen, zei hij dat hij hoopte dat ik wist wat er met verraders gebeurde.'

'Wat denk je dat hij daarmee bedoelde?' vroeg Brunetti.

Met het eerste teken van lef dat de jongen had laten zien sinds de twee mannen de kamer waren binnen gekomen, weerkaatste de jongen: 'Dat is een stomme vraag.'

'Ja, daar heb je wel gelijk in,' gaf Brunetti toe. 'Waar zijn de andere twee?' vroeg hij. 'Zanchi en Maselli.'

'Hun kamer is rechts de gang op. De derde deur.'

'Gaat het, Davide?' vroeg Pucetti.

De jongen knikte een keer, en toen nog een keer. Hij liet zijn hoofd hangen, blik op zijn handen.

Brunetti gaf Pucetti een teken dat ze moesten vertrekken. De jongen keek niet op toen ze zich bewogen, en ook niet toen ze de deur opendeden. Buiten op de gang vroeg Pucetti: 'Wat nu?'

'Weet je nog hoe oud ze zijn, Zanchi en Maselli?' vroeg Brunetti bij wijze van antwoord.

Pucetti schudde zijn hoofd, een gebaar dat Brunetti opvatte als een teken dat ze beiden minderjarig waren en dus niet zonder advocaat of ouder ondervraagd mochten worden, tenminste niet als wat ze zeiden enige rechtsgeldigheid moest hebben.

Brunetti zag ineens in hoe onzinnig het was geweest om hiernaartoe te racen om met de jongen te praten; hij had spijt van het feit dat hij zich in een dwaze impuls had laten leiden door het spoor dat Filippi voor hem had uitgezet. Er was in wezen geen hoop dat Cappellini te overreden zou zijn om te herhalen wat hij net gezegd had. Als hij eenmaal met koelbloediger types zou praten, als zijn familie erbij gehaald werd, als een advocaat hun de onvermijdelijke consequenties van aanraking met het gerechtelijk apparaat zou uitleggen, zou de jongen absoluut alles ontkennen. Hoe graag Brunetti de informatie ook zou willen gebruiken, hij moest toegeven dat geen enkel weldenkend mens zou bekennen dat hij van een misdaad op de hoogte was geweest zonder dat hij de politie had ingelicht, laat staan dat ze dat hun kind zouden laten doen.

Hij besefte dat hij in vergelijkbare omstandigheden ook terughoudend zou zijn om zijn eigen kinderen erbij te betrekken. Natuurlijk zou hij ze in zijn rol als politieman staatsbescherming aanbieden, maar als vader wist hij dat hun enige hoop om zonder kleerscheuren een confrontatie met de *ma-*

gistratura te doorstaan, zijn eigen positie zou zijn, en nog belangrijker, hun grootvaders rijkdom.

Hij keerde de kamer van de jongen de rug toe. 'Laten we teruggaan,' zei hij tegen een verbaasde Pucetti.

26

Op de terugweg naar de Questura legde Brunetti aan Pucetti uit hoe de wet in elkaar zat ten aanzien van verklaringen van minderjarige getuigen. Als wat Cappellini hun verteld had waar was – en Brunetti voelde aan zijn water dat dat zo was – dan was hij wettelijk aansprakelijk voor het feit dat hij de politie niet verteld had wat hij wist. Dit was echter alleen een kwestie van nalatigheid; de daden van Zanchi en Maselli – als ze erbij betrokken waren – en van Filippi, waren actief en crimineel, en in het geval van Filippi, onderhevig aan de volle zwaarte van de wet. Maar totdat Cappellini zijn verklaring zou bevestigen in aanwezigheid van een advocaat, had zijn verhaal geen enkel juridisch gewicht.

Hun enige hoop, dacht hij, was om dezelfde strategie op Filippi los te laten als op zijn kamergenoot: doen alsof ze alles wisten over de gebeurtenissen die tot Moro's dood hadden geleid en hopen dat, door vragen te stellen over de kleine details die nog niet opgehelderd waren, ze de jongen een volledige verklaring konden ontlokken over wat er precies gebeurd was.

Met het meertouw in zijn hand sprong Pucetti op de kade van de Questura en trok de boot naar de zijkant van de pier. Brunetti bedankte de schipper en volgde Pucetti het gebouw in. Zwijgend liepen ze terug naar de verhoorkamers. In de gang stuitten ze op Vianello.

'Zijn ze er nog?' vroeg Brunetti.

'Ja,' zei Vianello met een blik op zijn horloge en daarna op de dichte deur. 'Ze zijn al ruim een uur binnen.'

'Iets gehoord?' vroeg Pucetti.

Vianello schudde zijn hoofd. 'Geen woord. Ik ben een halfuur geleden naar binnen gegaan om te vragen of ze iets wilden drinken, maar de advocaat wees me de deur.'

'Hoe zag de jongen eruit?' vroeg Brunetti.

'Bezorgd.'

'De vader?'

'Ook.'

'Wie is de advocaat?'

'Donatini,' zei Vianello op gemaakt neutrale toon.

'Toe maar,' antwoordde Brunetti, die het opmerkelijk vond dat de beroemdste strafpleiter van de stad door maggiore Filippi was uitverkoren om zijn zoon te vertegenwoordigen.

'Heeft hij iets gezegd?' vroeg Brunetti.

Vianello schudde zijn hoofd.

De drie mannen bleven een paar minuten in de gang staan tot Brunetti er genoeg van had en tegen Vianello zei dat hij terug naar zijn kamer kon gaan en hijzelf ook naar boven naar zijn kamer ging. Daar wachtte hij tot Pucetti hem bijna een uur later belde om te vertellen dat *avvocato* Donatini had gezegd dat zijn cliënt klaar was om met hem te praten.

Brunetti belde Vianello en zei dat hij hem in de verhoorkamer zou zien, maar haastte zich opzettelijk niet om naar beneden te gaan. Vianello was er al toen hij aankwam. Brunetti knikte en Vianello deed de deur open en deed een stap naar achteren zodat zijn leidinggevende als eerste de kamer kon betreden.

Donatini ging staan en stak zijn hand uit naar Brunetti, die hem kort schudde. Hij glimlachte zijn koele glimlach, en het viel Brunetti op dat er flink aan zijn gebit was gesleuteld sinds de laatste keer dat ze elkaar ontmoet hadden. De Pavarotti-achtige kronen op zijn voortanden waren vervangen door nieuwe, die beter bij de afmetingen van zijn gezicht pasten. De rest was hetzelfde gebleven: huid, pak, das, schoenen vormden samen een groot huldebetoon aan rijkdom en succes en macht. De advocaat knikte even naar Vianello, maar gaf hem geen hand. De Filippi's, vader en zoon, keken op naar de politiemannen maar gaven nog geen knikje om hen te begroeten. De vader was in burgerkleding, maar zijn pak getuigde net als dat van Donatini van zo veel rijkdom en macht dat het net zo goed een uniform had kunnen zijn. Hij was waarschijnlijk van Brunetti's leeftijd maar leek een decennium jonger, wat het resultaat zou kunnen zijn van zijn aangeboren lichamelijke gratie maar ook van de nodige uren in de sportschool. Hij had donkere ogen en dezelfde lange, rechte neus die in het gezicht van zijn zoon prijkte.

Donatini wilde de gang van zaken naar zijn hand zetten en wuifde Brunetti naar een stoel aan de overgelegen kop van de tafel en Vianello naar een stoel tegenover de vader en zoon. Daardoor zat hij zelf tegenover Brunetti, terwijl de andere twee naar Vianello keken.

'Ik zal uw tijd niet verdoen, commissario,' zei Donatini. 'Mijn cliënt heeft er uit eigen beweging voor gekozen om met u te praten over de onfortuinlijke gebeurtenissen op de academie.' De advocaat keek opzij, waar de cadet zat, en de jongen knikte ernstig.

Brunetti beantwoordde dat met wat hij zelf beschouwde als een vrij minzaam knikje.

'Het lijkt erop dat mijn cliënt iets weet over de dood van cadet Moro.'

'Ik zou graag vernemen wat dat is,' zei Brunetti, en temperde zijn nieuwsgierigheid enigszins met *politesse.*

'Mijn cliënt was...' begon Donatini, maar hij werd tegengehouden door Brunetti, die een hand opstak, weliswaar vriendelijk en niet al te hoog, om een pauze in te lassen. 'Als u geen bezwaar heeft, avvocato, zou ik graag willen opnemen wat uw cliënt te zeggen heeft.'

Dit keer was het de advocaat die met politesse antwoordde, tot uiting gebracht door een subtiele nijging van het hoofd.

Brunetti reikte naar voren, zich er onderwijl van bewust hoe vaak hij dat al niet gedaan had, en zette de microfoon aan. Hij noemde de datum, zijn naam en rang en identificeerde alle aanwezigen in de kamer.

'Mijn cliënt...' begon Donatini weer, en weer zag Brunetti reden om hem tot stilte te manen met opgeheven hand.

'Ik denk dat het beter zou zijn, avvocato,' zei Brunetti, naar voren leunend om de microfoon uit te zetten, 'als uw cliënt voor zichzelf spreekt.' Voordat de advocaat hier iets tegenin kon brengen, vervolgde Brunetti met een ontspannen glimlach: 'Dat zou van meer openheid van zijn kant getuigen, en dat zal het ongetwijfeld makkelijker voor hem naken om eventuele onduidelijkheden op te helderen.' Brunetti glimlachte, zich bewust van zijn elegante implicatie dat hij het recht voorbehield de jongen te ondervragen tijdens zijn verklaring.

Donatini keek naar maggiore Filippi, die er tot nu toe roerloos en zwijgend bij had gezeten. 'Wat denkt u, maggiore?' vroeg hij beleefd.

De maggiore knikte, een gebaar waar zijn zoon op reageerde met een schijnbaar onwillekeurig halfslachtig saluut.

Brunetti glimlachte naar de jongen en zette de microfoon weer aan.

'Zou je je naam alsjeblieft willen zeggen?' vroeg hij.

'Paolo Filippi.' Hij sprak helder en harder dan hij de vorige keer had gesproken, waarschijnlijk omwille van de microfoon.

'En ben je een derdejaars student aan de San Martino Militaire Academie in Venetië?'

'Ja.'

'Kun je me vertellen wat er op de academie is voorgevallen in de nacht van 3 november van dit jaar?'

'Bedoelt u met Ernesto?' vroeg de jongen.

'Ja, ik vraag specifiek naar alles wat te maken heeft met de dood van Ernesto Moro, eveneens cadet aan de academie.'

De jongen was zó lang stil dat Brunetti uiteindelijk vroeg: 'Kende je Ernesto Moro?'

'Ja.'

'Was hij een vriend van je?'

De jongen wees die mogelijkheid van de hand met een schouderbeweging, maar voordat Brunetti hem kon wijzen op de microfoon en de noodzaak tot spreken, zei Paolo: 'Nee, we waren geen vrienden.'

'Wat was de reden daarvan?'

De jongen was duidelijk verbaasd. 'Hij was een jaar jonger dan ik. In een andere klas.'

'Was er nog iets anders aan de hand met Ernesto Moro waardoor hij geen vriend van je kon zijn?'

De jongen dacht hierover na en antwoordde tot slot: 'Nee.'

'Kun je me vertellen wat er die nacht is gebeurd?'

Toen de jongen lange tijd niets zei, draaide zijn vader zich een fractie zijn kant op en gaf een miniem knikje.

Hij boog zich naar zijn vader toe en fluisterde iets, waarvan Brunetti de laatste woorden, 'moet doen?', meekreeg.

'Ja,' zei de maggiore op strenge toon.

De jongen wendde zich weer tot Brunetti. 'Het valt me erg zwaar,' zei hij met onvaste stem.

'Vertel me gewoon wat er gebeurd is, Paolo,' zei Brunetti, met de gedachte aan zijn eigen zoon en de bekentenissen die hij door de jaren heen gedaan had, hoewel hij er zeker van was dat geen enkele daarvan in verhouding stond met de omvang van wat deze jongen te zeggen had.

'Ik was,' begon de jongen, en hij hoestte nerveus, waarna hij opnieuw begon. 'Ik was bij hem die nacht.'

Het leek Brunetti het beste om niets te zeggen, dus hij deed niets anders dan bemoedigend kijken.

De jongen keek naar het hoofd van de tafel, naar Donatini, die een vaderlijk knikje gaf.

'Ik was bij hem,' herhaalde hij.

'Waar?'

'In de douches,' zei de jongen. Meestal kostte het veel tijd om een verklaring los te krijgen. De meeste mensen moesten ernaartoe werken met uitgebreide beschrijvingen van details en omstandigheden, die het onvermijdelijke van wat er uiteindelijk was gebeurd benadrukten, althans voor henzelf. 'We waren daar,' zei de jongen en viel toen stil.

Brunetti keek naar Donatini, die zijn lippen op elkaar klemde en zijn hoofd schudde.

De stilte duurde zo lang dat Donatini ten slotte moest zeggen: 'Vertel het hem, Paolo.'

De jongen schraapte zijn keel, keek naar Brunetti, liet zijn blik naar zijn vader afdwalen, maar bedacht zich en keek weer terug naar Brunetti. 'We deden dingen,' zei hij, en stopte.

Het leek even alsof dat alles was wat hij zou zeggen, maar hij voegde eraan toe: 'Met elkaar.'

Brunetti zei: 'Ik snap het. Ga verder, Paolo.'

'Veel van ons doen dat,' zei de jongen met zo'n zachte stem dat Brunetti betwijfelde of de microfoon het zou oppikken. 'Ik weet dat het niet goed is, in wezen niet, maar niemand heeft er last van en iedereen doet het. Echt.'

Brunetti zei niets en de jongen ging verder: 'We hebben vriendinnetjes. Maar thuis. Dus het is... het is zwaar... en...' Zijn stem stokte.

Brunetti ontweek de ogen van de vader van de jongen en wendde zich tot Donatini. 'Begrijp ik goed dat deze jongens seksuele handelingen bij elkaar verrichtten?' Hij dacht dat hij maar beter zo duidelijk mogelijk kon zijn en hoopte dat hij gelijk had.

'Masturbatie, ja,' zei Donatini.

Het was jaren geleden dat Brunetti zo jong was geweest als deze jongen, maar hij kon de omvang van Paolo's gêne toch niet bevatten. Het waren jongens in de late puberteit, die met andere jongens samenleefden. Hun gedrag verbaasde hem niet, maar de reactie van de jongen wel.

'Vertel er eens wat meer over,' zei Brunetti, in de hoop dat wat hij te horen kreeg zou bijdragen aan zijn begrip.

'Ernesto was vreemd,' zei Paolo. 'Het was niet genoeg voor hem om, ik bedoel, om te doen wat we doen. Hij wilde altijd andere dingen doen.'

Brunetti hield zijn ogen op de jongen gericht in de hoop dat zijn aandacht hem zou aansporen om het uit te leggen.

'Die nacht vertelde hij me dat... hij vertelde me dat hij ergens iets over gelezen had in een tijdschrift. Of een krant.' Paolo stopte en Brunetti zag hoe hij zich druk maakte om dit detail. Ten slotte zei hij: 'Ik weet niet waar hij het gelezen had, maar hij zei dat hij het zo wilde doen.' Hij stopte.

'Wat wilde doen?' vroeg Brunetti uiteindelijk. 'Op welke manier?' Even liet zijn blik de jongen los en zag hij de vader, die met gebogen hoofd naar de tafel zat te kijken alsof hij zichzelf wegdacht uit deze kamer waar zijn zoon dit aan een politieman moest bekennen.

'Hij zei dat wat hij gelezen had het beter maakte, beter dan wat dan ook,' ging de jongen verder. 'Maar het betekende dat hij iets om zijn nek moest doen om zijn keel een beetje dicht te knijpen terwijl hij... als hij het deed. En daarom wilde hij mij erbij hebben, om er zeker van te zijn dat er niets misging als het zover was.'

De jongen slaakte een enorme zucht, zoog de lucht zijn

longen in, zichzelf voorbereidend op de laatste sprong. 'Ik zei dat hij gek was, maar hij wou niet luisteren.' Hij klemde zijn handen in elkaar en vouwde ze preuts voor zich op tafel.

'Hij had de spullen daar in de badkamer en hij liet me het touw zien. Het was waar het was... ik bedoel, waar het was toen ze hem vonden. Het was lang, zodat hij daar op de vloer kon knielen en doen alsof hij omviel. En dat zou hem wurgen. En daarom zou het zo lekker zijn. Het wurgeffect of zoiets. Dat is in ieder geval wat hij zei.'

Stilte. Iedereen in de kamer kon een laag zoemend geluid horen aan de andere kant van de muur. Computer? Bandrecorder? Het deed er nauwelijks toe.

Brunetti zei geen woord.

De jongen begon weer. 'Dus dat deed hij. Ik bedoel, hij had een zak die hij over zijn hoofd trok en over het touw. En toen begon hij te lachen en probeerde iets te zeggen, maar ik kon hem niet verstaan. Ik weet nog dat hij naar me wees en weer lachte en toen begon hij... en na een tijdje ging hij op zijn knieën zitten en liet zich een kant op vallen.'

Het gezicht van de jongen werd plotseling rood en Brunetti zag hoe zijn handen zich samenknepen. Maar hij ging verder, niet meer in staat te stoppen tot hij alles verteld had. 'Hij schopte een paar keer en begon met zijn handen te zwaaien. En toen begon hij te schreeuwen of zoiets en heel hard te schoppen. Ik probeerde hem vast te pakken, maar hij schopte me zo hard dat hij me de douche uit trapte. Ik ging toch weer naar binnen en probeerde het touw los te maken, maar de plastic zak zat eroverheen gebonden, dus ik kon niet bij het touw, en toen dat wel lukte, kon ik de knoop niet loskrijgen omdat hij zo wild heen en weer bewoog. En toen, en toen hield hij op met trappen, maar toen ik bij hem kon komen was het al te laat en was hij denk ik al dood.'

De jongen veegde zijn gezicht af, dat onder het zweet zat.

'En wat deed je toen, Paolo?' vroeg Brunetti.

'Ik weet het niet. De eerste minuut ben ik daar gewoon blijven zitten, naast hem. Ik had nog nooit iemand gezien die dood was, maar ik weet niet meer wat ik deed.' Hij keek op en toen onmiddellijk weer omlaag. Brunetti keek toe hoe zijn vader zijn linkerarm strekte en zijn hand boven op de gebalde handen van zijn zoon legde. Hij gaf ze een kneepje en liet zijn hand daar liggen.

Aangemoedigd door die druk, ging Paolo verder. 'Ik denk dat ik in paniek raakte. Ik dacht dat het mijn schuld was omdat ik hem niet had kunnen redden of tegenhouden. Misschien had dat gekund, maar ik heb het niet gedaan.'

'Wat deed je, Paolo?' herhaalde Brunetti.

'Ik dacht niet zoveel, maar ik wilde niet dat ze hem zo zouden vinden. Dan zouden ze weten wat er gebeurd was.'

'En dus?' drong Brunetti aan.

'Ik weet niet waar ik het idee vandaan haalde, maar ik dacht dat als het eruit zou zien als zelfmoord, het wel erg zou zijn, maar niet zo erg als... als dat andere.' Dit keer drong Brunetti niet aan, in de hoop dat de jongen uit zichzelf zou doorgaan.

'Dus ik probeerde het eruit te laten zien alsof hij zichzelf had opgehangen. Ik wist dat ik hem omhoog moest trekken en hem daar moest laten hangen.' Brunetti's blik viel op hun samengeklonken handen; de knokkels van de vader waren wit. 'Dus dat is wat ik deed. En zo heb ik hem achtergelaten.' De jongen deed zijn mond open en zoog zijn longen vol lucht alsof hij kilometers had hardgelopen.

'En de plastic zak?' vroeg Brunetti toen zijn ademhaling wat was gekalmeerd.

'Die heb ik meegenomen en weggegooid. Ik weet niet meer waar. Ergens in een vuilnisbak.'

'En wat heb je toen gedaan?'

'Ik weet het niet meer zo goed. Ik denk dat ik ben teruggegaan naar mijn kamer.'

'Heeft iemand je gezien?'

'Ik weet het niet.'

'Je kamergenoot?'

'Ik weet het niet meer,' zei hij. 'Misschien. Ik weet niet meer hoe ik weer in mijn kamer gekomen ben.'

'Wat is het volgende wat je je kunt herinneren, Paolo?'

'De volgende morgen maakte Zanchi me wakker en vertelde me wat er gebeurd was. En toen was het te laat om nog iets te doen.'

'Waarom vertel je me dit nu?' vroeg Brunetti.

De jongen schudde zijn hoofd. Hij maakte zijn handen los en pakte die van zijn vader met zijn rechterhand. Uiteindelijk zei hij zachtjes: 'Ik ben bang.'

'Waarvoor?'

'Voor wat er gaat gebeuren. Voor waar het op kan lijken.'

'En dat is?'

'Dat ik hem niet wilde helpen, dat ik het heb laten gebeuren omdat ik hem niet mocht.'

'Dachten mensen dat je hem niet mocht?'

'Ik moest van hem doen alsof,' zei Paolo. Hij keerde zich een fractie van zijn vader af alsof hij bang was wat hij op diens gezicht zou zien maar liet zijn hand niet los. 'Ik moest van Ernesto doen alsof. Zodat niemand iets wist van dat andere ding.'

'Dat jullie samen...'

'Ja. Dat doen we allemaal, maar we doen het meestal met verschillende jongens. Ernesto wilde het alleen met mij doen. En daar schaamde ik me voor.'

De jongen richtte zich tot zijn vader. '*Papà*, moet ik nog meer zeggen?'

In plaats van zijn zoon antwoord te geven, keek de maggiore over tafel naar Brunetti. In plaats van te antwoorden, leunde Brunetti naar voren, noemde de tijd en zei dat het verhoor beëindigd was.

Zwijgend stonden ze alle vijf op. Donatini, die het dichtst bij de deur stond, liep erheen en deed hem open. De maggiore sloeg zijn rechterarm om de schouders van zijn zoon. Brunetti schoof zijn stoel aan, knikte naar Vianello om aan te geven dat ze weggingen en liep naar de deur. Hij was nog maar een stap van de deur verwijderd toen hij lawaai achter zich hoorde; het was Vianello maar, die bijna over zijn stoel was gestruikeld.

Toen hij zag dat Vianello in orde was, wierp Brunetti nog een laatste blik op vader en zoon, die tegenover elkaar stonden. En net op dat moment zag hij hoe Paolo, die zijn vaders volle aandacht had, met zijn rechteroog een triomfantelijke, sluwe knipoog maakte. Tegelijkertijd kwam de vaders rechterhand omhoog en gaf hij de jongen een goedkeurende stomp op zijn rechterbovenarm.

27

Vianello had het niet gezien; hij keek net de andere kant op in die milliseconde van medeplichtige verstandhouding tussen vader en zoon. Brunetti draaide zich naar de deur en liep voor een zwijgende Donatini langs. In de gang wachtte hij tot Vianello naar buiten kwam, gevolgd door de beide Filippi's en hun advocaat.

Brunetti sloot de deur van de verhoorkamer, zijn handelingen langzaam om zichzelf tijd tot nadenken te gunnen.

Donatini sprak als eerste. 'Het besluit is aan u, commissario, over wat te doen met deze informatie.' Brunetti reageerde totaal niet, liet niet merken dat hij de advocaat gehoord had.

Ten overstaan van Brunetti's stilte, nam de maggiore het woord. 'Het is misschien beter als de familie van de dode jongen hem herinnert zoals ze dat nu doen,' zei hij ernstig, en Brunetti besefte tot zijn schaamte dat, als hij de kortstondige triomfantelijke flits tussen hem en zijn zoon niet had gezien, hij geroerd zou zijn door het medeleven van de man voor Ernesto's familie. Hij werd overvallen door het verlangen de man in zijn gezicht te slaan, maar keerde zich in plaats daarvan van iedereen af en begon de gang in te lopen. Achter hem riep de jongen: 'Wilt u dat ik iets teken?' en een tel later, opzettelijk vertraagd: 'Commissario?'

Brunetti bleef lopen, negeerde iedereen, erop gebrand om terug naar zijn kamer te gaan, als een dier dat terugkeert naar zijn hol om zich beschermd te voelen tegen zijn vijanden. Hij sloot de deur achter zich, wetend dat Vianello – hoe verbluft die ook was over het gedrag van zijn superieur – hem met rust zou laten tot hij zou bellen.

'Schaakmat en einde verhaal,' zei hij hardop. Hij werd zo overweldigd door de energie die door hem heen raasde dat hij zich niet kon bewegen. Hij balde zijn vuisten en sloot zijn ogen, maar het hielp allemaal niets: het beeld van die knipoog, die bemoedigende stomp bleef op zijn netvlies staan. Zelfs al had Vianello het ook gezien, besefte hij, dan zou het nog niets uitmaken voor hen en ook niet voor Moro. Filippi's verhaal was geloofwaardig, het hele optreden perfect uitgespeeld. Hij kromp in elkaar bij de gedachte aan hoe de gêne van de jongen hem had getroffen, hoe hij zijn haperende verhaal had doorgetrokken naar zijn eigen zoon, naar hoe die zich onder dergelijke omstandigheden zou houden, hoe hij angst en spijt had gezien waar alleen sprake was van laag-bij-de-grondse doortraptheid.

Ergens hoopte hij dat hij Vianello's stem bij de deur zou horen, zodat hij hem kon vertellen hoe ze waren beetgenomen. Maar het zou geen zin hebben, wist hij, dus hij was blij dat de inspecteur wegbleef. Zijn eigen onbezonnenheid om meteen met Cappellini te gaan praten had de Filippi's de tijd gegeven om hun verhaal bij elkaar te verzinnen; niet alleen te verzinnen maar ook uit te werken en alle ingrediënten erin te verwerken die ontegenzeggelijk aanspraak zouden maken op het medeleven van iedereen die het zou horen. Welk cliché hadden ze laten liggen? Jongens zijn jongens. Mijn schaamte is groter dan mijn schuld. O, bespaar de moeder van de jongen nog meer lijden.

Brunetti draaide zich om en gaf een trap tegen de deur, maar de klap en de pijnscheut in zijn rug veranderden niets. Hij zag onder ogen dat alles wat hij zou doen hetzelfde effect zou hebben: er zou niets veranderen, ongeacht de hoeveelheid pijn die erbij kwam kijken.

Hij keek op zijn horloge en zag dat hij alle besef van tijd was kwijtgeraakt bij het ondervragen van de jongen, hoewel de duisternis buiten een indicatie was van hoe laat het was. Hij had geen orders gegeven, maar er was absoluut geen reden om Filippi vast te houden, en Vianello had hem ongetwijfeld laten gaan. Hij wilde ze in geen geval tegenkomen bij zijn vertrek, dus hij dwong zichzelf daar nog vijf minuten te blijven staan, ogen gesloten en het hoofd achterover tegen de deur geleund. Toen ging hij naar beneden.

Lafheid liet hem de agentenkamer mijden, hoewel hij zag dat er licht onder de deur door kwam toen hij stil de trap af liep. Buiten sloeg hij rechts af en liep naar de Riva om een vaporetto te pakken; hij hunkerde ineens naar de afleiding die de drukte aan boord op dit tijdstip hem zou bezorgen.

Er voer er net eentje weg toen hij bij de imbarcadero aankwam; terwijl hij wachtte op de volgende had hij tien minuten de tijd om de mensen die zich verzamelden te bestuderen, de meeste kwamen zo te zien uit Venetië. Toen de boot kwam, ging hij aan boord, liep door naar de andere kant en ging bij de reling staan, zijn rug naar de stralende stad.

Toen hij uiteindelijk bij de deur van zijn appartement aankwam, bleef hij even staan in de hoop dat daarachter nog wat restanten van menselijkheid op hem wachtten. Wat als hij thuis een zoon als Paolo zou treffen? Hoe kon je trots zijn op zo'n zoon zonder hem eerst zelf gecreëerd te hebben? Hij deed de deur open en liet zichzelf binnen.

'Ik koop geen telefonino voor je omdat die dingen een generatie van slappelingen zonder ruggengraat scheppen; het zou je nog afhankelijker maken dan je al bent,' hoorde hij Paola zeggen en was blij met de hardvochtige strengheid waarmee ze haar kinderen hun wensen ontzegde.

Haar stem kwam uit de richting van de keuken, maar Brunetti liep in plaats daarvan de gang door naar Paola's studeerkamer. Hij wist dat ze door jarenlang wakker liggen, wachtend op het geluid van voetstappen van thuiskomende kinderen, zou weten dat hij er was, dus hij twijfelde er niet aan dat ze snel zou komen en hem daar zou vinden. Dat deed ze, en ze praatten. Liever gezegd, hij praatte en zij luisterde. Na lange tijd, toen hij alles had uitgelegd en zijn opties uiteen had gezet, vroeg hij: 'Nou?'

'De doden kunnen niet lijden,' was alles wat ze zei, een antwoord dat hem eerst verwarde.

Gewend aan haar manier van denken, dacht hij een tijdje over de opmerking na en vroeg ten slotte: 'En de levenden wel?'

Ze knikte.

'Filippi en zijn vader,' zei hij, en voegde eraan toe: 'Die het verdiend hebben. En Moro en zijn vrouw.'

'En dochter, en moeder,' vulde Paola aan, 'die het niet verdiend hebben.'

'Gaat dit om de aantallen?' vroeg hij somber.

Ze wees dit van de hand met een snelle hoofdbeweging. 'Nee, helemaal niet. Maar ik denk dat het ertoe doet, niet alleen vanwege het aantal mensen dat erdoor wordt beïnvloed maar ook vanwege hoeveel goed het doet.'

'Geen enkele optie doet iemand goed,' hield hij vol.

'Welke doet dan het minste kwaad?'

'Hij is dood,' zei Brunetti, 'ongeacht de officiële lezing daarvan.'

'Dit gaat niet om de officiële lezing, Guido.'

'Waar dan wel om?'

'Het gaat om wat je ze vertelt.' Door de manier waarop ze het zei, klonk het zo vanzelfsprekend. Hij had het niet willen accepteren, was er bijna in geslaagd om er niet over na te hoeven denken, maar zodra de woorden over haar lippen waren, besefte hij dat dit het enige was waar het om ging.

'Bedoel je wat Filippi heeft gedaan?'

'Een man heeft het recht te weten wie zijn kind gedood heeft.'

'Als jij het zegt, klinkt het zo eenvoudig. Als iets uit de Bijbel.'

'Dit staat niet in de Bijbel voorzover ik weet. Maar het is eenvoudig. En waar.' Er klonk geen greintje onzekerheid in haar stem.

'En wat als hij er iets mee doet?'

'Zoals? Filippi vermoorden? Of zijn vader?'

Brunetti knikte.

'Van wat ik over hem weet en van wat jij verteld hebt, lijkt het me sterk dat hij het soort man is dat zoiets zou doen.' Voordat hij kon zeggen dat je dat nooit kon weten, zei ze: 'Maar dat weet je natuurlijk nooit helemaal zeker.'

Weer had Brunetti het vreemde gevoeld dat hij alle besef van tijd kwijt was. Hij keek op zijn horloge en zag tot zijn verbijstering dat het al bijna tien uur was. 'Hebben de kinderen al gegeten?'

'Ik heb ze op pizza uitgestuurd toen ik je hoorde binnenkomen.'

Bij het vertellen over zijn confrontatie met de Filippi's en hun advocaat, was hij langzaamaan steeds dieper in de sofa weggezakt; hij lag nu met zijn hoofd op een kussen. 'Ik geloof dat ik honger heb,' zei hij.

'Ja,' beaamde Paola, 'ik ook. Blijf nog even hier dan maak ik wat pasta.' Ze stond op en liep naar de deur. 'Wat ga je nou doen?' vroeg ze.

'Ik zal met hem moeten gaan praten,' zei Brunetti.

Dat deed hij de volgende dag, om vier uur 's middags, een tijd die gekozen was door dottor Moro, die liever naar de Questura wilde komen dan dat Brunetti bij hem thuis kwam. De dokter was stipt op tijd en Brunetti stond op toen een agent in uniform hem zijn kamer binnen bracht. Brunetti liep om zijn bureau heen en stak zijn hand uit. Ze wisselden wat geforceerde beleefdheden uit maar zodra hij was gaan zitten, vroeg Moro: 'Wat wilt u weten, commissario?' Zijn stem was vlak en kalm en vertoonde geen spoor van nieuwsgierigheid of zelfs maar interesse. De gebeurtenissen hadden hem daarvan verschoond.

Brunetti, die zich meer uit gewoonte dan uit voorkeur weer achter zijn bureau had teruggetrokken begon met te zeggen: 'Er is een aantal zaken waarvan ik denk dat u die moet weten, dottore.' Hij pauzeerde, wachtte op een reactie van de dokter, wellicht cynisch, wellicht boos. Maar Moro zei niets.

'Er zijn bepaalde feiten ten aanzien van de dood van uw zoon waarvan ik denk...' begon Brunetti, maar hij brak zijn zin af. Hij keek naar de muur achter Moro's hoofd en begon opnieuw. 'Het zit zo: ik ben een aantal dingen te weten gekomen en wil dat u ze ook weet.'

'Waarom?'

'Omdat het u kan helpen bij uw beslissing.'

'Welke beslissing?' vroeg Moro vermoeid.

'Over hoe verder te gaan.'

Moro verschoof op zijn stoel en sloeg zijn benen over elkaar. 'Ik heb geen idee waar u het over heeft, commissario. Ik denk niet dat er beslissingen zijn die ik kan maken, niet nu.'

'Ik heb het over uw zoon.'

Brunetti zag iets flitsen in Moro's ogen.

'Geen enkele beslissing heeft effect op mijn zoon,' zei hij zonder zijn woede te verbergen. En toen, om de bewering kracht bij te zetten, voegde hij eraan toe: 'Hij is dood.'

Brunetti voelde de morele impact van wat Moro net gezegd had als een golf door zich heen trekken. Weer keek hij weg en vervolgens weer terug naar de dokter, en weer nam hij het woord. 'Er is mij nieuwe informatie ter ore gekomen, en ik denk dat u moet weten wat dat is.' Zonder Moro de kans te geven commentaar te leveren, ging hij verder.

'Paolo Filippi, een student aan de academie, beweert dat uw zoon is gestorven bij een ongeluk en dat hij, om zichzelf en ook u niet in verlegenheid te brengen, het op zelfmoord heeft laten lijken.'

Brunetti verwachtte dat Moro zou zeggen dat dat laatste net zo goed tot verlegenheid zou leiden, maar in plaats daarvan zei de dokter: 'Niets wat mijn zoon deed, kan me in verlegenheid brengen.'

'Hij beweert dat uw zoon is gestorven als gevolg van homoseksuele handelingen.' Brunetti wachtte op de reactie van de andere man.

'Ik ben arts,' zei Moro, 'maar ik heb geen idee wat dat betekent.'

'Dat uw zoon is gestorven bij een poging om zijn seksuele opwinding te vergroten door semi-wurging.'

'Auto-erotische asfyxiatie,' zei Moro met klinische afstandelijkheid.

Brunetti knikte.

'Waarom zou dat me in verlegenheid brengen?' zei de dokter kalm.

Na een lange stilte besefte Brunetti dat Moro er niet op door zou gaan, dus zei hij: 'Ik denk niet dat wat hij me verteld heeft waar is. Ik denk dat hij uw zoon heeft vermoord omdat zijn vader hem heeft wijsgemaakt dat Ernesto een soort spion of verrader was. Het was zijn invloed, misschien zelfs zijn aansporing, die de jongen heeft aangezet tot wat hij gedaan heeft.'

Moro zei nog steeds niets, hoewel zijn ogen groot waren geworden van verbazing.

Ten overstaan van het zwijgen van de ander, kon Brunetti

weinig anders doen dan zeggen: 'Ik wilde dat u weet welk verhaal Filippi zal vertellen als we de zaak aanhangig maken.'

'En voor welke beslissing heeft u me hiernaartoe laten komen, commissario?'

'Of u wilt dat we Filippi vervolgen wegens dood door schuld.'

Moro bestudeerde Brunetti's gezicht een tijdje voordat hij zei: 'Als u denkt dat hij Ernesto vermoord heeft, commissario, dan is dood door schuld niet zo'n beste aanklacht, denkt u wel?' Voordat Brunetti kon antwoorden, voegde Moro eraan toe: 'Bovendien zou dit uw beslissing moeten zijn, commissario, niet de mijne.' Zijn stem was net zo onaangedaan als zijn gezichtsuitdrukking.

'Ik wilde u de keus geven,' zei Brunetti op een voor zijn gevoel kalme toon.

'Zodat u niet hoeft te beslissen?'

Brunetti boog zijn hoofd, maar veranderde de beweging in een hoofdknik. 'Deels wel, maar ik dacht ook aan u en uw familie.'

'Om ons de schande te besparen?' vroeg Moro, met grote nadruk op 'schande'.

'Nee,' zei Brunetti, moe van Moro's minachting. 'Om u het gevaar te besparen.'

'Welk gevaar?' vroeg Moro, alsof hij werkelijk benieuwd was.

'Het gevaar dat u allen zou lopen als dit tot een rechtszaak komt.'

'Ik begrijp u niet.'

'Omdat het rapport dat u heeft ingetrokken zou moeten worden aangedragen als bewijsmateriaal, of u zou in ieder geval een getuigenis moeten afleggen over het bestaan en de inhoud ervan. Om Filippi's gedrag en zijn vaders woede te verantwoorden. Of angst, of wat het ook was.'

Moro legde een hand op zijn voorhoofd; het kwam op Brunetti over als een theatraal gebaar. 'Mijn rapport?' vroeg hij uiteindelijk.

'Ja. Over militaire verwerving.'

Moro liet zijn hand zakken. 'Er is geen rapport, commissario. Althans niet over het leger of verwerving of waar ze ook bang voor zijn. Daar ben ik mee gestopt toen ze mijn vrouw hebben neergeschoten.'

Brunetti was verbluft dat Moro er zo rustig over sprak, alsof het algemeen bekend was dat zijn vrouw met opzet was neergeschoten.

De dokter ging verder. 'Ik was begonnen met een onderzoek naar hun uitgaven en naar waar het geld bleef zodra ik in die commissie zat. Het was overduidelijk waar al het geld naartoe ging: hun arrogantie maakt dat ze zeer slordige boekhouders zijn, dus hun spoor was gemakkelijk te volgen, zelfs voor een arts. Maar toen schoten ze op mijn vrouw.'

'U zegt dat alsof het buiten kijf staat,' zei Brunetti.

Moro keek naar hem en zei op kille toon: 'Het staat buiten kijf. Ik werd al gebeld voordat zij in het ziekenhuis was. Dus ik heb toegestemd om mijn onderzoek af te breken. Toen werd de suggestie gedaan dat ik uit de politiek zou stappen. En dat heb ik gedaan. Ik heb gedaan wat ze vroegen, commissario.'

'U wist dat ze haar hadden neergeschoten?' vroeg Brunetti, hoewel hij geen idee had wie 'ze' waren, althans geen duidelijk idee waar een naam aan kon worden verbonden.

'Natuurlijk,' zei Moro en zijn toon gleed weer af naar sarcasme. 'Zo veel onderzoek had ik nog wel gedaan.'

'Maar waarom zette u dan die echtscheiding in scène?' vroeg Brunetti.

'Om er zeker van te zijn dat ze haar met rust zouden laten.'

‘En uw dochter?’ vroeg Brunetti ineens nieuwsgierig.

‘Op een veilige plek,’ was het enige antwoord waar Moro toe bereid leek.

‘Maar waarom liet u uw zoon dan daar op de academie?’ vroeg Brunetti, maar terwijl hij dat deed schoot hem te binnen dat Moro misschien gedacht had dat hij de jongen het beste kon verbergen in de openbaarheid. Degenen die op zijn vrouw hadden geschoten zouden wel twee keer nadenken voordat ze de academie slechte publiciteit zouden bezorgen. Of misschien had hij gehoopt ze voor de gek te houden.

Moro’s gezicht vertrok in iets wat ooit misschien een glimlach geweest was. ‘Omdat ik hem niet kon tegenhouden, commissario. Het was het grootste debacle van mijn leven dat Ernesto militair wilde worden. Maar hij wilde niets liever dan dat, al sinds hij een klein jongetje was. En niets wat ik ooit zou doen of zeggen kon hem daarvan afbrengen.’

‘Maar waarom zouden ze hem dan vermoorden?’ vroeg Brunetti.

Toen Moro uiteindelijk sprak, kreeg Brunetti het gevoel dat hij opgelucht was dat hij er eindelijk over kon praten. ‘Omdat ze dom zijn en niet geloofden dat ik zo gemakkelijk te stoppen was. Dat ik een lafaard was die ze niet zou tegenwerken.’ Hij zat een tijdlang na te denken en ging toen verder: ‘Of misschien was Ernesto minder laf dan ik. Hij wist dat ik ooit van plan was geweest dat rapport te schrijven en misschien had hij hen ermee bedreigd.’

Hoewel het koel was in zijn kamer, zag Brunetti dat het zweet op Moro’s voorhoofd stond; de druppels gleden langzaam naar zijn kin. Moro veegde ze met de achterkant van zijn hand weg. Toen zei hij: ‘Ik zal het nooit weten.’

De twee mannen bleven lang zitten, de enige beweging was Moro’s incidentele poging het zweet van zijn gezicht te vegen.

Toen zijn gezicht ten slotte weer droog was, vroeg Brunetti: 'Wat wilt u dat ik doe, dottore?'

Moro hief het hoofd en keek Brunetti aan met ogen die in het afgelopen halfuur nóg droeviger waren geworden. 'Wilt u dat ik de beslissing voor u neem?'

'Nee. Niet echt. Of niet alleen. Dat u hem voor uzelf neemt. En voor uw familie.'

'Doet u dan dat wat ik zeg?' vroeg Moro.

'Ja.'

'Ongeacht de wet of gerechtigheid?' Moro's nadruk, een snerende nadruk, lag op het laatste woord.

'Ja.'

'Waarom? Geeft u niet om gerechtigheid?' Moro's woede was nu zonneklaar.

Brunetti had hier geen zin in, niet meer. 'Er is hier geen gerechtigheid, dottore,' zei hij, bang om te beseffen dat hij niet alleen op de man en zijn gezin doelde, maar op de hele stad en dit land en hun levens.

'Laat het dan gaan,' zei Moro uitgeput. 'Laat hem gaan.'

Al Brunetti's gevoel voor fatsoen eiste dat hij iets zou zeggen om deze man te troosten, maar de woorden waar hij naar zocht, kwamen niet. Hij dacht aan Moro's dochter en toen aan zijn eigen dochter. Hij dacht aan zijn eigen zoon, aan die van Filippi en aan die van Moro, en toen kwamen de woorden: 'Arme jongen.'